젊은 날의 깨달음

젊은 날의 깨달음
ⓒ 2005, 조정래 외

초판 1쇄  2005년 5월 4일 펴냄
초판 9쇄  2013년 6월 21일 펴냄

지은이 | 조정래 외
펴낸이 | 강준우
기획 · 편집 | 김진원, 문형숙, 심장원, 이동국
디자인 | 이은혜, 최진영
마케팅 | 박상철, 이태준
인쇄 · 제본 | 제일 프린테크

펴낸곳 | 인물과사상사
출판등록 | 제17-204호 1998년 3월 11일

주소 | (121-839) 서울시 마포구 서교동 392-4 삼양E&R빌딩 2층
전화 | 02-325-6364
팩스 | 02-474-1413
www.inmul.co.kr | insa@inmul.co.kr

ISBN  89-5906-008-9  03810
값 10,000원

젊은 날의
깨달음

조정래
●
장회익
●
홍세화
●
박홍규
●
김진애
●
고종석
●
손석춘
●
정혜신
●
박노자

지음

# 젊은 벗이여, 당당하게 살아라

젊은 날, 오로지 당당하게 살고 싶었다. 그 맑은 눈에 어른들이 당당하지 않게 보여, 그들처럼은 살지 않으려 했다. 중학교 1학년 때인가, 장래 희망이 무엇이냐는 작문 숙제에 나는 선생 아닌 다른 것은 무엇이라도 좋다고 썼다가 심한 꾸중을 들었다. 선생인 아버지와 친척들, 그리고 학교 선생들에 대한 반항 탓이었다. 그러나 나도 선생이 되었고, 나의 선생들처럼 당당하게 살지 못했다. 그래도 나는 젊은 벗에게 말하고 싶다. 당당하게 살아라!

당당하게 산다는 것은 홀로 자신만의 삶을 사는 것이다. 어떤 인연의 무리든 간에 그 속에 뒤섞여 자아를 잃고 살지 말라. 어려서부터 무리 속의 삶에 지쳤던 나는 부모·형제·처자까지 남들과 똑같이 대하고자 노력했다. 기타 혈연, 지연, 학연, 지연 따위는 철저히 무시했다. 따라서 동창회든 종친회든, 등산회든 골프회든, 친목계든 관혼상제든, 교회든 절이든 일체의 모임에 가지 않는다. 젊은 벗이여, 고독해라!

내게는 그런 인연으로 맺어진 동기, 동료, 선후배나 스승, 제자, 벗이 없다. 물론 스승, 제자, 벗이 없다는 것은 아니다. 누구나 배울 만하면 스승이고, 가르칠 만하면 제자이며, 마음이 통하면 벗이다. 그들은 오직 인간 대 인간으로 그렇게 관련될 뿐이다. 따라서 스승이라고 해서 우러러볼 것도, 제자라고 해서 낮춰 볼 것도 아니다. 사실은 모두 벗이다. 사랑도 마찬가지가 아닌가? 젊은 벗이여, 모든 인간을 벗삼아라!

당당하게 산다는 것은 자신에게도 남에게도 어떤 지배, 명령, 복종, 지시, 권위도 인정하지 않는 벗으로서의 자유와 평등을 전제로 한다. 따라서 어떤 권력이나 이데올로기부터도 자유롭고, 영웅주의나 천재주의도 인정하지 않는 모든 인간의 평등한 존엄과 가치를 지켜라. 그리고 그런 세상을 꿈꾸고 그렇지 못한 현실에 당당히 맞서라. 미래에 대한 비전 없이, 현실에 대한 도전 없이 당당한 삶은 있을 수 없다. 젊은 벗이여, 꿈꾸고 맞서라!

당당하게 산다는 것은 참된 벗일수록 각자가 분명한 자신의 생각을 갖고 그것을 굽히지 않으며 실천하는 것이다. 자기 생각 없이, 아니 아무 생각 없이 남들에 떠밀려 사는 사람들을 어려서부터 많이 보아온 나는 남들과 똑같은 소리를 하거나 글을 쓰는 자를 경멸한다. 특히 자기 생각을 굽히거나 말과 행동이 다르게 사는 자를 스승은커녕 벗으로도 삼지 말라. 젊은 벗이여, 굽히지 말라!

물론 이처럼 당당하게 산다는 것은 이 세상 어느 나라보다 한국에서 특히 어렵다. 그래서 나는 다시 말한다. 젊은이여, 그럴수록 더욱더 당당하게 살라고. 오로지 당당하게 살라고. 당당하게 사는 사람들이 새로운 사회를 만들어야 우리에게 희망이 있다. 젊은 벗이여, 저 도도한 패거리 문화가 만드는 억압과 불평등, 무사상과 무실천의 야만을 당당하게 갈아엎어라!

2005년 4월에
박홍규

|차례|

# 정신과, 내 인식의
# 베이스캠프

정혜신

정신과 전문의. 남자들의 삶에 특별한 관심을 가지고 연구를 해왔다. 지난 1996년부터 여러 기업의 중견 관리자를 대상으로 '자아경영 프로그램'을 진행하는가 하면, 대규모 구조조정 과정에서 살아남은 직장인들의 심리적 공황상태를 연구한 'ADD 증후군'을 제기하며 화제를 모았던 필자는 기업경영에 정신의학을 접목시킨 '심리경영' 등에 많은 노력을 기울여 왔다. 지금은 '정혜신 M연구소' 대표로 있으며 기업 인재의 정신건강과 심리평가 프로그램 개발 등과 관련된 연구에 몰두하고 있다. 저서로는 《사람 vs 사람》, 《남자 vs 남자》, 《불안한 시대로부터의 탈출》 등이 있다.

독재정권 시절, 국가의 마음에 들지 않는 사람들을 음습한 지하실로 데려간 절대 권력자의 하수인들은 연행한 이들에게 종이와 볼펜 한 자루를 던져준 후 지나온 인생 전술 기간의 자서전을 강요했단다. 태어나서 지금까지 살아온 얘기를 '하나도 빠짐없이' 기록하라는 것. 취조자들은 그 같은 내용을 몇 번씩이나 반복해서 기술하게 하여 앞뒤가 맞지 않는 대목이나 꼬투리가 될 만한 일을 끄집어내 닦달했다. 그 곳에 끌려갔던 거의 모든 이들의 공통적인 경험담이다.

나는 그런 얘기를 들을 때마다 국가 공권력의 비인간적인 작태에 대한 분노와는 별개로, 지금까지 살아온 얘기를 '하나도 빠짐없이' 기록하라는 대목에서 나를 떠올리며 아득한 기분이 되곤 한다. 어디에서부터 무엇을 어떻게 말해야 내 인생의 전 기간을 하나도 빠짐없이 기록할 수 있는 것일까. 하지만 취사 선택의 기회를 박탈당한 상태에서도 방점을 찍게 되는 인생의 한 시기나 나름의 어떤 사건이 있을 것이다. 내게는 그것이 2, 30대 시절과 정신의학이라는 학문혹은 직업과 연결되어진다. 그것은 지금 내 직업이 정신과 의사라는 사실과 밀접한 관련이 있기도 하고 그렇지 않기도 하다.

지난 연말 살펴본 진료기록부의 일련번호는 8천 번에 가깝다. 내가 30대였던 10여 년의 세월 동안 정신과 의사로서 8천여 명의 새로운 사람들을 만나 내 전공과 관련된 병을 치료하거나 내담자의 깊고 은밀한 속마음을 들었다는 의미이다. 그들과 나는 여러모로 서로 영

향을 주고받았다. 정신과 의사가 되기 위한 준비 과정이었던 20대
와 정신과 의사가 되고 나서 새롭게 눈뜨던 30대에서 '정신의학'이
라는 영역은 내게 단순한 직업 이상의 의미를 가진다. 그러므로 정
신의학은 나의 정체성을 형성하는 중요한 요소인 동시에 내가 지난
시간을 추억하는 혹은 세상을 바라보는 통로가 된다. 젊은 날 정신
과와 관련한 특정 인물이나 일련의 사건들은 내 인식의 베이스캠프
인 것이다.

## 정신과에 대한 근거 없는 열정에 휩싸이다

정신과 의사가 되겠다고 마음먹은 것은 의대 본과 2학년 때였다.
그 해 여름방학, 의대 내 동아리에서 보길도로 의료봉사를 떠났는데
몇 명의 정신과 전공의들이 동행하여 주민들을 대상으로 화병에 관
한 기초조사를 한다는 얘기를 듣는 순간 반드시 그 팀을 따라나서야
한다는 생각이 들었다. 정신과 전공의들이 하는 일을 가까이서 엿
볼 수 있다는 호기심과 설렘이 불현듯 내 마음을 사로잡았기 때문
이다.

봉사활동 기간에 나는 그들의 연구작업을 옆에서 보조하는 지극
히 단순한 일을 맡았을 따름이지만, 갑자기 정신과에 대한 근거 없
는 열정에 휩싸이기 시작한 내게 정신과 전공의는 내 미래의 희망
을 깔고 앉아 있는 배부른 사람으로 보였다. 나는 그들이 시키는 단

순한 일을 매우 심각하게 처리했다. 마치 '지나가는 사람1'로 등장하는 엑스트라가 주연 배우의 대사까지 통째로 외워 하나하나 참견할 때처럼. 부적절한 진지함은 부적절한 가벼움보다 더 우스꽝스럽다. 잘못된 판단을 하게 만들기 때문에 우스워진다. 그 시절 나는 꽤나 심각했다.

본과 4학년 때 정신과 병동에서 임상실습을 할 때도 역시 그랬다. 낮 시간 동안 실습생들은 정신분열증 환자들이 대부분인 폐쇄병동에서 환자들과 얘기하고, 탁구하고, 기타 치며 노래도 하고, 음악치료·미술치료·집단상담·사이코 드라마 등에 참여한다. 그러다 오후 6시가 되면 환자들은 저녁 배식을 받게 되고 학생들은 실습을 끝내고 집으로 돌아간다. 하지만 나는 밖에 나가 저녁밥을 사 먹고는 다시 병동으로 돌아왔다. 처음에 환자들은 무료한 저녁에 뜻하지 않은 학생 손님을 맞아 그들의 몫으로 할당된 우유도 건네주고, 병동 내에서는 귀하디 귀한 과자도 권하며, 격의 없는 이야기들을 들려 주었다. 사실 그들은 특별한 지식은 없으나 의욕만큼은 과잉인 정신과 지망생을 배려하는 차원에서 이런저런 마음을 쓴 것인지도 모른다. 정신분열증 환자라고 24시간 정신질환자로 사는 것이 아니므로 건강하게 남아있는 그들의 자아 중 일부는 나를 안쓰럽게 바라보고 있었을 것이다.

온종일을 약 먹고 멍하니 누워있거나 병동의 긴 복도를 왔다갔

다하며 대부분의 시간을 걷기만 하는 사람들, 결핍된 무언가를 주위 사람들에게 끊임없이 갈구하는 '징한' 환자들. 나는 그들의 어떤 모습이 궁금해서 밤마다 다시 병동으로 돌아갔던 것일까.

'낮에 못 보던 모습을 밤에 볼 수 있을지 모른다, 여러 사람들 속에서는 들을 수 없었던 그들의 속말을 한적한 저녁에는 홀로 들을 수 있을지 모른다'는 생각 때문이었을 것이다. 그들의 모습을 분석할 만한 이론적 틀을 가질 수 없는 학생에 불과했지만 환자들의 모습을 날것 그대로 꿀꺽꿀꺽 삼키고자 하는 왕성한 식욕은 내게 있었다. 그들은 자신의 주치의에게 하는 말과 의대 실습생에게 하는 푸념을 구별해서 구사했다. 대상에 따른 기대수준이 다른 데서 오는 당연한 반응이었겠지만 나는 그런 사실들에 별로 괘념치 않았던 듯싶다. 내가 궁금해하는 것들의 실체에 다가가는 것이 불가능하다면 최소한 밤 병동의 느낌이라도 온전히 내 것으로 만들면 된다고 생각했다.

한 달 동안 밤 병동에서 환자들의 신비한 무의식을 경험하지도, 그들의 특별한 이야기를 듣지도 못했지만 나는 그들이 잠자리에 들어가는 9시 30분까지 병동에 있다가 나오곤 했다. 환자들은 매일 밤 긴 줄을 섰다가 차례가 되면 간호사 앞에서 약을 목구멍으로 받아넘기는 것을 확인 받고서야 잠자리에 들 수 있었다. 타국의 이민국 앞에서 원치 않는 지문날인을 하고 돌아서는 사람들처럼 매일 밤 간호사 앞에서 약을 넘기고 돌아서는 환자 행렬을 보며 나는 때론 목이 메이고 때론 마음이 불편했고 또 때로는 무심한 일상의 한 풍경으로 받아들였다.

폐쇄병동 실습 후에 정신과를 하려던 결심을 바꾸는 학생들이 많이 있다. 정신과라고 하면 정신분석 등 무언가 날카로운 지적작업을 상상했던 학생들에게, 폐쇄병동에서 가장 낮은 단계의 인간의 모습을 보여주는 정신분열증 환자는 정신과 의사의 일이 그다지 지적인 작업이 아니고 오히려 기능적인 직업이라는 생각을 강하게 들게 하기 때문이다. 정신분열증 환자들에게는 고도의 정신분석이 필요한 것이 아니라 구체적인 행동교정과 망상에 대한 약물치료, 그리고 사회재활 등을 돕는 여러 차례의 '수작업'이 필요하다. 그럼에도 정신과 실습이 끝나자 나는 정신과 의사가 되겠다는 마음이 더 강렬해졌다. 사실 지금 생각해도 왜 그토록 정신과 의사가 되고 싶어했는지 잘 모르겠다. 지난 세월 동안 나의 열정은 대부분 근거가 희박했으므로.

내가 본과 때 미국에서 오랫동안 임상의사와 교수로 활동하던 대선배 한 분이 내가 다니던 대학에 소속된 대학병원의 정신과 과장으로 부임했다. 그는 탁월한 학문적 성취와 스마트한 매너, 서구적인 이목구비, 훤칠한 키에 간혹 화려한 색상의 나비넥타이를 매는 감각적인 옷차림으로 의대생들을 들뜨게 만들었으며 그로 인해 학생들 사이에 정신과 지망생이 급격히 늘어날 정도로 인기가 대단했다. 하지만 그와 나는 선한 인연이 아니었는지 그는 내가 정신과를 선택하는데 가장 적극적인 방해자 역할을 해서 내게 깊은 상처를 남겨준 스승이 되었다.

당시 전공의 선발에는 학과장의 권한이 절대적이었는데 어느

의과대학 본과 4학년 시절, 동기 여학생들과 떠난 여행에서. 나는 왼쪽에 있다.

날 그는 총 6명 정원의 정신과 전공의 중에 여자는 한 명만 뽑겠다고 일방적으로 선언했다. 정신과를 지망하는 여학생이 12명이나 되었음에도 그의 결정은 단호해 보였다. 더구나 그 단 한 명의 여학생도 이미 내정을 해놓은 상태였다. 사고방식도 대체로 합리적이고 특별히 권위적인 사람도 아니었는데 왜 여자 전공의를 뽑는데 그렇게 완고했었는지를 나는 잘 알지 못한다. 내가 정신과 전공의가 된 이후에도 그것을 물어볼 만큼 그와의 관계가 편해지지 않았으니 지금도 확실한 이유는 알 수 없다. 추측하건대 정신과 동문 중에 여자의 비율이 높아지면 장기적으로 과의 세가 약해진다는 당시의 통념을 그가 무비판적으로 받아들였던 것이 아닐까 싶다. 전공의 선발시험이라는 공식적인 관문이 있었지만 내정된 한 명 외에는 아예 응시를 하지 않는 게 스승에 대한 당연한 예의로 받아들여야 하는 것이 당시 분위기였다.

정신과를 지망했던 나머지 여학생들이 다른 과로 전공을 돌리기 시작했다. 그러나 '정신과가 아니면 아무것도 하지 않겠다'는 거친 소망을 가졌던 나는 그때부터 피할 수 없는 굴욕을 경험하기 시작했다. 전공을 다른 과로 바꿨다면 겪지 않아도 될 일이었다. 잠도 못 자고 제대로 씻지도 못한 채 일을 할 만큼 열악한 인턴 생활 중에도 나는 틈나는 대로 정신과 학과장실을 일방적으로 방문했다. "나는 정신과가 너무 하고 싶으니 전공의 시험을 치르게 해달라"는 요지의 말을 하다가 "나가라"는 싸늘하고 나직한 말을 듣고는 눈물을 참고 나오길 십수 차례. 그 교수님은 내가 몇 번의 수모를 당하면 결국 다른 과로 전과하여 자신과는 평생 마주칠 일이 없는 타과 의사가 될 것으로 생각했는지(적어도 내게는 그렇게 보였다) 결과적으로 내게 너무 많은 상처를 주었다. 최대의 선의를 가지고 해석해보자면 정신과를 하겠다는 열정만 있지 섬세한 면이라곤 도무지 찾아볼 수 없는 나의 전투적인? 태도에 정신과 의사로서의 가능성을 보지 못했기 때문에 그리 대했는지도 모른다. 그 당시의 나는 장이모우 감독의 〈책상서랍 속의 동화〉에 나오는 어린 대리교사처럼 한 가지 목적을 위해서 앞만 보고 나아가는 '무대뽀' 였다.

'무대뽀' 정신은 무지하다는 단점도 있지만 순정純情하다는 장점도 있긴 하다. 단점보다 장점이 더 부각되는 순간 '무대뽀' 정신은 위력을 발휘한다. 학과장은 계속 나를 거부했지만 선배 전공의들과 정신과의 다른 교수들이 나를 지원사격하기 시작했다. 과 내의 여론이 "정식 시험을 통해 전공의를 선발해야 한다"는 쪽으로 기울어 갔다. 순정한 무대뽀 정신의 결실이었다. 통상 인턴들은 3~4주 주기로 여러 임상과를 골고루 돌면서 그 과의 가장 기초적인 일을 맡는다. 인턴 기간 중 나는 다른 인턴들이 가장 꺼리는 힘든 과의 일들을 바꿔 맡아주면서 정신과를 담당할 기회를 많이 잡았다. 정신과 전공의들을 따라다니면서 그들의 환자와 몰래 상담을 하기도 했고, 응급실에 자살을 시도한 환자가 들어오면 같이 가서 꼬박 밤을 새우기도 했다. 피곤에 찌든 전공의 옆에 붙어 다니며 그가 피하고 싶어하는 허접한 일이 생길 때마다 나는 기꺼이 그 일을 도맡았다. 정신과 전공의 입장에서는 이렇게 열심히 따라다니는 후배를 계속 옆에 두고 싶었을 게 뻔했다!(내 착각일 수도 있다.) "정식 시험을 통해 전공의를 선발해야 한다"는 여론은 원칙에 입각한 지극히 상식적인 주장이었지만 관행이 모든 것을 압도하는 당시 상황에서 그것은 과장을 조금 보태자면 혁명과도 같은 일이었다. 나는 그 모든 과정을 극도의 불안 속에서 지켜보아야 했고 결국 그 해 전공의 선발은 시험을 통해 뽑기로 결정되었으며 나는 마침내 정신과 전공의가 되었다. 단지 전공을 선택하는 일에 그토록 많은 에너지가 소모되고 표현하지 못할 모욕들을 견뎌내야 하는 것이 참담했을 만도 하건만 처음부터 끝까지 '난 정말 정신과만 하고 싶어요'라는 단 하나의 태도로 일관한 듯하다. 마치 내가 제일 좋아하는 〈사랑밖에 난 몰라〉라는 유행가 가사처럼.

결과적으로 해피엔딩이 되었지만 나의 전공의 입성 과정은 내게, 정신과 의사들이 사람을 대하는 태도에 근본적 회의를 갖게 하는 단초를 제공했다. 당시 학과장이었으며 내 스승이었던 그 교수는 객관적으로 당대 최고의 정신과 의사 중 한 명이었지만 사람에 대한 그의 철저한 무관심 또는 무시·냉정함은 인간의 마음을 다루는 정신과 의사의 태도와는 거리가 있다고 나는 그렇게 느꼈다.

지금도 정신과 의사들에게 상처받고 실망하는 사람들을 많이 만난다. 환자의 다급하고 절박한 마음이 의사의 전지전능함을 요구하다 돌출한 성급함의 한 모습일 수도 있고 또 어떤 의사가 특별히 피곤했거나 개인적인 이유로 짜증이 났을 때 진료를 받았던 사람들의 지엽적인 불평일 수도 있다(어쩜 지엽적인 불평이 아니라 직업의식이 희박한 정신과 의사에 대한 근본적인 의문일 수도 있다). 나와 진료실에서 만난 이들 중 누군가는 정신과 의사로서의 나에 대한 실망감으로 지금 다른 누군가에게 하소연을 하는 사람도 있을 것이다. 하지만 이런 경우 나는 그것이 환자들의 다급함 등에서 오는 심리적 결과물이 아닌, 구체적인 현실일 가능성부터 따져보곤 한다. 나는 정신과 의사에 대한 근본적인 불신을 비수처럼 가슴에 품고 정신과 의사가 되었기 때문이다.

정신과에서는 환자들의 개인력을 기술하는 난의 첫 줄에 '출생 시 환영받지 못한 아기unwanted baby'였는지 '환영받은 아기wanted baby'였는지의 여부를 기록하게 되어 있다. 청소년뿐 아니라 성인의 경우에도 마찬가지다. 예를 들어 아기가 태어날 때 부부가 심각한 갈등 때문에 아기가 생기는 것을 원치 않았다거나 엄마가 직장일 때문에 아이를 낳을 형편이 되지 않아 지우려 애를 쓰다 실패하여 태어난 아기는 아니었는가 등을 살핀다. 존재 자체가 거부되는 상황에서 세상에 태어난 사람인지 아닌지의 여부가 정신과에서는 무엇보다 중요한 고려 요소인 것이다. 출생시부터 거부당한 인생들은 대체로 살아가는 내내 이러한 주변 감정으로부터 벗어나기 어렵기 때문이다. 혐오하는 남편과의 관계에서 생긴 아기에게 편안한 사랑을 주기 어려울 것이며, 아이의 존재 자체가 자기 앞날의 장애물이라고 인식하는 엄마에게서 태어난 아기는 무의식 중에 자신의 미래가 얼마나 험난할지 예측한다. 아기의 미분화된 세포 속에 각인된 이런 힘겨운 감정들은 그 이후 아이의 삶 전체의 바탕색을 결정하는 중요한 요소가 된다. 미움을 받을 만한 구체적인 이유가 있다면 그것을 삼가는 노력으로 미움에서 벗어날 수도 있지만 자신의 존재 자체가 상대에게 불쾌감이나 갈등을 일으킨다면 해결책은 애초에 없는 것이나 마찬가지다. 얼마나 난감한가. '환영받지 못한 아기' 들은 성인이 되어서도 피해의식에 사로잡혀 자기 머릿속 가상의 적을 향해 나름의 공격술과 방어책을 끊임없이 구사하려고 한다.

정신과에 입문하기 전부터 시작된 내 존재 자체에 대한 거부는 내게 정신과 의사로서의 삶을 '환영받지 못한 아기'로 시작하게 하는 불우한 경험을 선사했다. 정신과 전공의 시절 내내 나는 과다한 인정욕구에 시달렸고, 날이 갈수록 공격적인 태도를 갖게 되었다.

## 건조하고 가난한 문장文章 같았던 시절

1년차 전공의 시절, 나는 당직이 아닌데도 집에 가지 않고 병원 당직실에서 자곤 했다. '지금 내가 정신과 의사가 되었구나' 하는 가슴 저린 희열을 느끼기 위해서였다. 당직실에서 잘 때는 그런 느낌을 혼자 조용히 그리고 마음껏 음미할 수 있었으니까. 실제 당직이 아니니 응급환자를 보러 갈 일도 없고, 조용히 누워서 당직실에 누울 수 있는 내 자신의 상황을 천천히 즐기는 것이 나의 취미생활이었다.

전공의 1년차 시절, 6명의 1년차가 돌아가면서 맡는 환자 사례 발표 등을 나는 자청하여 남보다 훨씬 많이 맡곤 했다. 일을 한 건이라도 줄이고 잠을 보충하거나 병원 밖 나들이를 하는 것이 최고의 낙樂인 1년차 시절의 속성을 감안한다면 특이한 경우였다. 입원시에 담당했던 환자가 퇴원한 후에 외래에서 지속적으로 정신치료를 받는 경우가 있는데 이런 류의 환자 숫자도 1년차 전공의 중 내가 가장 많았다.

나는 통제할 수 없는 거식증 환자의 폭식 습관처럼 강한 식욕으로 정신과 의사로서의 임상경험들을 빨아 당겼다. 채워도 채워도 허기가 사라지지 않는 이상異常 식욕이었다. 1년차 여름휴가 때 나는 집에서 달리 할 일도, 한 일도 없었다. 무기력하기만 했다. 휴가 마지막 날 저녁, 내가 맡아야 할 환자들 차트를 미리 살펴보기 위해 병원에 나와 가운을 입고 병동으로 들어가는데 코끝으로 스미는 병원 냄새에 가슴이 두근거리면서 행복감이 몰려들었다. 동료들은 휴가가 끝나갈 무렵 병원에 다시 나와 당직 설 생각만 하면 스트레스가 쌓인다고들 했지만 나는 예외였다. 병적인 몰입이었다.

지방 병원 정신과로 파견근무를 갔을 때였다. 비교적 한산한 지방 병원의 정신과 과장은 3개월마다 바뀌는 파견근무 전공의와 정신과 간호사들을 상대로 아침미팅 때마다 자신의 군 시절 경험담을 늘어놓는 걸 즐겼던 사람이다. 주위 사람들은 그의 취미를 끔찍해했다고 한다. 나 역시 3개월 내내 얼굴을 맞대고 아침마다 그 얘기를 들었지만 그의 취미가 끔찍하다는 사실을 인식하지 못했다. 오히려 깔깔거리면서 맞장구치거나 호기심어린 눈빛으로 그의 말을 재촉한 듯하다. 잘 보이기 위한 처세술 때문이 아니었다. 실제로 그 시기의 나는 정신과와 관련된 사람이라면 누구의 말이라도 열심히 듣고 많은 것을 배우고 싶어하는 욕망이 강해서 아침미팅에서의 군대 이야기까지도 재미있기만 했던 것이다. '지나친 몰입'의 부작용이다.

미팅에 참석했던 간호사들은 몇 년째 되풀이되는 군대 이야기에 진저리치고 있었다는데 나는 그런 사실을 조금도 눈치채지 못했다. 내 감정에만 빠져 있었던 까닭일 것이다. 나중에 알았지만 그 과장은 내가 재미있어 하니까 더 신이 나서 맘껏 군대 이야기를 풀어놓았고 그로 인해 오전 외래진료 시작을 1시간씩 뒤로 미루기까지 했단다. 그 시간에 외래진료실에서 기다리고 있었을 환자들의 긴 줄을 생각하면 가슴까지 붉어지는 느낌이 든다.

나는 지금도 가끔씩 그때 일을 생각한다. 그 곳의 간호사들을 떠올리면, 부끄럽고 미안하지만 동시에 내 모습에 대한 분명한 자각에 화들짝 놀라곤 한다. 지나친 몰입은 반이성의 결과이며 자기성찰을 하지 못하는 사람들이 선택하는 흔한 행동양식이다. 정신과 의사로서 이렇게 멀쩡하게 말하지만 그때의 나는 그 '흔한 행동양식'의 전형이었다.

많은 사람들은 삶의 어느 순간 무조건적인 몰입의 경험을 하게 된다. 사춘기에 연예인에게 빠지는 것처럼 발달의 한 과정으로서의 몰입도 있다. 이런 종류의 몰입은 그 시기가 지나면 자연 소멸한다. 몰입 과정에서 인간은 자기 에너지의 극한을 체험하게 되는데 이는 몰입의 긍정적 측면이다. 어린 시절 새의 알을 품으며 가슴 설레었다는 안철수 사장처럼(에디슨의 이야기가 아니다) 유전인자에 각인된 강렬한 몰입적 성향으로 생을 살아가는 사람도 있다. 그들은 자신의 몰입에 저항할 수 없을지는 모르지만 자신의 몰입에 압도되어 생의 다른 기능들이 마비되지도 않는다. 그들의 몰입은 특별한 부작용 없이 있는 그대로 그의 성과로 연결될 수 있다. 그때의 몰입은 타고난 자기 모습 그 자체이기 때문이다.

하지만 나의 몰입은 정상적 범주의 것이 아니었다. 나의 몰입은 '원치 않는 아이'로 시작된 내 정신과 의사생활을 보상하기 위한 과다한 인정욕구에서 시작된 신경증적 증상이었다. 외피는 정신과에 대한 열정이라는 근사한 소재를 둘렀지만 속질은 존재 자체를 거부당한 불행한 인생의 자기부정과 다를 바 없었다.

존재의 거부를 경험하는 극단의 체험자 중 하나는 '입양아'일 것이다. 그들의 삶은 거부당한 생을 그렇지 않은 것으로 뒤바꿔 놓기 위한 한 개인의 고난사苦難史라고 말할 수도 있다. 성인이 되어 결혼을 한 입양아 출신 여성들의 공통점 중 하나가 출산 후 아기의 사진 등 자료수집에 편집증적 집착을 보이는 것이라고 한다. 그들에게 자료의 부재란 거부의 증거이기 때문이다. 거부당한 사람들은 강렬하게 몰입한다. 집중력이 높아진다. 그러나 병적인 동기에서 시작된 몰입과 집중은 삶을 뒤틀리게 한다.

회진 때 교수의 질문에 대답을 못한 날은 하루 종일 그 내용이 머릿속을 떠나지 않고 맴돌면서 나를 괴롭혔다. 그런 질문들에 대한 답변을 나는 빠짐없이 체계적으로 정리했다. 그러다가 그 교수를 만나면 그가 묻지도 않았는데 그 답변을 말할 기회를 찾느라 다른 얘기는 귀에 들어오지도 않는 경우가 많았다. 자폐적 일과였다. 나는 늘 마음이 불편하고 조급했다. 여자라는 이유로 전공의 선발과정에서 불이익을 당했던 피해 경험 때문에 나의 여성성 자체를 부정하려는 증상도 존재했다. 이런 경우에 내가 좋아하는 여자들은 구조적 성차별에 정면으로 맞서 그 문제를 극복하지만 그때의 나는 그러지 못했다. 나는 여자들과는 잘 어울리지 못하고 주로 남자 동료나 남자 선배들과 어울렸다. 화장이나 액세서리도 하지 않았고 남자 같은 덤덤한 옷차림으로 일관했다. 내 삶은 수사修辭 한 줄 없는 건조하고 가난한 문장 같았다.

## 낮에는 정신과 의사로, 밤에는 정신과 환자로

전공의 생활 1년 만에 나는 정신분석 치료를 받기로 결정했다. 정신과에서는 전공의들에게 정신분석 받는 것을 적극 권한다. 정신과 의사가 되었지만 타인의 정신을 치료해도 좋을 만한 인격적 성숙을 가졌는지는 별개의 사항으로 환자를 치료하기 전에 자신부터 치료를 받는 것이 순서이기 때문이다. 또 정신분석학이라는 학문은 이론만으로 도저히 이해할 수 없는 부분들이 많아서 의사 스스로 환자가 되어 시시각각 떠오르는 자신의 환자적 감정들을 고스란히 겪어보는 것이 매우 의미 있는 행위이기도 하다. 그런 까닭에 자기 치료의 수단과 공부, 두 가지 측면에서 정신과 전공의들에게 정신분석을 적극 권하는 것이다.

정신분석을 받아야 하는 의사라면 비정상적인 사람이 아닐까 하는 의혹을 가지는 사람들이 간혹 있다. 그러나 세계적인 축구선수가 자신의 발에 천문학적 금액의 보험을 드는 것처럼 인간의 정신을 다루는 정신과 의사의 정신도 그런 식으로 철저히 관리 받아야 한다.

그런 여러 가지 이유로 나는 일주일에 2회, 1회에 50분씩 진행되는 정신분석 과정을 시작했다. 그 과정은 2년 동안 계속되었다. 그 2년간 매달 월급의 절반을 떼어 정신분석 치료비로 썼다. 나의 당직 스케줄은 정신분석 시간을 피해서 짜여졌고 과의 중요한 행사나 개인적인 일과도 모두 정신분석 시간을 방해하지 않는 범위 내에서 조정하였다. 2년 동안 정신분석 시간을 빼먹은 날은, 언젠가 여름 물난리로 교통이 끊겼을 때 단 한 번뿐이었다. 그 기간 동안 내 삶의 중심은 정신분석이었다. 무엇에든 한 번 빠지면 주변을 살피지 못하는 나의 병적인 몰입 증세가 이 시기에는 정신분석 쪽으로 빠져버린 점도 있지만, 또 다른 측면에서 정신분석 과정이란 일단 들어서면 깊은 몰입을 피할 수 없는, 통제불가능한 '정신분석의精神分析醫와의 게임'이기도 하다.

　정신분석 초창기에 나는 '원치 않는 아이'의 서러운 감정을 쏟아냈다. 몇 달 동안 이유 없는 눈물과 이유를 알 만한 눈물이 끊임없이 반복되었다. 어떤 날은 50분 내내 울다가 나온 적도 있다. 스스로도 지나치다 싶은 마음에 '언제까지 흘려야 눈물이 마를까' 하는 생각을 하다가 그것 때문에 눈물을 흘리기도 했다.

　처음에 그 눈물들은 정신과 전공의가 되기까지의 서러움에서 시작되었지만 시간이 갈수록 어린 시절부터 내 가슴 깊숙이 자리잡고 있던 슬픔까지 자극했고 그 슬픔은 나를 마구잡이로 흔들었다. 눈물이 그치는 날이 올 것 같지 않았다. 명상을 시작하는 사람들이 침묵한 상태에서 눈을 감고 앉아 있노라면 이유 없이 흐르는 눈물 때문에 당혹감을 느낀다더니 안쪽의 문을 열고 내 안으로 한 발짝을 들여놓았더니 과연 눈물천지였다. 눈물을 '세상에서 가장 투명한 시'라고 정의한 이외수 선생의 문학론에 따르면 당시의 나는 최고의 리얼리즘 시인이었다.

눈물이나 분노, 적개심 등 있는 그대로의 감정을 자신이 신뢰할수 있는 사람 앞에서 쏟아놓을 수 있다면 그것은 복이다. 지고, 이고다니던 짐들을 내려놓아야 굽힌 허리를 펴고 앞을 제대로 볼 수 있고손발도 자유롭게 사용할 수 있는 것처럼 부여안고 있던 감정덩어리를 내려놓으면 결박당한 정신적 에너지들을 비로소 자유로이 쓸 수있게 된다. 감정표출이 문제해결 그 자체는 아니지만 문제해결을 위한 객관적인 태도를 만들고 가용 에너지를 확보한다는 점에서 문제해결의 전제라 할 수 있다. 그런 점에서 정신분석은 더할 수 없이 요긴한 방법이다. 하지만 마음껏 감정을 발산하며 문제해결의 전제를확보했다고 모든 게 끝나지는 않는다. 다른 과제들이 생겨나는 것이다. 그 중요한 과제 중 하나는 정신분석의에 대한 개인적 감정을 다스리는 일이다. 정신분석을 하다 보면 정신분석의를 좋아하게 되기도 하고, 적개심이 생기기도 한다. 그것은 정신분석의 개인에 대한애증의 문제라기보다 분석 과정 중에 자연스럽게 자신의 원초적 감정덩어리를 대면하면서 생겨나는 일종의 통과의례다. 이런 과정을 겪으면 진이 빠질 만큼 에너지가 소모된다. 나 또한 그러했다.

분석 기간 중에 우연한 기회에 내 분석을 담당하고 있는 정신분석의 부인 손에 끼어 있는 다이아 반지를 본 적이 있는데 그 다음 시간에 나는 "당신은 내담자에게 받은 돈으로 부인 다이아 반지나 사 주느냐?"고 힐난할 만큼 불쾌함을 참을 수 없었다. 내 앞 시간에 분석을 받는 사람이 끝나는 시간을 5분이라도 넘기면 "그 사람만 특별 대우한다"는 생각이 든다며 정신분석의에게 화를 냈다. 정신분석의에 대한 적개심, 불편함 등이 치밀어올라서 나는 나의 정신분석의가 참가하는 학술모임은 피해 다녀야 할 정도로 격렬한 감정의 홍역을 치러야 했다. 나는 정신분석의에게 턱없는 불쾌감이나 적개심, 질투 같은 감정들을 느꼈고 그 감정들을 그때그때 쏟아 냈다.

적개심만이 아니었다. 내가 진료실에 도착했을 때 그가 문을 열어 주고 뒤돌아 걷는 모습에서 내 아버지를 떠올리면서 그에게 한없는 사랑과 연민을 품기도 하였다. 내 정신세계에서 나의 정신분석의는 나의 아버지로, 엄마로, 나를 배척했던 학과장으로 변신을 거듭하였다. 나는 마음껏 퇴행했고 그에게 갖가지 감정들을 투사하였다. 재연 프로그램의 배우처럼 어린 시절의 경험을 정신분석 현장에서 생생하게 재경험한 것이다. 물론 이 모든 것은 내가 의식하지 못하는 사이에 정신분석 현장에서 일어난 일들이다.

정신분석 치료의 제1원칙은 진료실에 들어서면서 떠오르는 생각이나 감정을 어느 것 하나라도 빠뜨리지 않고 그대로 말로 표현해야 한다는 것이다. 무의식의 세계로 들어가기 위해서는 준비된 이야기보다 진료실에서 카우치긴 의자에 누웠을 때 불쑥 떠오르는 생각이나 감정이 더 요긴한 단서가 되기 때문이다. 나는 나의 유치한 감정들을 있는 대로 내던질 수 있었고 또 그래야만 했다.

정신분석 과정 중에 정신분석의에 대해서 긍정적이든 부정적이든 개인적 감정이 생기는 것을 '전이轉移'라 한다. 전이는 어린 시절 자신에게 중요한 인물주로 부모에게 가졌던 핵심 감정이 정신분석의와의 관계에서 그대로 재현되면서 생기는 현상이다. 전이감정을 분석해가는 과정을 통해 내담자는 자기 문제의 본질을 깨닫게 된다. 정신분석의에게 쏟아 놓았던 자신의 사적인 감정이 사실은 어린 시절 부모에게 가졌던 자신의 핵심적인 감정이었다는 사실을 깨닫게 될 때의 느낌은 실로 충격적이다. 범행 현장을 다시 찾았다가 베테랑 수사관에게 딱 걸린 범인의 심정 같은 것이다. 그러한 막다른 골목길에서의 깨달음은 무엇에 비할 수 없는 강력한 자기 통찰력으로 연결된다.

'전이'는 정신과 의사라면 당연히 알고 있는 기초지식에 속한다. 내가 겪고 있는 것이 '전이'라는 것을 '환자' 입장에서도 알 수 있었다면 그 감정을 견뎌내기가 쉬웠을 것이다. 그러나 '전이' 현상 한복판에 있을 때 나는 나의 감정적 과장이 '전이'의 결과라는 것을 제대로 인식하지 못했다. 당시 나는 일주일에 두 번 내가 환자가 되는 시간만 빼고는 정신과 의사로서 환자를 치료하고 있었고, 그 중 몇몇 환자는 의사인 나와의 관계에서 '전이'를 경험하고 있었다. 내 환자가 나에 대한 전이감정에 빠져있다는 것은 느낄 수 있었지만 내 자신이 정신분석의와의 관계에서 그런 상태에 속해 있다는 것을 알아차리기는 어려웠다. 지식으로 알던 것을 실제로 체험했을 때 그 사이에 괴리가 있다면 과연 내가 그것을 알고 있었다고 할 수 있는 것일까.

내가 정신분석을 받으면서 느낀 가장 큰 교훈은 '나와 환자 사이에 어떤 격차도 존재하지 않는다'는 사실이다. 이런 말을 사람들은 겸양의 수사로 받아들인다. 그러나 이 말은 상징적이 아니라 구체적인 사실에 가깝다. 나는 정신분석 경험을 통해서 내 안에 들어 있는 '환자적 욕망'들을 적나라하게 경험했다. 유치함의 극단이나 의존성, 치사한 질투심, 끝이 없는 인정욕구, 내 안에 있었던 것이지만 지금은 떠올리기조차 불편한 공격성 등. 나는 정신분석의 중반을 넘기면서 "폐쇄병동에 입원해 있는 나의 환자와 흰 가운을 입고 그들 앞에 서 있는 내가 전혀 차이가 없다"는 고백을 나의 정신분석의에게 털어놓았다. 그때 내 고백은 더없이 절절했고 사실적이었다. 내 안의 깊숙한 곳에서 정신분열증 환자의 펄펄 끓는 피해의식과 심한 히스테리 환자의 비틀린 자기현시욕과 의존성들을 적나라하게 확인한 때문이었다. 나는 당시에 "내가 입원하고 훌륭한 정신과 의사가 아침마다 회진도 와주고 상담도 해주었으면 좋겠다"는 간절한 마음마저 가졌다. 내 안의 병적인 것들의 실체와 마주하고 나니 돌이킬 수 없을 것 같은 무기력감이 밀려들었다.

낮에는 정신과 의사, 저녁의 정신분석 현장에서는 환자로 돌아갔던 나는 두 가지 정체성 사이에서 통합을 이루기 어려웠다. 의사아니면 환자. 둘 중 하나로 나를 규정하려 했고 둘 중 하나로 끝장을 보려들었다. 그러는 와중에 '정신과 의사라고 정신의학적으로 완벽한 존재이겠는가'라는 매우 기초적이고 상식적인 질문이 새삼스럽게 느껴졌다. 의사가 완전무결한 존재가 아니라는 사실을 인정할 수 있다면 환자적 속성을 가진 의사란 당연한 것 아니겠는가.

지금 내가 정신과 의사로서 혹시라도 약간의 유능한 구석이 있다면 그것은 '내가 바닥까지 환자가 되어보았던 경험'에서 나온 것이라고 자신있게 말할 만큼 그 시기의 분열은 내게 엄청난 치료적에너지를 주었다.

나는 지금도 간혹 나의 정신분석의가 쓴 나의 진료기록부를 보고 싶은 마음이 들 때가 있다. 지금껏 내가 보았던 환자가 8천 명이넘고 그들의 진료기록을 내가 스스로 작성해 본 경험으로 의사들이작성한 진료기록의 속성을 알고, 내 진료기록부도 어떠하리라는 것을 대강 짐작할 수 있음에도 불구하고 나는 아직도 그런 유혹을 느낀다. 아직 내가 의사와 환자 사이에서 불규칙적으로 진동하는 추처럼 이동하고 있기 때문이 아닌가 한다. 하지만 지금 나는 나의 환자적 속성을 유쾌하게 받아들인다.

## 정신과, 내 인식의 베이스캠프

정신분석이 진행되던 그 긴 시간 동안 나는 오로지 내 자신에 대한 이야기에만 집중했다. 총 180여 시간 동안 오로지 내 얘기만 했고 내 자신에 몰두했다. 나의 이런 경험은 행운에 속하는 편일 것이다. "평생 자신에 대해서 생각해 본 시간이 얼마나 되느냐"는 질문에 직장을 다니는 3, 40대 남자들은 대개 서너 시간 정도라고 털어놓는다. 살면서 부하나 상사를 대하는 처세술 등 대인관계의 스킬에 대해서는 책도 읽고 공부도 하지만 정작 나 자신에 대한 근본적인 생각을 해보는 일은 쉽지 않다.

살다 보면 나이가 들어감에 따라 겪게 되는 여러 경험들로 인해 저절로 깨닫게 되는 삶의 지혜들도 많지만 정신분석을 통한 경험은 그런 경험들과는 질적으로 다른, 정신분석을 통하지 않고는 일생 겪어보지 못할 신비한 내적 체험들을 제공한다. 정신과를 선택한 이후에 내가 환자들에게 얼마나 도움을 주었는지는 의문이지만 가장 큰 도움을 받은 사람은 바로 나 자신이다.

2년여의 정신분석이 진행되면서 나는 많은 변화를 겪었다. 선머슴 같았던 외모가 나도 모르는 사이에 슬며시 사라진 것은 물론이고 타인을 의식하는 경향도 눈에 띄게 줄었으며, 이젠 오히려 타인을 너무 의식하지 않고 사는 것이 문제가 될 지경이다. 이것도 바람직한 것은 아니므로 조절하려 한다. 병적인 몰입도 덜하다. 사물과 내 눈 사이에 거리가 생겼다. 때론 망원경과 현미경을 동시에 손에 쥔 듯한 느낌에 뿌듯해한 적도 있다.

정신분석을 통해 본래의 내 원형을 찾은 것은 살아오면서 지금껏 내가 한 일 중 가장 위대한 것인지도 모른다. 무엇보다 내 자신이 편해졌으므로 더 그렇다.

정신분석을 마치고 얼마 동안은 정신분석을 받지 않은 동료들에 비해서 '나는 뭔가 달라야 한다'는 생각에 일상이 꼬이기도 했다. '깨달음을 얻은 인간'인 체하느라 부자연스러운 상황에 빠진 적도 있다. 좋은 경험 뒤에도 그것이 체화되기까지는 일정한 부작용이 뒤따른다는 사실을 새삼 깨달았다.

정신분석을 경험한 이후에 얻은 것은 특별한 능력이 아니라 원래의 내 모습이다. 흰머리가 많은 사람이 주기적으로 염색을 하며 각별한 공을 들여서 얻는 것은 남들과 비슷한 평범한 머리색이다. 특별한 노력을 하지 않으면 자신의 결함이 도드라지지만 노력을 한다고 특별한 것을 얻는 것은 아니다. '보통'을 얻기 위해 '특별함'을 기울여야 하는 것이다. 젊은 날 정신과 의사로서의 내 삶도 보통의, 일상적인, 평범한 나를 찾기 위한 특별한 노력의 과정이었다고 생각한다.

그런 이유에서 만일 누가 나에게 젊은 날의 중요한 시기를 하나도 빠짐없이 기록하라고 한다면 나는 정신과와 관련된 이런저런 사실들을 시시콜콜하게 말할 수밖에 없으며, 그게 또한 지나간 내 젊은 날을 되돌아보는 가장 정확한 통로일 것이다.

# 외국과의 만남,
# 그리고 경계선 뛰어넘기

**박노자**

러시아의 상트페테르부르크에서 태어나 상트페테르부르크 국립대학 동방학부 조선학과를 졸업하고 모스크바 국립대학교에서 박사학위 취득. 2001년 한국인으로 귀화, 지금은 노르웨이 오슬로 국립대학 부교수로 재직 중이다. 저서로는 《나를 배반한 역사》, 《당신들의 대한민국》, 《좌우는 있어도 위아래는 없다》, 《하얀 가면의 제국》 등이 있다.

러시아와 한국은 정서적으로 비슷하다는 말을 하는 사람들이
많다. 흔히 그 근거로 드는 것이 '한恨의 문화'이다. 요새는 객관적
으로 검증하기 힘든 이 말 대신 서로의 역사적 경험이 비슷하다는
말을 하기도 하는데 물론 근거가 없는 것은 아니다. 러시아도 한국
처럼 위로부터의 폭력적인 근대화를 경험하며, 갖가지 선동 사업
과 구호를 외치는 일에 동원되어 집단적으로 도취되는 경험을 해
본 적이 있기 때문이다. 한국과 러시아는 전지전능한 체제의 수레
바퀴에 깔린 개인의 절망과 무력함이 무엇인지 몸으로 아는 사회
이다.

예컨대 내가 황지우의 그 유명한 〈새들도 세상을 뜨는구나〉를
읽었을 때의 일이다. 내게 그 시는 전혀 남의 이야기로 들리지 않
았다. 아니 시인 황지우의 심정을 마디마디 공감할 수 있었다. 학
교 행사나 소년 공산당The Young Pioneers Organization의 행진, 국경
일 때의 의무적인 시위 행렬과 같은 공산당 독재 시절의 그 흔해 빠
진 어용 행사마다 확성기처럼 애국가를 불러대던 경험이나 극장에
서 영화가 시작되기 전에 일제히 일어나 엄숙한 척 군대 행군가 등
을 경청하던 일이 과연 러시아인들만의 경험일까? 이러한 경험이
많았던 나로서는 황지우 시인의 심정을 정말 이해할 수 있었다. 그
리고 폭력에의 습관화된 복종, 폭력의 내면화의 경험이란 면에서

너무 일치하는 한국의 최근의 역사를 쉽게 나의 과거로 생각할 수
있었다.

## 외국에 대한 두 가지 기억

　물론 소련에서 태어나 자랐던 나와 '토종 한국인'의 정서 사이
에는 엄연한 간격이 존재할 것이다. 그 중에서도 외국外國에 대한
경험은 나의 어린 시절과 비교해 볼 때 큰 차이가 있다. 구한말 때
강제적으로 세계 자본주의 체제에 편입된 한국에는 '선진 외국'이
국토 안으로 들어와 많은 소시민들에게 오랫동안 선망의 대상이
되었다. 그리고 동시에 이러한 외세外勢는 구한말의 의병들이나 식
민지 시대의 비타협적 민족주의자들, 1980년에서 1990년대에 이
르는 이른바 운동권에게는 규탄과 투쟁의 대상이 되었다. 대한민
국 곳곳에는 이러한 '외국'이 있었다. 의무적으로 배워야 할 일본
어나 영어와 같은 우리 머리 안의 외국, 총을 들고 우리 강산을 짓
밟은 일본이나 미국 병사와 같은 정복자로서의 외국, 병원이나 철
도를 짓고 구호품을 전해주는 문명 전도사로서의 외국, 신사 참배
를 강요하거나 빵과 유학의 기회를 미끼로 기독교 신자 되기를 유
도하는 우리 마음의 지배자로서의 외국, 우리 여성을 위안부로 징
발하거나 매춘부로 이용하는 강탈자로서의 외국 ……. 순응적인
이에게는 하나님으로 보일 수도 있고, 저항적인 이에게는 악마로

보일 수도 있는 이 외국은 어디로도 손을 뻗칠 수 있고, 어디에서도 피할 수 없는 존재였다. 한국인에게는 이러한 외국과의 관계를 설정하는 일은 일상에서 부딪치는 근본적인 과제 중의 하나였다. 이는 1980년대에 반미를 외치며 시위를 벌이다 1990년대에 미국 유학길에 올랐던 소위 386 시대의 많은 대표자들을 생각해보면 될 것 같다. 규탄의 대상이 되었든 배움의 대상이 되었든 미국의 이미지는 처음부터 끝까지 그들의 의식 세계에서 결정적인 위치를 차지했던 것이다.

하지만 자본주의가 지배하는 세계로부터 벗어나 있던 공산당 치하의 소련은 달랐다. 외국이 두루두루 퍼져 있는 남한 사회와는 대조적으로 총을 든 외국 병사는 물론 외제 기계나 물건마저 쉽게 구경하기 힘들었다. 그나마 외제라 해도 그 원산지는 진정한 외국으로 생각되지 않는 동구권 국가가 대부분이었다. 소련에는 눈에 보이는 외국은 부재하는 대신 정보와 텍스트로서의 외국만 풍부하게 존재했다. 뒤마의 《삼총사》, 디포의 《로빈슨 크루소》와 같은 18~19세기 유럽의 대중문학은 학교 필독서의 상당수를 차지했다. 역사 과목을 보더라도 세계사의 비중은 러시아와 소련 역사, 그러니까 국사와 비교해 결코 뒤지지 않았다. 도서관에서는 헤르만 헤세1877~1962의 작품처럼 인기가 높은 외국 번역 소설을 빌리려는 사람들이 사서의 환심을 사고자 애를 썼다. 또 TV에서는 미국과 소련의 대결을 다루는 영화들이 자주 방영되었기 때문에 제3세계의 자유를 빼앗으려 날뛰는 CIA 간첩도 그렇게 낯선 존재만은 아니었다.

그런데 외국이 텍스트나 영상을 통해서만 다가왔기 때문일까? 아니면 관영 촬영소에서 제작된 체제 선전용 영화에 대한 신뢰가 땅에 떨어질 대로 떨어져서일까? 영화 속에 등장하는 미국 간첩에게 진정한 증오나 분노의 감정이 생기지 않았다. 점령군 행세를 하는 미군을 직접 경험했던 한국인들이 느끼곤 했던 감정을 소련에서는 별로 느낄 수 없었다. 마치 코난 도일1859~1930의 셜록 홈스 시리즈에 나오는 그 수많은 범인이나 악인에 대해 별다른 개인적인 감정들을 느낄 수 없듯이 말이다. 외국이라는 세계가 종이와 은색 화면에만 존재했듯이 그 세계의 악이나 악에 대한 거부 반응 역시 무관심을 전제로 한 당위론의 수준을 넘지 않았다.

## 미지의 세계, 미국

멀리, 너무 멀리 존재하고 글자나 이미지로만 알고 있는 세계에 대한 보통 사람들의 감정은 무엇일까? 그 세계에 무시무시한 악이 존재한다고 해도 거부 반응보다는 궁금증이나 신기함이 앞설 것 같다. 내가 대학교 1학년 때 처음으로 '진짜' 미국 대학생들을 만났을 때가 그랬다. 그 전에 미국의 인종차별 문제나 침략주의 같은 악명 높은 전통에 대해 아무리 학습을 많이 받았어도 미국은 무엇보다 신기하고 탐험해보고 싶은 미지의 세계로 남아 있었다. 더군다나 그 미지의 세계로 여행하거나 그 미지의 세계로부터 온 물자를 쓸 수 있는 것은 소련 사회에서 간부층에게나 가능한 특권이었기에 그 세계는 일종의 권위나 높은 수준의 그 무엇을 무의식 중에 연상시키기도 하였다.

물론 그 권위에 대한 의식은, 영어 발음의 정확성이나 미국 대학 졸업증의 유무로 그 몸값을 평가받는 한국인들과는 본질적으로 달랐다. 그들은, '우리의 주인'이라기보다는 그냥 신기하고 어쩌면 우리보다 잘사는지도 모를 그러면서도 우리와 별로 관계가 없는 '외계인'이었다. 나중에 미국인으로부터 동구권의 교육 제도가 반미 감정을 주입시킨다고 규탄하는 것을 들었을 때 나는 웃을 수밖에 없었다. 감정이라는 것이 어찌 단순한 학습을 통해서 전달될 수 있겠는가. 미군의 야만적인 폭격으로 가족을 잃은 북한 주민들이야 진정한 반미주의자가 될 수 있었겠지만, 그들의 '쏘련 형제'의 사정은 매우 달랐다.

　신기하고 한 번쯤 탐험해보고 싶은 '외국'이라는 미지의 세계, 그런데 1980년대 말부터 소련에는 소위 페레스트로이카개혁정책가 예고 없이 다가왔다. 페레스트로이카에 대해서는 그 시기를 살아본 사람이라면 누구나 한 번쯤 고심해본 문제이긴 하지만 한 마디로 정리하기 어려운, 중첩적이며 복합적인 현상이라는 점은 분명해 보인다. 아무튼 페레스트로이카가 진행되며 외국에 대해 지녔던 소박한 생각들은 빠른 속도로 변형(어떻게 보면 변질)되기 시작했다.

　그뿐만이 아니었다. 오랫동안 독재에 눌려 살았던 중산층 지식인과 노동자, 그리고 비非러시아계 민족 지성인들의 목소리도 페레스트로이카의 바람과 함께 터져 나오기 시작했다. 정치나 직장의 민주화, 민족 자치의 내실화나 분리 독립의 요구가 여기저기에서 분출했다. 분명 페레스트로이카에는 밑으로부터의 변혁의 요구라는 에너지에 의해 진행된 측면이 있다. 그러나 오랫동안 억눌려 있다가 1980년대 말이 되어서야 비로소 터져 나오기 시작한 밑으로부터의 목소리들은 과연 미국식 정글 자본주의를 요구했을까?

　결코 그렇지 않다. 페레스트로이카 때 전국적으로 알려지게 된 노동자, 지식인 출신의 대다수 민중 지향적 신진 정치인들은 현실에서 가능한 이상적인 사회로 미국보다 사민주의社民主義 국가인 스웨덴을 꼽았다. 폭력과 관료 독재가 없는 민주적 사회주의를 그들의 이상으로 갈구했다. 그렇다면 옐친을 비롯한 고급 관료 출신의 엘리트 정객들은 페레스트로이카로 잠이 깬 대중을 어떻게 미국식 과두 재벌 위주의 자본주의로 이끌어 갔을까? 어떻게 해서 페레스트로이카를 경험한 대중들은 1990년대 초반 IMF의 조언대로 사유화 정책을 급속히 추진하며 재벌 자본주의를 받아들이게 되었는가? 더군다나 그 과정에서 일반 시민들의 생활 수준이 급격히 퇴보하고, 빈곤층이 대량 발생하는 일이 일어났음에도 불구하고 말이다. 1990년대 초반에 대중들이 보인 거의 무저항적인 태도(물론 1993년 10월에 모스크바에서 무력 저항이 일어나긴 했지만 전국적으로 확산되지 못한 채 곧 진압되고 말았다)는 놀랍기만 하다.

물론 여러 이유가 있을 것이다. 하지만 여기에는 문화적 헤게모니의 문제도 아주 중요하게 작용했다.

페레스트로이카는 분명히 대중적 에너지가 폭발한 사건이다. 그렇지만 그 한편에서는 자본주의화를 지향한 옐친류 공산당 부패 관료들의 대대적인 선전 캠페인이기도 했다. 대다수 미디어를 장악했던 그들은 월등한 문화적 헤게모니를 배경으로 미국과 자본주의를 긍정 일변도로 선전했다. 그리고 위로부터의 자본주의화를 추진하는 과정에서 어느 정도는 밑으로부터의 동의를 조작하고 유도해 낼 수 있었다.

미디어를 통한 문화적 헤게모니의 장악, 그리고 미국이나 외국 혹은 자본주의 긍정 일변도의 이미지 조작은 구체적으로 소련 사회를 변화시키기 시작했다. 페레스트로이카 이전의 외국 관련 뉴스는 주로 침략 전쟁, 인종차별, 실업 등과 관련된 것들이었다. 그런데 이런 문제에 대한 언급들이 TV에서 거의 사라졌다. 그리고 미국이나 서구의 상점 진열대를 가득 채운 풍요로운 상품들이 TV 화면에 등장해 물자 부족에 찌들어 있던 소련인들을 유혹하기 시작했다. 동시에 주로 진보 운동가나 실업자 등 체제 비판자나 희생자들에 초점을 맞추었던 TV는 외국의 지배자들을 인격화시키며, 그들을 가깝고 따뜻한 인물로 그리기 시작했다. 미국의 키신저나 브레진스키와 같은 제국주의 전략가들이 차를 마시면서 민주주의의 세계화와 인권의 승리에 대해서 별의별 좋은 말을 다 늘어놓는 등 따뜻하고 인간적인 모습으로 시청자들에게 다가왔다. 그리고 국내외 공산주의 운동의 경직성과 비민주성, 관료주의, 나아가서는 전체주의적 정치의식에 대한 비판이 거세게 제기되었다. 키신저의 비호 아래 피노체트가 총살했던 칠레의 수만 명의 좌파 운동가나 지식인들에 대해서도 전체주의자들이 마땅히 받아야 할 벌을 받은 게 아니었나 하고 생각하는 사람들이 갑자기 증가하기 시작했다.

어제의 적이 오늘은 TV 화면에 민주와 인권의 스승으로 돌변해 등장하는 들뜬 분위기에서, CIA의 창립자 중의 한 사람인 알렌 덜레스1893~1969의 회고록 번역본이 불티나게 팔려나갔다. 그리고 피노체트의 경제적 성공을 들먹이는, 옐친 주위의 자칭 신자유주의 경제학자들이 동료들 사이에서 별다른 빈축을 사지도 않았다.

TV가 '인간적이며 문명적인 스승'인 미국의 모습을 대중화시키는 동안 출판 쪽에서도 지각변동이 일어났다. 지식인층을 겨냥하는 철학이나 역사 전문의 국영 출판사들이 마르크스주의를 공격하는 세계의 거의 모든 주요 보수·종교 사상가, 철학자들의 서적을 대량으로 찍어내기 시작했다. 서구의 전문 사학계에서는 진정한 전문가 대접을 받지 못한 채 아마추어에 가까웠던 역사가 토인비1889~1975는, 1980년대 말의 소련에서 갑자기 20세기 최고의 석학으로 부상했다. 그 이유는 간단했다. 그의 문명사에서 종교 특히 "가장 진보된" 종교인 기독교가 문명의 원동력으로 대접을 받는 반면, 무산자의 투쟁은 문명 쇠퇴의 징조로 취급했기 때문이다. 한마디로 하위 문화부터 엘리트적 역사 철학까지 거의 모든 분야에 걸쳐 '외국·미국'의 '긍정화·이상화理想化' 작업이 놀라운 속도로 진행되었다. 공산당 통치의 위기를 피부로 느끼면서 해결책을 찾고자 했던 소련인들에게, '미국·외국'적인 것이야말로 만병통치약이라는 관념이 계속 주입되었다.

양질의 물자가 부족하고, 관료주의가 횡포를 부리는 현실 속에

힘없는 평범한 소시민들이 실망하고 좌절할 수밖에 없던 소련의 분위기에서, 이와 같은 주입은 성공을 거두었다. 현실에 좌절해 다른 어느 곳에 별천지가 존재한다는 것을 믿고 싶어했던 소시민들은, 결국 '미국·외국'을 일종의 낙원처럼 생각하기에 이르렀다. 이와 같은 믿음이 대중화되었기에, 소련인의 유일한 재산이라 할 만한 기초적인 사회 복지망마저 빼앗은 옐친과 자본가로 거듭난 고급 관료의 야만적인 개혁은 대대적인 저항에 부딪치지 않고 진행될 수 있었다. 마르크스의 말대로, 대중의 정신적 상태도 하나의 물리력처럼 역사 전개에 작용했다.

## 소련 신문에 비친 한국의 두 얼굴

보통 소련인의 마음속에, 미국이 민주와 인권의 종주국이자 문명 국가 되는 법을 가르칠 스승으로 다시 태어나고 있을 때 마침 소련 지도부가 한국의 북방정책에 부응해 수교를 서두르고 있었다. 한국이 자본주의 개발 정책이 성공한 몇 안 되는 나라이자 미국의 아시아 적자嫡子로 간주되었기 때문에 미국에 대한 재인식은 동시에 한국에 대한 재인식을 의미했다. 거기에 한국 관계 기관들의 홍보 공세가 이어지고, 중요한 투자국으로 인식되는 한국의 이미지를 크게 제고해야 한다는 소련 외교계의 계산이 가세해 1989~1991년 사이 소련 신문은 한국을 자본주의·민주·인권의 낙원처럼 묘사했다. 여기에 재벌들은 "노동자가 일체가 되어 자발적으로 충성하는 대가족과 같은 사업체, 총화단결의 선진 노무관리 문화의 선진 기업"으로 크게 보도되었다. "나는 삼성맨임이 자랑스럽다"라며 크게 웃는 '모범적인 삼성 노동자'와의 인터뷰도 여기저기에서 찾아볼 수 있었다. 그 당시 소련 신문들의 종합분석은 한국이 개발에 성공하면서 서구 지향적인 중산층이 주도하는 선진국 후보생이 되었다는 이야기였다.

그렇다면 당시 한국의 운동권 학생들에 대한 소련의 시각은 어떤 것이었을까? 정부 기관지인 《이즈베스티아Izvestiya》는, 소련 프로그레스Progress 출판사의 이념 서적 영문판을 붙잡고 사회를 혁신시켜 보려는 남한의 좌파적 학생운동에 대해 "목적과 방향을 잃은 학생 과격분자들이 결국 일본 적군파赤軍派와 같은 도시 게릴라로 전락할 것이다"라는 냉소 어린 예측을 하였다.

이는 《이즈베스티아》가 고르바초프와 노태우의 정상회담을 앞두고 발표한 기사와는 사뭇 대조적이었다. 《이즈베스티아》는 인터뷰를 통해, 노태우가 "5개 국어를 할 줄 알고 음악을 깊이 이해하는 진정한 지식인이자 명예를 지킬 줄 아는 군인"이라고 소개했다. 문득 이 대목에서 1906년 6월 16일에 쓴 윤치호의 일기가 생각난다. 당시 윤치호는 친일파 미국 외교관 등이 일본에 행한 아부의 추태를 지켜보며 "아부하는 데에 있어서는 서양 출세주의자가 동양인의 뺨을 칠 정도"라고 하지 않았던가!

아무튼 당시 소련 신문은 한국에 관한 한 여느 재벌의 평범한 사보社報나, 6공 정권의 홍보 책자 수준으로 전락해 있었다. 그 당시 옥고를 치르고 있던 사노맹 등 남한 사회주의 단체 관계자들이 만약 그 신문들을 봤다면 환멸의 눈물을 흘렸을지 쓴웃음을 흘렸을지 모르겠다.

## 광주학살은 불가피했다

그러나 한국을 성공적인 근대화의 사례로 받들었던 소련 언론의 캠페인은 효과가 있었다. 이러한 캠페인은 '광주'나 '의문사'라는 말에 대해 알 리가 만무한 일반인들은 물론 한국에 대해서 알 것을 다 알았던 전문가들에게도 적지 않은 영향을 주었다.

지금도 기억에 남는 사람이 있다. 그는 내가 다니던 레닌그라드 국립대 한국조선 사학과 학생들에게 한국 현대사를 가르쳤던 비교적 젊은 교수였다. 그는 광주학살을 저질렀던 전두환 군벌의 논리를 우리에게 설명해주며 학살의 불가피성을 설파했다. 교수의 주장은 이런 것이었다. "성공적인 개발과 근대화를 위해서는, 임금을 높이려는 노조나 좌파를 당연히 억제해야 하는데, 그들이 폭동을 일으킨다면 집권자로서 강경 탄압 외에 무슨 방법이 있었겠느냐? 난 광주에 가봤는데 서점에 좌파 서적밖에 보이는 것이 아무것도 없었다."

그 선생은 서구나 한국·일본과 같은 동아시아의 자본주의 국가들에 비해 소련식 중앙집권적 경제 통제체제가 눈에 보이는 개발의 성과를 거두지 못했다는 사실에 깊은 좌절을 느끼고 있는 듯했다. 결국 그 선생은, 1960~70년대의 미국의 "권위주의 정권에 의한 근대화"의 이론과 그를 한국에서 융숭히 대접해주었던 극우 관료들의 논리에 그대로 포섭된 셈이었다.

그런데 당시에는 그 선생만 그러한 말을 했던 것이 아니었다. 소련의 적지 않은 한국 학자들이 학술 논문이나 대중적 기사를 통해 "총화 단결을 위주로 하는 유교적인 노사 문화"나 "일상에서의 효도 문화와 근대화 과정에서의 시민 단결"과 같은 어쩌면 요즘 남한의 《한국 논단》에서마저 쉽게 찾아보기 어려운 주제들을 이야기하고 있었다. 결국 내가 한국사 수업을 열심히 듣고 배운 결과는 이병철과 정주영의 이름은 잘 알지만 전태일과 박노해는 누구인지 모른다는 것이었다. 1991년, 한국조선 사학과 학생 중 '모범생'이었던 나는 최초로 고려대학교에 언어 실습생으로 파견되었다.

원래 한국어조선어를 배우는 학생들은 1년간 평양의 김일성 종합대학으로 가게 되어 있었다. 나 역시 1990년부터 평양으로 갈 학생으로 배정 받아 평양행을 준비하고 있었다. 그러나 남·러 관계가 급속한 진전을 이루며 수교를 맺자 북한에서 이를 "달러 외교에 굴복"한 것이라 비판하며 더 이상 소련 학생들을 받아들이지 않겠다고 일방적으로 선언해버렸다. 결국 나의 평양행은 좌절될 수밖에 없었다. 그 대신 레닌그라드지금의 상트페테르부르크 국립대와 재빨리 자매결연을 맺은 고려대로 발길을 돌리게 되었다.

평양 대신 서울로 오게 된 것에 대해서는 가끔 아쉽게 생각하기도 했다. 남한은 가기 쉬운 곳이지만 북에 가서 1년이나 있을 수 있다는 것은 쉽게 얻을 수 있는 기회가 아니기 때문이다. 그러나 1991년, 그러니까 아직 감수성이 살아 있는 10대 후반의 어린 학생(나는 1973년생이다)의 신분으로 서울에 가서 남한 학생들과 같이 생활할 수 있게 된 것은 나의 인생을 바꾸었다 해도 과언이 아닐 것이다. 3개월밖에 안 되는 짧은 유학이었지만, 한국과 세계를, 그리고 자기 자신을 보는 눈이 송두리째 바뀌는, 거의 "다시 태어나는" 듯한 경험을 했기 때문이다.

아직도 무더운 여름 기운이 남아 있던 1991년 9월 초순, 나는 김포공항에 도착했다. 한국은 내가 평생 처음 가보는 외국이었다. 당시 내게 한국은, 미국이라는 이상화理想化된 존재의 적자嫡子였다. 경제적으로 성장했고, 중산층이 다수를 이루고, 민주주의와 인권의 가치를 실현한 성공한 사회였다. 그리고 한국은 불안과 긴장이 가득한 소련과 대조되는 행복하고 안정된 사회였다. 관료 주도층이 자본주의적 개발을 모색하고 있는, 무너져 가는 소련에서 온 내게 이러한 한국의 이미지는 소중했다. 그야말로 소련 사회가 나아갈 길을 보여주는 스승으로 생각되었다.

이러한 한국은 동시에 내게 매우 이국적이고 이질적인 사회로 느껴졌다. 한국 사회의 정신적인 기둥은 유교라고 배웠기 때문에 한국인의 말이나 행동은 뭔가 유교적인 지혜와 관련되어 있으리라는 생각이 들었다. 물론 이처럼 극히 이상화되고, 이국화된 한국에 대한 이미지는, 자본주의를 지향하는 고급 관료 일파가 문화적 헤게모니를 장악했던 당시 소련 사회의 통념을 반영하고 있었다.

하지만 내가 남한의 현실에 대해 전혀 몰랐던 것은 아니었다. 예컨대 한국에 이미 가본 적이 있는 지도교수로부터 남한 사회가 극도로 군사화되어 있다는 이야기를 들은 적이 있었다. 그럼에도 난생 처음 '외국'을 접하게 된 나는 어디까지나 국내에서의 체험과

완전히 다른 기적이나 별천지를 만날 것을 기대하고 있었다. 나의 의식 속에는, 외국을 신기하고 유혹적이며 '텍스트 속의 또 다른 우주'로 생각하는 소련의 전통적 인식, 외국에 대해 무한히 긍정적 가치를 부여하려는 페레스트로이카의 자본주의적 맹신이 하나로 겹쳐 있었다. 아마도 비슷한 시기에 혁명의 고향인 소련을 최초로 방문할 기회를 얻었던 남한의 운동권 지식인이 있었다면 모스크바에 도착하기 전에 나와 형태상 완전히 비슷한, 동시에 내용상으로는 완전히 다른 꿈을 갖고 있었을 것이다. 내가 전태일과 박노해를 몰랐듯이, 소련이라는 텍스트를 통해 인류 진보의 상징을 익혔던 그들도 소련의 수많은 진보적 재야 지식인들의 이름을 잘 모르고 있었을 것이다. 공산당 독재와 투쟁하고 고르바초프와 옐친의 자본주의화 노선을 반대했던 진정한 지식인들 말이다.

## 공자와 체 게바라

그렇다면 텍스트 속에 존재했던 '미지의 유교적 왕국 코리아', 수업 때 듣고 익혔던 '사회·경제적으로 기적을 이룬 나라 코리아'와 현실 속의 대한민국이 처음 나의 머릿속에서 부딪쳤던 때는 언제였을까? 내가 고려대학교 국제교류 담당 부서의 관계자와 함께 내가 살아야 할 기숙사 방으로 들어섰을 때의 일이다. 방에서 낮잠을 자고 있던, 동숙생同宿生이 될 학생이 본부 선생님이 들어서자 벌

떡 일어나 군대의 차려 자세와 같은 극히 경직된 동작을 취하는 것이었다. 경제 기적의 바탕이 된 유교적 단결 문화를 아무리 좋게 여긴다 해도 이것은 유교와 별 관계가 없는 소련 군대를 방불케 하는 모습이었다.

또 다른 기억이 있다. 내가 한참 한문 공부에 빠져 있을 때였다. 《시경》과 《논어》를 처음 원본으로 접했던 나는 유교적인 의식을 이해하기 위해 동숙생들에게 몇 가지 질문을 던졌다. 《논어》를 언제 마지막으로 읽어보았느냐는 것이었다. 그런데 대답 대신 그들은 나를 이상한 눈으로 쳐다보는 것이었다. 나와 같은 방을 쓰는 학생 하나는 《논어》보다 피델 카스트로와 체 게바라에 훨씬 관심이 많았고, 고학생이었던 다른 한 명은 아르바이트에 취업 준비에 여념이 없었다. 그들에게 유교란, 러시아로 따지면 마치 11~17세기의 연대기들이나 레닌의 저서와 같은 것이었다. 다시 말해 배부르고 보수적인 사회 귀족이나 어른들이 학생들에게 반강제적으로 공부시키는 국민윤리 수준의 정신훈련이나, 현학주의에 빠진 학자들이 여유롭게 즐기는 낡은 텍스트일 뿐이었다. 그들은 윤리 시간에 오륜五倫이나 효도에 대한 이야기가 나오면 극도의 냉소와 무관심, 때로는 적대감으로 반응했다. 유교적 가치가 충만한 사회라는 이야기를 듣고 온 나로서는, 개발독재의 어용 담론을 액면 그대로 받아들인 당시 소련 동방학東方學의 통념이 얼마나 허황했는지를 처음으로 실감할 수 있었다. 정권이 충성과 효도라는 국민윤리로 축소하고 왜곡시킨 유교에 대한 젊은 지식인의 반응은, 소련에서 어용화된 말년의 마르크스-레닌주의에 대한 내 동년배들의 알레르기적 반응과 크게 다를 것이 없었다.

무너진 유교 왕국의 꿈

그런데 이러한 현상이 젊은 동년배들에게만 있는 것이었을까. 그렇지 않았다. 내가 1991년 서울에서 목격한 모습들은, 말년의 소련 사회가 마르크스-레닌주의와 아무런 상관이 없었던 것처럼 유교의 진정한 정신과 전혀 관계 없는 것처럼 보였다.

우리는 유교를 대개 일제시대의 어용 이데올로기 규범에서와 같이 일종의 상명하달식 수직 관계의 철학으로 오해하고 있다. 하지만 원시 유교에는 군자가 되어야 할 신료臣僚의 자존과 권한은 대단히 높은 것으로 되어 있다. 가령 《맹자》의 제12장, 고자告子下편을 보면 이런 이야기가 나온다. 맹자는 군자가 벼슬할 때에는 "(군주가) 그를 예를 다해 맞아들이고 그의 말대로 다 하겠다고 약속을 해야 비로소 벼슬하러 나간다迎之致敬以有禮 言將行其言也卽就之"라고 하고 있다. 임금이나 윗사람의 태도가 못마땅하면 탄핵이나 상소를 하거나 벼슬에서 물러나 낙향한다는 마음가짐은 조선시대의 제대로 된 선비의 기본 자세였다.

그러나 강사들이 학원의 주인과 이야기할 때 늘 불안한 기색을 보이며 죄인인 양 취하는 노골적인 저자세, 재단의 인사나 총장에 대해서 이야기할 때 마치 신적인 존재를 언급하듯이 숨을 멈추었던 대학 관계자들의 태도는, 《맹자》나 《논어》에 등장하는 군자들과는 관계 없어 보였다. 오히려 그러한 모습은 소련 말기의 관료 사회의 아부와 복지부동의 풍경을 연상시켜 주는 것이었다. 말기 소련의 부패한 관료들이 형식적으론 공산당원이었지만 마르크스나 레닌의 영웅적 기상과 전혀 관계가 없었던 것처럼 말이다.

이국적이고 이질적이어야 할 코리아는, 본질적으로 내 고향에서 멀리 떨어진 모습이 아니었다. 몸은 외국에 와 있지만 집에 있는 것처럼 익숙하게 느껴졌다.

동상이몽同床異夢

'집'과 비슷하게 느껴지는 것은 사소한? 영역에서 일어나는 권위주의 때문만은 아니었다. 대학교 동아리를 중심으로 활동하던 운동권 활동가들을 보면 이야기로만 들었던 1970~80년대 초 소련의 반정부 좌파 학생 서클 즉 공산당 독재의 관료주의와 억압적 태도를 비판하고 진정한 혁명을 갈구했던 모임들이 연상되었다. 세계에서 일어나는 모든 현상에 대한 깊은 회의, 자신의 욕망을 이기적인 것으로 부끄럽게 여기며 자신과 남에게 희생을 요구하는 금욕주의적 태도, '이론'에 대한 일종의 외경畏敬의 자세, 이론 서적의 몇 줄을 해석하는 문제를 놓고 밤새도록 논쟁을 벌이는 성직자적 열정……. 이러한 광경들은 소련의 1970~80년대 초의 재야 좌파 운동에 살아 있던 러시아의 전통적인 인텔리겐치아의 '정치의 종교화' 경향을 그대로 연상시켰다. 다만 내가 부끄러웠던 것은, 글 아는 선비들의 다른 세계에 대한 열정이 아직 힘차게 들끓고 있던 한국과 달리 1991년도의 러시아에서는 옐친 등의 관벌官閥이 이끄는 자본화 책동에 제동을 걸려는 진정한 좌파 세력이 너무나 미미했다는 사실이다.

아무튼 19세기 러시아의 혁명 전통과 고리키1868~1936와 레닌에 대한 찬사를 듣는 것은 내게 고역이었다. 마치 글 읽을 줄 모르는 후손이 문명文名을 떨친 훌륭한 조상에 대한 칭송을 듣는 것 같은 불편한 마음이었다. 공산당 정권 치하에서 일종의 관제官製 성상聖像, 즉 공산당의 권력을 정당화시키는 이념적 권위로서 피지배민들에게 강제로 주입되고 공산당의 입맛에 맞게 요리되어 그 진정한 내용을 상실한 혁명 전통이 이제 대다수 젊은이들에게 웃음거리가 되어 있다는 사실을 나는 잘 알고 있었기 때문이다. 다수의 소련인들은 옐친류 관료들의 자본주의적 욕망을 상당 부분 공유하고 있었다.

동아리에서 고리키와 마야코프스키1893~1930와 월북 작가들의 작품을 논의하던 그 눈빛 맑은 학생들이 실제로 모스크바에 가서 소련의 신문을 보았다면 어떤 생각을 했을까? 그래서 그들이 소련 신문에서 이병철과 정주영에 대한 끝없는 찬사를 접한다면 ……. 나는 그들이 느끼게 될 역겨움과 배신감을 생각할 때마다 그냥 이 세상에서 말끔히 사라지고 싶었을 뿐이다. 꼭 내가 그들의 희망을 배신한 것만 같았다.

## 박정희와 스탈린

이질적이고 이국적이어야 할 코리아는 실제로 많은 면에서 나의 '집'의 가장 이상적인 모습, 즉 혁명과 사회비판의 전통을 연상시켰다. 동시에 '박정희와 이병철, 정주영 덕분에 일어난 경제 기적'에 대한 윗세대 소련 학자들의 이야기도 현실과 너무 동떨어진, 부풀려진 이야기로 보이기 시작했다. 내 한국 친구들 중에는 운전기사가 모는 아버지의 차를 타고 다니는 사람도 있었지만 그들은 소수였고, 상당수는 사정이 달랐다. 발을 제대로 뻗고 자기조차 어려운 비좁은 하숙방에서 살며 맥주 한 잔 사는 것을 주저할 정도로 주머니 사정이 넉넉하지 않은 학생들이 대부분이었다. 물론 그들의 이야기대로, 1960년대처럼 손목시계를 맡기고 점심을 사 먹는 절대적이다 싶은 빈곤 상태는 벗어나 상대적인 성취감을 느끼고 있는 것처럼 보였다. 그러나, 소련 신문들이 구세주 예수를 찬양하

노르웨이 오슬로에서 아내와 함께

듯이 찬사를 보냈던 경제 기적에 대해 그들 역시 열광하고 있지는 않았다. 그들은, "우리가 드디어 소련과 북한을 능가해 체제의 우수성을 증명했다"는 식의 승리주의 의식을 지녔던 남한 사회의 '주인'들과는 대조적인 생각을 갖고 있었다.

그들은 한국 농업이 황폐화된 것도, 투기 열풍 때문에 뉴욕 이상으로 부동산 가격이 올라 근로자 가구의 상당수가 내 집 마련을 포기했다는 사실도, 밤늦게 돼야 집에 돌아오는 회사원의 가정에서는 아이들이 아버지 얼굴을 못 보고 큰다는 것도 잘 알고 있었다. 잔업을 해 먹고사느라 50대에 이미 몸이 망가진 노동자, 저곡가 정책과 빚에 허덕이는 농민, 상사로부터 갖가지 인신 모독을 당하며 일해야 하는 재벌 회사의 화이트칼라 수출전사들에 대한 이야기도 그들로부터 들을 수 있었다. 국가와 재벌을 살찌우기 위해 땅과 사람의 마음이 황폐화되어 간다는 것을 그들은 체험을 통해 잘 알고 있었다.

그 이야기들을 들을 때마다 내가 떠올리는 모습들이 있었다. 스탈린 시절에 강제 잔업에 과로사를 당했던 노동자, 강제적인 곡물 수매로 기아에 빠졌던 농민, 계획량을 달성 못하면 수용소 간다는 협박에 심장병을 앓았던 하급 관리자 ……, 바로 내 조상과 친척들의 모습이다. 물론 역사적 상황이야 다르겠지만 근대적인 가혹성과 반인륜성, 개인을 무시하고 인권에 대한 의식이 없다는 점에서 스탈린의 '일국 사회주의 건설'과 박정희의 '조국 근대화'가 얼마나 다른 것이었을까? 별로 다르지 않다면 스탈린의 하수인들을 그렇게까지 존경하지 않는 러시아인들이 왜 하필이면 이병철과 정주영에게 찬사를 보내야 하는가? 스탈린의 범죄를 비판하는 페레스트로이카의 신문들은 왜 박정희와 이병철, 정주영의 잔혹성에 대해서는 침묵하는가? 나는 '기적'에 대한 환상이 무너지며 '우리'와 그렇게 다르지 않은 한국인의 아픔에 대해 동감하고 이해할 수 있게 되었다.

나는 한국의 학생들과 이야기를 나누며 그들의 진솔한 삶에 한 발짝씩 더 가까이 다가갔다. 그것은 소련의 학생들보다 훨씬 더 잔혹한 상호경쟁을 견뎌야 하고, 군대에서는 소련에서처럼 때리고 맞는 관계를 견뎌야 하고, 소련 사회보다 한 수 복잡하지만 구조적으로는 크게 다르지 않은 사회관계 속에서 눈칫밥을 먹으며 자기 몫을 챙겨야 하는 평범한 한국인의 삶이었다. 나는 그 이야기들을 들으면서 '경계선境界線'이라는 것이 얼마나 인위적인 것인지 생각해보게 되었다. 그리고 무슨 문화권이니, 유럽적 · 동아시아적 문명의 본질적 차이가 어떠니 하는 이야기들이 얼마나 허망한지 뼈저리게 느낄 수 있었다. 삶에 찌들어가면서도 부득이하게 그 체제의 논리를 내면화하도록 강요받는, 그러면서도 그 강요에 알게 모르게 부단히 저항하는 사람들의 목소리는, 소련 민중의 목소리와 본질적으로 다르지 않았다.

그때부터 나는 민족과 문화권 사이에 경계선을 긋고, 우리 민족 · 문화 · 문명의 특수성을 설파하는 것이 결국 모든 지배층들이 벌이는 세계적인 커다란 사기극이 아닌가 하는 생각을 해보게 되었다. 그리고 그 경계선을 양산하는 자들이 한국이나 러시아와 같은 거창한 명칭을 사칭하고, 민초의 이야기가 아닌 '기적'과 '전통'과 '총화단결'과 같은 지배적 담론들을 마치 민족의 것처럼 내세우는 것에 대해서 분노를 느낄 수밖에 없었다. 국내외 소식을 전하며 이를 쉽게 수용하게 만드는 언론 권력이 군사적 권력보다 훨씬 더 무섭다는 생각도 그때 처음 들었다.

아울러 한국의 지배자들이, 그들의 민초들이 살고 있는 현실과 전혀 무관한 모습을 소련의 언론에 도배하는 것을 보며, '지배'의 국제성에 대해서도 생각해보게 되었다. 지배자들이 그은 경계선들은 그들 자신에게는 그렇게 큰 부담이 되지 않는다는 것을, 그때 한국에서 절감할 수 있었다.

## 경계선 뛰어넘기

한국 친구들의 세상살이 타령은, 경계의 허망함만 가르쳐 준 것은 아니었다. 페레스트로이카 언론들이 극구 찬사를 보내던 자본주의 문명의 허망함도 가르쳐 주었다. 당시 소련 언론들은 '자본주의적 시장경제'를 '선택의 자유'라는 말로 포장하며 이를 열심히 미화했다. 하지만 일자리를 얻거나 얻기 위해 노력하던 한국 친구들은 자본주의의 가장 중요한 거래인 자신의 노동력을 매매하는 문제의 실상을 생생하게 전해 주었다.

자본주의에서는 평범한 소시민에게 선택의 자유란 없었다. 그들에게는 선택을 받거나 아예 선택을 받지 못하는 현실이 있을 뿐이었다. 그들에 따르면 선택을 받지 못하는 것이 '상품'인 자신의 노동력의 질質 문제만도 아니었다. 상품노동력 판매자가 너무 많아 시장이 포화 상태가 되었거나, 갖가지 포장출신 지역, 성별, 학벌, 연줄 등 이 좋지 않아 선택을 받지 못하는 경우도 많기 때문이었다.

나는 그러한 말들을 처음 들었을 때 바로 이것이 자본화되어 가는 소련의 미래라는 불길한 예감이 들었다. 지금 생각해보면 그 순간들은 내가 자본주의라는 냉정한 현실과 최초로 접촉하는 순간이기도 했다. 물론 사창가의 진열대에 일종의 '인육人肉'처럼 전시, 판매?되는 반라의 여성들을 우연히 보게 되면서 같은 사창가에 10년 후 많은 구 소련 출신의 여성들이 돈 있는 남성들의 먹이?로 출시될 것까지 예상했던 것은 아니었다. 하지만 한국에서의 경험 덕분에 자유의 가면 뒤에 숨겨진 자본주의의 진면목을 어느 정도 직시할 수 있었다. 한국 친구들의 이야기와 서울 거리에서 보고 들은 것들이 자본주의를 지향했던 소련 관료들이 장악한 문화적 헤게모니의 세례로부터 나를 해방시켜준 셈이었다.

한국에서의 '경계선 뛰어넘기'의 경험은 그 외에도 또 다른 나의 통념을 깨뜨려 주었다. 바로 신기하고 재미있는 미지의 세계, 그리고 민주주의와 인권의 종주국으로서의 미국에 대한 인식이었다. 서울 이태원 골목에서 횡포를 부리던 미군과 소련의 불량배들, 대중문화와 스포츠 소비에 온통 관심이 쏠린 채 동남아 여행을 즐기며 한국이나 세계 다른 나라의 인권에는 조금의 관심도 없었던 미국 유학생들과 소련의 고급·중급 관료들의 응석받이 자녀들, 소수의 미국 기독교 근본주의자들과 소련에서도 보기 드문 공산당 광신도들을 비교해보며, 나는 그들 미국의 모습에서 신기함이나 종주국다운 그 아무것도 발견하지 못했다.

그들의 주된 소비 대상이던 대중문화에 대해 나는 관심도 지식도 없었기에 그들과 대화를 나누는 것은 고역 중의 고역이었다. '다름'에 대한 꿈도, '선진적인 그들의 우월성'에 대한 꿈도 깨지면서 내게는 그들이 주는 평범함과 무료함, 지루함의 느낌만 남았다. 그것은 수많은 사람들이 똑같은 영화를 열성적으로 보고, 똑같은 음악에 열광하고, 극소수만 빼고 거의 같은 세계관(차라리 세계에 대한 편견이라고 하면 더 정확하겠다)을 별 의심 없이 지니는, 어쩌면 소련보다 더 획일적이고 반성이 부족한 삶의 방식에서 오는 것이었다. 동구권이나 아시아, 일본 출신의 학생들이 한국인과의 교제를 즐겼던 것과 달리 미국인들은 주로 같은 미국인이나 서구인들만을 친구로 삼았다. 미국인의 그러한 폐쇄적인 태도에 대해 느꼈던 놀라움을 나는 지금도 잊기 어렵다.

## 자유를 향해

1991년 가을, 텍스트라는 울타리를 벗어나, 나와 다른 타자他者의 실체를 체험하고 또 타자와 '같음'을 경험한 것은 나를 그야말로 다른 사람으로 만들어 주었다. 자국의 사회주의적 과거를 부정하려 했던 소련의 저편에서 '다른 쪽'은 경제 기적을 이루고 자유와 민주와 인권을 실현했다는 페레스트로이카의 지배 담론의 허구성을 확인한 나로서는 어떤 체제나 어떤 거대 담론도 그대로 신뢰할 수 없다는 결론에 도달하지 않을 수 없었다. 그리고 냉전 시기 내내 서로를 완전히 다른 사회로 여겼던 한국과 소련이 똑같이 개인의 꿈과 행복을 빼앗았다면 위계질서의 체제 그 자체에 문제가 있다는 생각을 하게 되었다. 그때 나는 근대성의 비판이 무엇인지 잘 몰랐고, 소련을 개발 지향적인 국가 자본주의 체제로 그리고 남한이나 대만을 관료 권위주의적 산업화 국가로 각각 규정하며 두 체제의 공통성을 지적한 구미의 일부 좌파의 이론도 잘 몰랐다. 그러나 근대성 그 자체에 내재된 억압성을 지적하는 포스트모던 학파의 저서를 나중에 읽으면서 나는 이미 보고 느꼈던 바를 드디어 이론적으로 정리해 볼 수 있겠다는 느낌이 들었다.

한국에서의 경험은 내게 억압의 보편성도, 기만의 보편성도, 고통의 보편성도, 억압에 대한 투쟁의 보편성도 가르쳐 주었다. 경계선을 뛰어넘는 것은, 지배 담론이 강요하는 온갖 상식과 통념과 정설들을 일정 부분 벗어날 수 있다는 것을 뜻하기도 했다. 완전한 자유가 실재하지 않아도, 이와 같은 경험이 바로 자유를 향해서 가는 것이 아닌가!

# 섞인 것이 아름답다

## 고종석

1959년 서울 출생. 성균관대학교 법대 졸업. 서울대 대학원과 파리 사회과학고등연구원에서 언어학 석사, 박사과정을 수료했다. 《코리아타임스》, 《한겨레신문》, 《시사저널》 기자로 일했고, 최근에는 《한국일보》 논설위원으로 있었다. 주요 저서로는 《코드훔치기》, 《고종석의 유럽통신》, 《서얼단상》, 《자유의 무늬》, 《제망매》, 《감염된 언어》, 《국어의 풍경들》 등이 있다.

우리 나이로 서른넷이 젊은 날에 속하는지는 잘 모르겠다. 그러나 서른넷이 충분히 젊은 나이는 아니라고 할지라도 지금의 나에 견주면 한 타스의 나이가 적은 세월이었으니 젊은 날이라고 해 두자. 《한겨레신문》에서 일하고 있던 1992년 가을, 나는 서른넷의 나이로 처음 유럽에 발을 디뎌보았다. 아내와 함께였다. 그 이전까지 내가 가본 외국이라고는 그보다 몇 해 전 오사카에서 열린 국제 조선학 학술대회를 취재하기 위해 열흘 남짓 머문 일본이 전부였다.

내가 처음 발을 디딘 유럽 땅은 샤를드골 공항이 있는 파리 북쪽 근교의 루아시였다. 그리고 그로부터 아홉 달 뒤에 나는 바로 그 루아시의 샤를드골 공항에서 서울행 비행기를 타고 한국으로 돌아왔다. '유럽의 기자들' 이라는 이름의 저널리즘 연수 프로그램에 바쳐진 그 아홉 달의 유럽 체류는 그 뒤 내 삶의, 그리고 내 가족의 삶의 작지 않은 부분을 결정지었다. 서울로 돌아온 지 아홉 달 만에 나는 유럽 바람에 휘둘려 아내와 아이들을 모두 이끌고 다시 파리로 갔고, 그 곳에서 네 해 남짓을 살다 왔으니 말이다. 그러니 20세기의 마지막 나날들을 나는 주로 유럽에서, 주로 파리에서 산 셈이고, 그 곳에서 나는 20세기를 되돌아보고 21세기를 내다볼 수 있었다. 다시 말해 나는 유럽에서 20세기의 이미지를 얻었다.

연수가 끝나고 서울에 돌아와 《한겨레신문》 일을 하던 1993년 여름, 나는 휴가를 이용해 그 아홉 달의 '유럽의 기자들' 의 체험을

《기자들》이라는 소설에 녹여냈다. 그 소설의 반 이상은 유럽 체류 경험을 거의 그대로 기술한 것이다. 물론 등장인물들의 이름이나 구체적 상황들의 세목에는 변화를 주었지만.

## 민족주의

내가 민족주의라는 말을 처음 배운 것이 언제인지는 기억나지 않는다. 설령 초등학교 때 그 말을 들었다 하더라도 그것이 내게 별달리 의미 있는 말로 다가오지는 않았을 것이다. 그것에 어떤 정서를 투사한 것은 중고등학교 때였을 것으로 짐작한다. 민족이라는 말이 내게 강렬한 울림을 준 것은 최현배의 여러 저서들을 읽으면서다. 나는 10대 후반의 한 시절, 지금은 사라진 종로서적에서 구할 수 있는 최현배의 모든 책을 내 방 책꽂이에 꽂아놓고 되풀이 읽었다. 그 책들에는 《우리말본》이나 《한글갈》 같은 학술 서적만이 아니라 《조선민족 갱생의 도》나 《한글만 쓰기의 주장》처럼 이데올로기적 색채가 짙은 저작들도 포함돼 있었다. 내게 최현배는 자신이 처한 역사적 상황에 가장 능동적이고 바람직한 방식으로 대응하며 살아간 진정한 지식인으로 보였다. 그의 도저한 언어 민족주의가 내 민족주의적 감수성의 시작이었다. 대학에 들어가서 읽은 송건호나 차기벽 같은 이들의 책은 나의 그 최현배표 민족주의를 역사적으로, 그리고 이론적으로 정당화하는 듯이 보였다.

그러나 최현배의 책에 홀려있던 10대 말에도 나는 온몸이 빨려 들어가는 그런 민족주의자는 되지 못했다. 그것은 내가 어떤 '주의 자'로서 견결한 실천을 해내며 살아갈 자신이 없어서만은 아니었 다. 어린 나이에도 나는 민족주의라는 이념의 특수성이 마음에 걸 렸다. 세상의 모든 민족들이 견결한 민족주의자라면 도대체 세상 의 평화가 가능하겠는가 하는 생각이 그때부터 있었다. 그것은 내 가 어린 시절부터 종교에 몰입하지 못했던 이유와도 비슷했다. 일 신교─神敎들의 신은 하나같이 질투하는 신인데, 그 신을 만족시키 자면 관용과 공존이 들어설 자리를 없앨 수밖에 없다. 내 민족주의 가 다른 사람의 민족주의를 부정하는 것이라면, 도대체 그 민족주 의라는 괴물은 어디다 쓸 것인가?

물론 우리는 민족주의라는 것을 여러 방식으로 조율하며 정당 성을 부여한다. 예컨대 우리는 민족주의라는 것이 시민혁명과 더 불어 태어났다는 데 주목하고 그것이 역사의 일정한 단계에서 반 봉건 운동의 추진력이었다는 점을, 즉 진보적 힘이었다는 점을 강 조한다. 사실 유럽 시민혁명기의 민족주의는 기독교와 봉건제가 결합한 중세적 보편주의를 지양하는 힘이었다. 우리는 또 제국주 의 시대의 저항적 민족주의라는 것을 상정하고 그것의 진보적 측 면을 보기도 한다. 아닌게아니라 20세기의 식민지에서 일어난 민 족주의 운동은 진보적 힘이었음이 분명하다. 또 우리는 김구의 유명한 발언에 기대어, 민족주의라는 것을 문화적 차원에 가둠으로써 그 부정적 힘을 최소화할 수 있음을 강조하기도 한다. 더 나아가 열린 민족주의라는 것을 상정해 민족주의의 폐쇄성을 눅일 수 있다고 말하기도 한다.

그러나 민족주의의 자장 안에 있었던 시절에도 나는 그런 위태로운 언어의 곡예에 마음이 홀리지 않았다. 북한에 대한 정보가 남한에 전혀 유통되지 않았던 시절과 마찬가지로 그 정보가 꽤 유통된 뒤에도, 내가 그 체제에 호감을 가질 수 없었던 이유 가운데 하나는 그 과도한 민족주의였다. 남한의 일부 운동세력이 북한을 높이 평가하는 바로 그 이유가 내게는 북한을 위험스럽게 보아야 할 이유가 됐다. 그러나 나는 내 내심을 쉽게 말할 수 없었다. 민족주의라는 것은, 그것이 어떤 때깔의 외피를 쓰고 있든, 한국 사회에서는 신성불가침의 대상이었기 때문이다.

'유럽의 기자들' 연수를 받던 시절 서울의 친구들에게 보낸 편지들 가운데 하나에서 나는 "파리의 공기에는 자유가 묻어 있는 듯하다"라고 썼다. 그것은 물론 내가 그 도시와 관련해 지니고 있던 오랜 허영심을 표현한 것에 지나지 않았다. 그 곳이 파리가 아니었더라도, 웬만한 외국 도시에서라면 나는 자유를 느꼈을 것이다. 고향에서 멀리 떨어져 있다는 것의 장점 가운데 하나는 자유의 느낌을 가질 수 있다는 것일 터이다. 그 자유의 느낌은 그 전까지 사뭇 억압돼 있었던 생각을 구체적으로 하게도 해주었다. 그 가운데 하나가 민족주의에 대한 것이었다. 나는 잠깐 동안의 유럽 체류를 통해 오래도록 나를 얽어온 민족주의라는 굴레를 벗어버릴 수 있었다. 단지 외국에 있었다는 사실이 나를 민족주의의 굴레에서 놓여나게 한 것은 아닐 것이다. 나는 유럽에 있으면서 민족주의, 민족주의자라는 말이 매우 부정적인 맥락에서 사용될 수도 있음을 깨닫게 되었다. 그것은 신선한 체험이었다. 여기에서라면, 유럽 말이다, 나도 입을 열어 내 오랜 생각을, 민족주의에 대한 우려를 이야기할 수 있을 것 같았다.

나는 민족주의의 해악을 좀더 가까이서 지켜볼 기회도 있었다. '유럽의 기자들' 프로그램에는 유럽 사정을 주제로 한 세미나 외에 유럽 각국을 취재하고 기사를 써서 잡지를 편집하는 과정도 있었는데, 나는 그 취재의 일환으로 막 해체된 유고슬라비아의 몇 지역을 방문한 적이 있다. 그때가 1993년 초였는데, 유고는 전쟁 중이었다. 세르비아와 크로아티아가 싸우고 있었고, 보스니아헤르체고비나의 세르비아인들과 이슬람교도들이 싸우고 있었다. 취재 통제가 심해, 그리고 무엇보다도 내가 겁이 많아 폭탄이 나뒹구는 전쟁터까지 들어가 보지는 못했으나, 나는 자그레브와 베오그라드, 그리고 세르비아·보스니아 국경 부근을 돌아다니며 전쟁의 분위기 정도는 맛볼 수 있었다.

취재 여행을 떠나기 전에 나는 유고의 역사를 리서치했고, 이 나라의 건국도 분해도 모두 그 동력이 된 것은 민족주의라는 것을 확인했다. 그리고 그 순간 발칸 지역을 피로 물들이고 있는 전쟁의 동력 역시 민족주의였다. 민족주의에서는 피 냄새가 나고 있었다. 그리고 민족주의의 피 냄새는 그때 유고에서 처음 진동한 것이 아니었다. 아무래도 유럽에 있다 보니 유럽의 역사를 되돌아볼 기회가 많이 있었는데, 그런 추체험 속에서 민족주의는 늘 피비린내를 품고 있었다. 유고 내전은 제2차 세계 대전 이후 유럽 안에서 벌어진 첫 번째 전쟁이었다. 반세기 가까이 유럽에 전쟁이 없었던 것은 매우 드문 일이었다. 제2차 세계대전의 동력 가운데 하나가 민족주의였으므로, 종전 뒤 유럽은 동서를 막론하고 민족주의에 대한 경계가 있었는데, 결국 사회주의 체제의 몰락과 함께 이 저주받은 이념이 다시 풀려나 또 다른 전쟁을 촉발시킨 것이다.

내가 유럽 땅에 첫 발을 디딘 때는 독일이 통일된 지 두 해가 된 시점이었고, 유럽 통합이 본궤도에 오르고 있던 시점이었다. 1993년 1월 1일을 기점으로 유럽공동체는 유럽연합으로 이름을 바꿨다. 당시 유럽에는 유럽파유럽 통합을 지지하는 사람들 못지않게 반유럽파유럽 통합을 반대하는 사람들가 많았다. 그런데 반유럽파를 옥죄고 있는 것은 민족주의의 망령이었다. 민족주의의 망령은 그들을 이중적으로 홀렸다. 즉 그들은 우선 유럽 통합으로 국민국가의 주권이, 다시 말해 자신들의 민족주의가 약화할 것을 우려했다. 그 다음, 그들은 유럽 통합으로 유럽이 독일의 지배 아래, 다시 말해 독일 민족주의의 지배 아래 들어가지 않을까 우려했다. 독일 민족주의에 대한 그들의 경계와 염려가 꼭 과장됐다고만은 할 수 없었다. 반세기 전독일 민족주의는 유럽 전역을 전쟁터로 만들었으니 말이다. 그래서 통일 독일을 보는 그들의 눈길은 그리 따뜻하지 않았다. 특히 영국인들은 통일 독일이 중심이 되는 유럽 통합은 히틀러의 제3제국을 평화적 방법으로 재건하는 것이라는 냉소를 주저하지 않았다.

나는 '유럽의 기자들' 프로그램의 일환으로 스트라스부르 유럽의회를 취재하며 독일 출신 이외의 유럽의회 의원들에게 통일 독일이 유럽에 복인지 화인지를 물어보았다. 노골적으로 화라고 대답하는 사람은 거의 없었으나, 그들 대부분에게서는 힘센 독일에 대한 두려움이 감지됐다. 익명을 요구한 한 의원의 말이 그 시절의 취재수첩에 이렇게 적혀 있다. "누가 유럽궁유럽의회 건물 안에서, 더구나 기자에게, 독일에 대한 험담을 늘어놓을 수 있겠는가? 곧 반유럽주의자로 몰리고 거북한 일이 많이 생길 텐데. 공식적으로 독일을 비판하기 위해서는 아주 많은 용기가 필요하다는 것, 그것이 바로 지금 유럽에서의 독일의 위상을 보여주고 있다. 독일 내의 파시즘 대두나, 통일 이후의 경제사회적 어려움을 터무니없이 높은 금리로 외국에 떠넘겼다는 사실은 차치하더라도 유고 내전까지도 부분적으로는 독일 통일의 산물 아닌가. 베를린 장벽이 헐렸다는 것은 유럽인들에게 판도라의 상자가 열렸음을 뜻한다."

유럽연합에서의 독일의 주도권을 인정하는 사람들도, 그 이유로 내세운 것이 독일을 유럽에 묶어놓는 쪽이 유럽의 평화를 위해 외려 더 바람직하다는 것이었다. 아직 독일 민족주의는 이들이 우려했던 정도로 치닫고 있지는 않는 듯하다. 미국의 힘과 그 민족주의의 호전성이 워낙 도드라져, 독일이 어찌해볼 여력이 없을 수도 있겠지만.

전쟁의 가장 강력한 에너지원은 민족주의이겠지만, 그것은 흔히 종교에 포개진다. 내가 유럽에서 체감했던 유고 내전만 해도 그렇다. 그것은 유고슬라비아 민족 내의 세르비아 소민족, 크로아티아 소민족, 보스니아 소민족 사이의 전쟁이기도 했지만 가톨릭과 정교와 이슬람교 사이의 전쟁이기도 했다. 제1세계의 중심부 가운데 하나인 영국을 20세기 내내 피로 물들인 아일랜드 문제도 마찬가지다. 그것은 앵글로색슨족과 아일랜드 켈트인 사이의 전쟁이자, 영국국교와 가톨릭 사이의 전쟁이기도 했다. 물론 아일랜드 사람의 입장에서 보자면 거기에는 반식민주의 전쟁의 성격도 있다.

민족과 종교 가운데 어느 것이 본질적으로 더 강렬한 갈등원嚆藤源인지를 확정할 수는 없다. 확실한 것은 많은 분쟁들이 민족주의와 종교적 근본주의를 양날개로 삼고 있다는 것이다. 그것은 21세기 들어와서도 마찬가지다. 지금 미국으로 대표되는 서방과 아랍 세계를 긴장시키는 동력 가운데 하나는 종교적 열정이다. 두 세계의 충돌을 문명의 충돌로 보는 관점은 그 이데올로기적 속성에도 불구하고 일정한 진실을 담고 있고, 이 두 문명 다 그 고갱이는 종교다.

사실 모든 종교는 적어도 잠재적으로나마 근본주의적 속성이 있다. 그래서 서로 다른 종교를 믿는 두 집단의 정치적·경제적 이해관계가 충돌할 때, 이 잠재적 근본주의는 즉각 현재화해 전쟁의 연료를 제공한다. 서로 다른 종교를 독실하게 믿는, 갈등하는 두 집단은 자신들의 뒷배를 봐줄 전지전능한 신이 있으므로 분쟁의 발걸음을 내딛는 데 주저함이 없다. 선교라는 것이 종교의 소명이기도 하므로, 이 경우 전쟁은 그야말로 종교적 의무, 도덕적 의무로까지 미화된다. 평화를 위해서 종교적 열정을 줄일 필요성이 이 지점에서 제기된다. 그리고 자신의 신심信心을 내면화할 필요성이 제기된다.

한국의 경우, 국내적으로 서로 다른 종교 집단이 전쟁 상태로까지 치닫지 않은 것은 매우 다행스러운 일이다. 천주교가 국가 권력으로부터 받은 박해의 역사가 있기는 하지만, 우리는 적어도 불교도와 기독교도 사이에, 기독교의 신구교 사이에 집단적 피흘림을 겪지는 않았다. 그러나 개신교 일파의 근본주의적 열정을 보면 우리 사회도 종교적 열정의 아귀로부터 자유롭지 않다. 단군상의 목이 달아나고, 이단이라고 판단된 종파가 운영하는 프로축구팀에 대한 배척 움직임이 일고, 서울을 하나님께 봉헌하겠다는 공언公言이 발설되는 사회는 정상적인 사회가 아니다.

그런데 이것보다 오히려 더 위험한 것은 선교의 열정이다. 사회주의 체제가 무너지며 옛 소련이 해체되자 한국의 많은 개신교회들이 그 쪽으로 선교사를 보냈다. 러시아는 정교를 믿는 사회다.

그 정교는 공산주의 체제를 겪으면서도 살아남았다. 그런데 그 정교도들에게 개신교를 믿게 하기 위해 돈을 뿌리는 것이 그 선교라는 것의 내용이다. 이럴 때, 러시아 사회에서 한국(의 기독교회)을 어떻게 바라보겠는가? 이런 선교 열정은 아랍 세계로까지 확대되고 있다. 지구에 남은 마지막 미선교지라며 아랍 세계에 무작정 기독교회를 세우는 일은 어리석고 추한 일이다. 그것이 어리석은 것은 아랍 세계에 (한국) 기독교에 대한 적대감을 키우는 일이기 때문이고, 그것이 추한 것은 알량한 경제력을 이용해 믿음을 사는 행위이기 때문이다. 한 논자의 표현대로 이것은 선교 제국주의다. 기독교와 이슬람교 사이의 뿌리깊은 긴장을 생각하면, 그 선교가 쉽게 되지도 않을 것이다.

'유럽의 기자들' 시절, 나는 '가톨릭 교회의 맏딸'로 불리는 프랑스 사회의 세속성에 깊은 인상을 받았다. 교회는 여전히 미사의 장소였지만, 그 미사는 종교적 열정의 표현이라기보다 별 뜻을 담지 않은 습속처럼 보였다. 더구나 젊은 세대로 갈수록 미사에 참석하는 사람들이 점차 줄고 있다는 얘기도 들었다. 크리스마스나 부활절도 이들 '냉담자'에게는 그냥 휴가철일 뿐이었다. 교회는 곳곳에 들어서 있었지만, 나는 파리에서 '이교도'로서의 불편함을 전혀 느끼지 못했다.

한국 기독교의 역사는 가톨릭까지를 치면 수백 년까지 거슬러 올라갈 수 있겠지만, 기독교가 커다란 사회 세력으로 뿌리내린 것은 개신교가 상업주의와 결합하며 기복의 둥지가 된 20세기 들어서다. 그 본산인 유럽에서도 쇠락해 가는 종교적 열정이 한국에서 커지고 있는 것이 바람직한 일인지 모르겠다. 아니, 유럽에서 쇠락하고 있다는 사실 자체가 종교적 열정의 문제는 아닐 것이다. 진정 큰 문제는 한국 사회의 종교적 열정이 거의 온전히 기복과 관련돼 있다는 것, 그리고 특히 한국 기독교가 관용을 배우지 못했다는 데 있을 것이다. 종교적 열정을 줄이는 것, 더 나아가 무신론을 확산시키는 것은 21세기의 긴요한 과제가 될 듯싶다.

루아시의 샤를드골 공항에서 내려 아홉 달 동안 머물 파리 14구의 대학 기숙사 시테위니베르시테르까지 가면서 내게 가장 인상적이었던 것은 파리라는 도시의 인종적 다양성이었다. 내가 태어나서 그때까지 30여 년을 살아온 한국이나, 프랑스엘 가보기 전에 방문해 본 유일한 외국인 일본에서는 전혀 겪어보지 못한 일이었다. 파리라는 도시가 인종의 집합소 같은 곳이기도 했지만, 내가 살았던 시테위니베르시테르 기숙사나 내가 연수를 받았던 언론인 연수센터 건물들은 공간의 성격상 더욱더 그랬다.

나는 갑자기 너무나 다양한 인종 속에 놓였고, 그래서 나를 객관화할 수 있는 기회를 얻었다. 그때까지 가보지 못했던 미국의 악명 높은 인종주의를 책이나 영화를 통해 간접적으로 체험했던 나는 프랑스에 머물면서 그 나라의 인종주의가 미국에 견주어서는 한결 덜 한 듯하다는 생각을 했다. 적어도 파리에서는 흑인 남성과 백인 여성이 데이트를 하는 것을 흔하게 볼 수 있었고, 그것이 흔했던 만큼 튄다는 느낌이 점차 없어졌다. 미국에서라면 아직도 그런 장면이 다소 기이하게 보일 것이다.

사실 흑인 남성과 백인 여성의 조합이 백인 남성과 흑인 여성의 조합보다 더 기이하게 보인다는 것은 인종주의 문제 이상으로 성차별주의의 문제이기도 하다. 그 점에서 파리는 미국에 견주어 덜 인종주의적일 뿐만 아니라 덜 성차별적이라는 느낌도 있었다. 그것은 프랑스가 미국에 견주어 정치적 좌파의 힘이 더 크다는 사실과도 관련이 있을 것이다. 데이트하는 남녀만이 아니라 일반적으로 프랑스에서는 여러 인종들이 스스럼없이 어울린다는 느낌을 받았다. 프랑스에서 유색인종의 비율이 미국보다 오히려 낮다는 점을 생각하면 프랑스인들이 늘 내세우는 '톨레랑스'가 실현되는 듯도 했다.

그러나 설령 프랑스 사회가 미국 사회보다 덜 인종주의적이라고 해도, 그것은 사소한 정도의 차이에 지나지 않을 것이다. 내가 프랑스에서 열심히 본 텔레비전 프로는 주로 토론 프로였다. 내가 기자로서 거기 머물렀기 때문에 시사 쪽에 관심이 있기도 했지만, 사실 영화 대사 같은 것은 익숙하지 않은 프랑스어로 이해하기가 어렵기도 해서였다. 그런데 묘한 것이, 거리에는 흑인을 비롯한 유색인종이 넘쳐나지만, 토론 프로에 나오는 사람들은, 특히 정치 토론 프로나 학술 토론 프로에 나오는 사람들은 거의 다 백인이라는 사실이었다. 그러니까 저잣거리의 인종 비율이 텔레비전 스튜디오에는 그대로 반영되지 않은 것이다. 물론 이것이 인종주의를 직접적으로 반영하는 것은 아니라고도 할 수 있다. 그러나 그것이 인종에 따른 경제적·상징적 재화의 불평등한 분배를 반영하고 있는 것은 확실했다.

라시스트인종주의자라는 말이 가장 커다란 욕이 돼 있는 나라에 머물며 나 자신 더러 인종주의를 체험하기도 했다. 이런저런 불쾌한 장면들은 물론 주로 내가 프랑스어에 서툰 외국인이라는 점 때문에 생긴 일이겠지만, 내가 프랑스어에 서툰 미국인이었다면 사정은 달랐을 것이다. 심지어 '유럽의 기자들' 연수 프로그램에 참가한 동료 기자들 사이에서도 미묘한 인종적 위계가 분명히 있었다. 주인 종족의 후예와 노예 종족의 후예 사이에 완전한 동질감이 생기지는 않는 것 같았다. 비유적으로 대필자代筆者라는 뜻을 지닌 프랑스어 단어 '네그르검둥이'가 발설될 때 분위기가 미묘해지기도 했다.

한국의 경우 엄밀한 의미의 인종주의라는 것이 고개를 쳐들기 시작한 것은 아시아권 노동자들이 이주해오기 시작한 1990년대 이후일 것이다. 물론 19세기 말 이래 한국인들은 크게 백인종, 황인종, 흑인종이라는 인종의 위계를 내면화하고는 있었다. 그러나 그것은 관념 속의 위계였다. 한국전쟁에 참전한 외국 군인들과 주한 미군을 제외하고는 다른 인종이 우리 사회에서 눈에 띄지 않았기 때문이다. 그런데 이제 한국에서도 실제의 수준, 경험의 수준에서 인종주의가 작동하고 있는 것이다.

모든 차별의식이 그렇듯, 인종주의라는 것도 인류의 유전자 안에 깊이 각인돼 있는지도 모른다. 그래서 우리는 마음속 깊은 곳에서 그것을 말끔히 씻어낼 수는 끝내 없을지도 모른다. 그러나 문화라는 것은, 문명이라는 것은 본디 반反생물학이다. 우리가 인간으로 남고자 한다면, 인종주의가 나쁘다는 것을 끊임없이 되뇌어야 한다.

## 공산주의

내가 파리에 간 것이 1992년이니, 냉전이 끝난 직후인 셈이다. 냉전이 한창일 때 태어나 기자가 된 20대, 30대 젊은이들이 냉전이 끝난 직후 파리에 모인 것이다. 놀랍게도, 공산주의에 대한 태도 때문에 기자들 사이에 긴장이 생기거나 한 기억은 없다. 같이 연수를 받은 동료들 가운데는 러시아, 불가리아, 폴란드, 헝가리, 체코 등지에서 온 친구들이 있었고, 이들은 아마 자라면서 공산당사와 유물론 철학을 열심히 배웠을 텐데도, 한두 해 사이에 머리를 온통 씻어냈는지 모두 다 공산주의에 대해 혐오감을 드러냈다.

나는 살아오면서 단 한 번도 마르크스주의에 마음이 쏠린 적이 없다. 그것은 집단에 대한 공포가 생래적이었을 뿐만 아니라, 《자본론》을 끝까지 읽어낼 끈기와 지성이 없었기 때문이기도 했다. 그래도 80년대 들어 '불법적'으로 출간되기 시작한 마르크스와 레닌의 책들을 들춰보기는 했다. 물론 마음이 쏠리지 않았다. 그것은 날림 번역이 낳은 거친 문장들 때문만은 아니었다. 나는 불확실한

방향으로 치닫는 집단적 열정이 낳을 수 있는
파멸적 결과가 두려웠고, 인간의 이타심에 대
한 신뢰가 부족했다.

그러나 나를 공산주의로부터 밀쳐낸 더 중요한 이유는 단 한 번뿐인 '생生'에 대한 존중이었던 것 같다. 차라리 내가 기독교 신자였다면, 구체적으로 내세를 믿었다면, 나는 공산주의에 쏠릴 수도 있었을 것이다. 그러나 내게는 종교가 없(었)고, 나는 내세를 믿지 않는다. 즉 내 죽음은 내게 우주의 소멸이다. 물론 타인의 죽음도 그들에게 마찬가지라는 것을 나는 믿는다. 한 개인의 죽음은 그 개인에게 우주의 소멸이다. 그렇다면 집단적 정의正義를 위해 개인들을 희생시킨다는 것은 어이없는 일이다.

1990년대 언젠가 프랑스에서 나온 《공산주의 흑서》라는 책은 20세기 공산주의 운동에 대한 비열한 비방으로 널리 알려졌다. 나 역시 그 책을 읽으며 공산주의에 대한 혐오에 앞서 그 책에 대한 혐오로 불쾌했다. 그러나 나는 그 책의 주장, 공산주의 운동이 1억 명의 생명을 앗아갔다는 주장 앞에서 전율하지 않을 수 없었다. 물론 그 1억 명이라는 수치는 명백한 과장일 터이다. 그 수치는 혁명 운동에 휩쓸려 죽어간 사람만이 아니라, 공산주의 사회에서 전쟁과 기아로 죽어간 사람들까지를 모두 공산주의라는 이념과 관련해 셈한 것일 터이다. 그러나 1억 명의 1/10인 천만 명이라고 해도 마찬가지다. 공산주의 운동은 천만 명의 목숨을, 다시 말해 천만 개의 우주를 날려버린 것이다. 도대체 무엇 때문에? 뭘 위해서? 설령 혁명 운동의 지도자들에게 오직 선의만 있었다고 하더라도, 이것은 용서할 수 없는 일이다. 어리석음과 무책임도 죄악이다. 지옥으로 가는 길은 선의善意로 그득 차 있다는 말은 괜한 소리가 아니다.

그러나 공산주의가 물러간 이 세계에서 우리는 행복한가? 그렇지 않다. 공산주의라는 억제력이 없어져버린 세상에서 자본 운동은 고삐 풀린 망아지처럼 천방지축으로 날뛰고 있다. 냉전은 끝났으나 전쟁의 위협은 오히려 더 커졌다. 그것은 자본의 힘이 무소불위가 돼버렸기 때문이다. 나는 위에서 전쟁의 동력으로 민족주의와 종교를 꼽았다. 거기에 더해야 할 것이 이 자본의 욕망이다. 전쟁은 늘 비즈니스의 공간이다. 민족주의와 비즈니스는 전쟁을 주례로 행복하게 결혼한다. 고삐 풀린 자본과 민족주의의 광란 속에서 지구는 전쟁의 참화를 피할 수 없을 것이다. 역사적 공산주의의 몰락과 좌파 세계관의 몰락이 겹칠 수 없는 것은, 겹쳐서는 안 되는 것은 그래서다. 세계화 자체는 피할 수 없다. 우리가 바랄 수 있는 것은 신자유주의 세계화가 아닌, 다른 방식의 세계화, 밑으로부터의 세계화일 것이다. 그것은 20세기의 공산주의가 이루지 못했던 진정한 국제주의를 새롭게 모색하는 일이기도 하다. 그 국제주의는 독립적이고 자율적인 개인들 사이의 느슨하지만 질긴 연대에 의해 구축될 것이다.

처음 유럽에 가서 내가 놀란 것은 영어의 위세였다. 나는 물론 그 전에도 영어가 가장 위세가 큰 언어라는 것 정도는 알고 있었다. 그러나 한편으로 유럽 대륙에서는 영어의 위세가 상대적으로 작으리라는 환상도 지니고 있었다. 막상 유럽에 가보니 영어의 위세는 내가 생각한 것보다 훨씬 더 컸다. 그리고 영어 이외의 다른 큰 언어들, 예컨대 프랑스어나 독일어나 스페인어의 위세는 내가 생각한 것보다 훨씬 더 작았다. '유럽의 기자들' 프로그램의 지원 자격은 프랑스어와 영어로 말하고 쓸 수 있어야 한다는 것이었다. 그리고 그 프로그램의 일환인 기사 작성도 프랑스어나 영어로 하는 것이 의무화돼 있었다. 그런데 프로그램의 또 다른 한 축인 세미나는 프랑스어로 이루어졌지만, 연수를 함께 받던 동료들의 압도적 다수는 영어로 기사를 쓰는 것을 택했다. 프랑스어가 모국어인 동료들을 제외하고는 말이다.

우리들끼리의 대화도 대체로 영어로 이루어졌다. 벨기에 동료 하나가 누차 한 말이 지금도 기억난다. "공산주의 몰락 이후에 인류는 두 개의 계급으로 분화됐어. 영어 사용자와 영어 비사용자." 물론 거기서 주류는 영어 사용자다. 19세기 어느 시점부터 영어는 이미 세계에서 가장 강력한 언어가 되었다. 그러나 영어가 다른 어떤 언어에 의해서도 위협받지 않는 지위를 구축한 것은 20세기를 통과하면서다. 물론 그것은 이 언어의 고향인 영국의 힘에 의해서가 아니라 미국의 힘에 의해서다.

두 차례의 세계대전을 승리로 이끌며 미국은 세계 최강의 군사·경제 대국이 되었고, 미국의 군인·돈과 함께 그 언어를 세계 각지에 전파했다. 오늘날 영어 이외의 언어로 발표되는 논문은, 특히 자연과학의 경우라면, 발표되지 않은 논문이나 다름없다. 제1차 세계대전 전까지 의학·생화학 분야의 일급 논문들이 주로 독일어로 쓰여졌다는 것을 생각하면 상전벽해다. 인터넷의 등장에 따른 커뮤니케이션 폭발은 영어의 지위에 더욱 유리한 환경을 조성했다.

이것이 영어 비사용 사회에서 영어 공용어론이 나온 계기가 됐다. 영어 공용어론은 여러 차원의 비판에 직면해 있다. 우선 민족주의자들은 궁극적으로 자신들 언어의 생존 자체를 위협할 영어 공용어론에 너그러울 수가 없다. 꼭 민족주의자가 아니더라도, 생물종의 다양화처럼 문화종의 다양화도 (문화적) 생태계의 건강을 위해 꼭 필요하다고 생각하는 다원주의자들 역시 영어 공용어론에 찬성할 수 없다. 반면에 영어 공용어론자들은 영어라는 '표준화한 코드'가 커뮤니케이션의 효율을 크게 높일 것이라는 점을 자신들의 논거로 삼고 있다.

이것은 미묘한 문제다. 궁극적으로는 언어라는 것을 대하는 상반된 태도가 이 두 주장의 밑에 깔려 있다. 언어는 세계를 재현하는가, 아니면 존재를 표현하는가. 거칠게 말하면 영어 공용어론자는 재현론자들이고, 그 반대자들은 표현론자들이라고 할 수 있다. 물론 언어는 세계를 재현하면서 존재를 표현한다. 내 입장은 소극적 영어 공용어론이다. 즉 영어 공용어화를 강제해서는 안 되되, 자연스럽게 그런 흐름이 이뤄진다면 그냥 놓아두자는 쪽이다. 나는 언어 기호의 특징인 자의성이 야기하는 개별 언어 사이의 커뮤니케이션 장애가 개별 언어들의 표현적 기능의 다양성이라는 장점에 견주어 훨씬 크다고 생각하는 쪽이기 때문이다.

언어는 물론 문화의 본질적 부분이지만, 그것은 음식이나 의상과는 다르다. 먹고 입는 것은 자족적일 수 있지만, 언어는 자족적일 수 없다. 그것은 궁극적으로 소통을 목적으로 하는 매체다. 그리고 이 매체는 그림이나 음악보다 훨씬 복잡한 매체여서, 일정한 소통의 수준에 이르도록 익히는 것조차 그리 쉽지 않다. 우리가 이런저런 유형의 그림이나 음악에 익숙해지는 것만큼 이런저런 자연언어에 익숙해지기를 기대할 수는 없다. 그런 만큼, 이미 많은 사람들이 사용하고 있는 언어에, 언어를 배울 수 있는 제한된 능력을 집중시키는 것이 합리적이다.

이런 주장은 물론 영어가 국제어가 된 역사의 더러운 측면에 눈감는 것이라는 비판을 받을 수 있고, 능률성과 생산성만을 중시하는 시장 지상주의적 세계관이라는 비판을 받을 수도 있다. 나는 그런 비판을 무릅쓰고라도, 영어 공용어화에 마구 적대적일 수만은 없다. 영어를 모름으로써 겪게 될 불편은 앞으로 더욱더 커질 것이기 때문이다. 문필가로서, 한국 문필가로서가 아니라 그저 한 사람의 문필가로서도 그렇다. 문필가라면 누구나, 5천만이 이해할 수 있는 언어보다는 5억이 이해할 수 있는 언어로 글을 쓰고 싶어할 터이기 때문이다.

내가 20세기 말 파리에서 발견한 것 가운데 마음에 가장 들었던 것은 집단으로부터 놓여난 개인일 것이다. 물론 모든 공동체에는 그 공동체를 지탱하는 최소한의 도덕이 있다. 그러나 그 최소한의 도덕을 해치지 않는 범위에서 개인은 무엇이든 할 수 있어야 한다는 것, 그가 문신을 하든, 동성애를 하든, 마약을 하든 사회는 그것을 용인해야 한다는 원리는 견결히 지지돼야 한다.

나는 이런 개인주의 선언을 10년 전에 다소 선동적 톤으로 쓴 바 있다. 〈공산당 선언〉의 마지막 부분을 패러디한 그 글 끝머리는 이렇다. "만국의 개인들이여, 흩어져라! 흩어져서 싸우라! 민족주의의 심장에, 모든 집단주의의 급소에 개인주의의 바이러스를 뿌려라!"

결국 내가 20세기의 역사에서 얻은 교훈은 모든 순수한 것에 대한 열정이 위험하다는 것이다. 순수에 대한 열정이라는 것은 말을 바꾸면 근본주의, 원리주의다. 그것이 종교의 탈을 쓰든, 학문이나 도덕의 탈을 쓰든, 인종이나 계급의 탈을 쓰든 마찬가지다. 순수에 대한 열정은 좋게 말하면 진리에 대한 열정이라고도 할 수 있다. 그런데 광신이라는 게 별 게 아니라 진리에 대한 무시무시한 사랑이다. 그리고 진리에 대한 무시무시한 사랑은 필연적으로 소수파나 이물질을 배제하는 전체주의의 문을 연다. 그 문을 닫아놓는 길은 모든 사람들이 진리의 전유권專有權을 스스로 포기하고 그와 동시에 남들이 진리를 전유하는 것도 용납하지 않는 것이다. 진리에 대한 사랑을 줄이는 것, 열정의 사슬을 자유로써 끊어내고, 광신의 진국에 의심의 물을 마구 타는 것이다. 흩어져 싸우는 개인들이란 결국 세계시민주의자들이고, 세계시민주의의 실천 전략은 불순함의 옹호다.

결론을 내리자. 섞인 것이 아름답다는 것이 내가 생각하는 20세기의 교훈이다. 아직 우리는 그 교훈을 받아들일 준비가 안 된 듯하지만.

# 서울 공덕동의 두 이야기

손석춘

1960년생. 《동아일보》 기자를 거쳐, 한겨레신문 노조위원장, 주간 《미디어오늘》 발행인과 언론개혁시민연대 공동대표 역임. 《한겨레》 여론매체부장을 지내다 지금은 《한겨레》 비상임 논설위원, 중앙대 신문방송학과 겸임교수로 있다. 주요 저서로는 《여론읽기 혁명》, 《신문읽기의 혁명》, 《한국언론운동의 논리》 등. 장편소설 《아름다운 집》, 《유령의 사랑》을 펴내기도 했다.

아직 지나온 삶을 회고할 단계는 아니다. 한 시대에 대한 성찰까지 담기란 더 그렇다. 자기 미화 또는 연민의 호수에 빠지기 쉬운 글은 쓰지 말자는 작심도 해둔 터여서 지난 삶의 내밀한 회고는 피하기로 하자. 다만 내 삶과 마주쳤던 20세기를 거칠게나마 듬성듬성 그려보기로 하자.

20세기와 나의 '만남'은 1969년 서울에서 시작했다. 눈을 감으면, 충청북도 충주에서 서울로 전입해올 때 마주친 봄 풍경이 가물가물 떠오른다. 상상했던 서울 그림과 현실이 다른 데서 왔던 실망감은 또렷하게 기억한다. 극장의 〈대한뉴스〉나 부잣집 아이 집에서 텔레비전을 통해 본 서울과 달랐다. 곧 쓰러질 듯한 낡은 집들이 즐비했다. 미디어가 보여준 세상과 내가 살아가는 세상이 다르다는 것을 일찌감치 깨달은 것은 불행이자 행복이었다. '어른'들은 한국 사회를 장밋빛으로 그려줬지만, 적어도 내 눈에는 그렇게 보이지 않았다.

서울로 집을 옮긴 우리 가족이 세를 든 곳은, 마포의 공덕시장 주변이었다. 지금은 고층 건물들이 줄 서 있지만, 당시 마포에서 용산으로 넘어가는 길은 물론이고 만리재로 넘어가는 큰길도 뚫리지 않았다. 그 공덕의 언덕에 1991년 한겨레신문사 건물이 들어서고, 내가 그 곳에서 30대와 40대를 보내리라고는 당시로선 상상할 수도 없었다. 아무튼 만리재로 넘어가는 작은 길을 오가며, 그리고 어머니 '짐'을 덜어드리려 시장을 다니며 만난 공덕시장의 풍경화는 내 머릿속에 판화처럼 새겨졌다.

낡은 사과 궤짝들을 연이어 놓은 뒤 그 위에 비닐을 깔고 생선을 팔던 아주머니들의 얼굴을 잊을 수 없다. 칼바람이 몰아칠 때도, 진눈깨비가 내릴 때도, 가난과 피로에 지친 그 얼굴은 한결같이 자리를 지키고 있었다. 그나마 온전히 자리를 지킬 수 있다면, 아마도 '천국'이었을 터이다. 아무런 예고도 없이 어디선가 들이닥친 완장들이 어쩌면 전 재산일지도 모를 궤짝을 발로 차 부수고 진흙탕에 쏟아진 생선들까지 긴 장화로 짓밟았다.

그때는 정확한 까닭을 몰랐지만, 돌이켜보면 이른바 불법 매장 단속이었을 법하다. 난장판 속에서 더러는 순박한 아주머니들이 팔뚝에 문신이 그려진 청년들에게 몸을 던져 엉겨붙었다. 하지만 어쩌겠는가. 이내 생선처럼 나뒹굴어져 서러움 복받치는 눈물을 쏟아내는 동공을 저리는 가슴으로 지켜볼 수밖에 없었다. 그뿐이 아니었다. 더러는 아주머니들에게 '뒷돈'을 챙겨 가는 풍경도 놓치지 않았다. 그랬다. 한국 자본주의가 급성장을 해가던 1960년대 말의 서울 공덕시장. 그 시장의 풍경은 내게 자본주의를 가르쳐준 스승이었다.

　　시장과 더불어 또 다른 나의 스승이 된 것은 초등학교 졸업반
교실이다. 그 교실이 그려지면 잊혀지지 않는 선생님이 있다. 한
세대의 세월이 훌쩍 흘렀으되 그분의 얼굴도, 목소리도, 눈빛도 생
생하다. 서글프게도 아름다운 추억은 아니다. 초등학교 졸업을 앞
둔 어느 날이었다. 선생님은 학우들 여남은 명을 불러 남으라고 했
다. 졸업식 때 읽을 답사答辭를 내놓으면서 한 사람씩 돌아가며 낭
독해보라고 일렀다. 두루 읽고 나자, 선생님은 곧바로 나를 지목했
다. 집에 가서 연습하라며 답사문을 내게 주셨다. 기뻤다.

　　답사문을 거의 외우다시피 연습했을 때다. 졸업식을 이틀 앞두
고, 선생님은 갑작스레 답사문을 가져오라고 하셨다. 답사는 결국
다른 친구가 읽었다. 아무런 설명이 없었기에 까닭은 모르지만 짐
작은 갔다. 친구 집은 부자였고 그의 화사한 어머니는 자주 학교를
찾아왔다.

　　서울의 교실이 가슴에 새긴 생채기는 더 있다. 가령 담임 선생
님은 '시험지 값'을 내지 않는다거나, '환경미화용 화분'을 가져오
지 않는다고, 공개적으로 다그치기도 했다. 선생님은 어머니께 말
씀드리라고 압박했지만, 당시 우리 집 형편을 잘 알고 있던 나는
그럴 수 없었다. 물론, 지금 그분에 대한 원망은 전혀 없다. 만나고
싶지는 않지만, 이해할 수는 있다. 선생님은 달동네에 살고 계셨

다. 그분의 어려움을 충분히 헤아릴 나이가 되었다. 비록 내 마음은 시퍼렇게 멍들었어도, 어쩌면 그분은 자본주의 사회의 실체를 일찍 눈뜨게 해준 은인일지도 모른다.

그 시절 내가 쓴 일기장을 들춰보면 아직도 가슴 한켠이 뻐근해온다. 가령 다음 대목들이 그렇다. 문장과 맞춤법 그대로 두 군데만 옮겨본다.

1971년 6월 27일 일요일

오늘 나는 다시금 생각해보았다. 왜 인간이 돈에게 이기지 못하는 것일까? 이러한 돈의 가치를 왜 박 대통령은 아무 말도 없을까? 돈! 돈을 위해서 몇 백 명이 죽어갔는가? 정말 모두가 한심하다. 왜 인간이 돈을 막지 못할까?

1971년 7월 8일 목요일

인간은 언젠가는 죽는다. 아니 모든 사람이 ……. 그러나 이 귀중한 세월을 우리 인간들은 너무나도 행복하게 살지 못한다. 이것이 모두가 돈 때문이다. 왜 인간이 돈에게 메이는가? 인간들은 왜 인류의 행복을 돈으로 팔고 사는 걸까. 정말 세계가 한심스럽다.

## 우국일기와 우국신문

그랬다. 얼굴에 버짐 먹은 소년의 일기장은 돈에 대한 미움을 곳곳에 담고 있다. 한 가지 흥미로운 것은, 일기에 박정희에 대한 존경과 기대가 배어 있는 점이다. 심지어 김대중 후보가 당선되면, 우리나라의 안보가 어떻게 될까 걱정을 늘어놓은 '우국일기憂國日記'도 있다. 고등학교에 들어간 뒤 시나브로 박정희 정권의 실체를 알게 되었지만, 중학 시절까지 난 박 대통령을 존경했다. 교내 웅변대회에 나가서 대학생들이 데모만 한다고 비판하기도 했다.

대학에 들어가서야 언론이 얼마나 현실을 오도하고 있는가를 뼈저리게 깨우쳤다. 실제로 당시의 신문들을 찾아보면 왜 중학 시절 내가 '데모만 하는 대학생들'을 매도하는 웅변을 했는지 의문은 쉽게 풀린다.

내가 상경한 1969년은 박정희가 3선 개헌에 나서면서 민주헌정을 다시 파괴하기 시작한 해였다. 쿠데타로 권력을 차지한 박정희는 3선을 목적으로 6차 개헌을 했다. '민주화운동 관련자 명예회복 및 보상 등에 관한 법률'의 제2조 제1호에서 민주화운동의 기점을 1969년 8월 7일 이후로 잡은 것도 그 때문이다. 당시 정부 여당은 야당인 신민당 의원 3명을 포섭하여 개헌선을 확보하고, 대한반공연맹·대한재향군인회를 비롯한 50여 개의 관변단체들을 동원해 개헌 지지 성명을 내게 했다. 국회 날치기 통과에 이어 문제의 개헌안은 10월의 국민투표에서 총유권자 77.1% 참여에 65.1% 찬성을 얻어 확정되었다.

3선 개헌에 언론과 지식인의 공로는 컸다. 앞 다투어 박정희 찬가를 읊어댔다. 가령 국민투표를 하루 앞둔 날 《조선일보》를 펴보면, "'영광의 후퇴'보다 '전진의 십자가'를, '나는 나를 버리고 국가를 위해 한 번 더'"라는 신문 표제가 들어온다. 박정희의 3선 개헌 추진을 마치 그의 희생이라도 되는 듯 찬양한 기사이다. 이어 11명의 '각계 인사들이 본 성장 한국'이란 제하의 기사에선 "건설 중단은 혼란만 초래"한다거나 "안보 위해 정치적 안정을", "정국의 안정이 제일조건", "대외적으론 국위선양", "훌륭한 영도자를 중심으로" 따위가 등장한다. 국민투표를 하루 앞두고 내놓고 찬성표를 던지라는 낯뜨거운 선동이다.

《조선일보》는 마무리도 잊지 않았다. 국민투표가 끝난 뒤 10월 19일 사설 제목은 '국민의 심판은 끝났다: 다수결에의 복종과 함께 소수파도 존중'이다. "비록 치열한 반대 세력이었다 할지라도 민주주의의 원칙대로 이제는 다수결에 복종하는 수밖에 없을 것"이라고 주장한다. 더는 개헌에 대해 왈가왈부 하지 말라는 선포인 셈이다.

1972년 10월 17일 박정희가 유신을 선포하며 형식이나마 남아 있던 민주주의를 압살했을 때도 한국 언론은 아무런 문제의식이 없었다. 《조선일보》는 다음날 사설 '평화통일을 위한 신체제'에서 "가장 적절한 시기에 가장 알맞은 조치"라고 용비어천가를 읊었다. 《중앙일보》도 같은 날 사설 '평화통일을 위한 정치체제 개혁'에서 "우리는 박 대통령이 비상한 결의를 갖고 대담한 체제개혁 행동을 취하게 된 충정을 충분히 이해하고 적극적으로 받아들여야 할 것"이라고 선동했다. 심지어 "국민은 경거망동을 삼가고 일체 혼란의 발생을 자진해서 억제토록 해야 할 것"이라며 훈계하고 나섰다. 다른 신문보다 조금은 완곡한 표현이지만 《동아일보》도 '비상계엄 선포의 의의'란 사설에서 유신을 "평화지향적"이고 "자유민주주의적"이라고 규정했다.

유신 선포에 신문이 합창을 하고 TV 방송이 적극 나팔수가 되었다. 유신 선포에 저항하지 말라는 《중앙일보》의 훈계조 사설은 3선 개헌 때 《조선일보》가 "반대 세력이었다 할지라도 민주주의의 원칙대로 이제는 다수결에 복종하는 수밖에 없을 것"이라고 주장한 것과 궤를 같이 한다.

언론의 유신 찬양은 지칠 줄 몰랐다. 1972년 10월 28일《조선일보》 사설 제목은 '유신적 개혁의 기초: 민주주의의 안정과 번영을 위한 헌법'이다. 사설은 대통령 직선제 폐지와 통일주체국민회의를 통한 간선제에 대해 "대통령을 직접 선거함으로써 빚어졌던 여러 가지 폐해와 부작용을 일소할 수 있게 된다"고 논평했다.

민주주의의 기본원칙을 아예 부정하는 사설들이 아닐 수 없다. 결국 비상계엄 아래 원천적으로 반대운동이 봉쇄 당한 상황에서 유신헌법을 놓고 찬반 국민투표가 치러졌고 언론의 공로로 압도적 찬성이 나왔다. 하지만 찬가는 아직도 부족했다. 대통령으로 뽑힌 뒤에 사설을 보라.

"무엇 때문에 지난 10년 동안 5, 6, 7대나 대통령을 역임한 그를 또다시 환영하는 것인가. 한 마디로 말해서 그것은 그의 영도력 때문이다. 그의 높은 사명감과 뛰어난 능력과 역사의식의 정당성 때문이다. 우리는 더욱 전망적인 민족통일의 사명감과 구국중흥의 신념에 불타는 탁월한 영도자를 가졌다."《조선일보》 12월 28일자 사설

그래서가 아닐까. 박정희에 대한 나의 생각이 호의적이었던 까닭은. 당시의 일기장에 독재자의 낙선을 걱정하는 일기를 쓴 중학생의 의식은, 역설이지만 대학생이 되었을 때 언론의 힘이 얼마나

가공스러운가를 단숨에 깨닫게 해준 촉매였다.

하지만 나팔수 언론도 내가 시장과 교실이라는 스승에게 몸으로 익힌 사회 현실마저 가리거나 속일 수는 없었다. 돈을 미워한 일기들이 그 증거이다. 졸업을 앞둔 서울의 교실에서 담임 선생님이 반 아이들 모두에게 자신의 꿈을 발표하는 시간을 마련했을 때다. 그때 내가 밝힌 꿈이 교실의 풍경과 함께 그림처럼 떠오른다. 내 발표에 시끄럽던 교실이 일순 조용해졌고 담임 선생님마저 긴장했던 것으로 기억한다.

"사람을 위해 돈이 생겨났는데, 지금은 돈 때문에 사람이 죽고 있다. 나는 돈 없는 사람들을 위해 일하겠다."

그 날 또박또박 밝힌 다짐에 과연 내가 얼마나 충실한 삶을 걸어가고 있는지 늘 되돌아본다. 책 살 돈이 전혀 없었기에 서울 남산의 어린이회관에 가서 책을 읽었다. 공덕동에서 남산까지 걸어 다녔다. 중학교에 들어가서는 학교 가까운 곳에 있는 마포 도서관을 이용했다. 도서 대장에 지금도 빌려본 기록이 남아있는지 모르겠지만, 그 곳에서 난 마르크스 사상을 다룬 책을 읽었다. 중학교 1학년 도덕 교과서에 나온 공산주의라는 게, 칼 마르크스라는 사람이, 궁금했기 때문이다. "가난한 사람들에게 평등하게 살게 해주겠다고 선동했다"고 하는데 도대체 무엇으로 어떻게 선동하고 유혹했는지 알고 싶었다.

우스개이지만 서슬 푸른 공안 당국자의 눈으로 본다면, 나는 이미 초등학생 시절부터 한국 자본주의가 낳은 '자생적 사회주의자'가 아니었을까. 돈과 가난이 가장 절절한 문제였기에 가난을 없애겠다는 사상을 왜 나쁘다고 하는지 탐색하고 싶었던 것은, 굳이 따지자면 당연한 일이었다.

민망스럽지만 이 참에 짚어둘 게 있다. 이미 나는 '새로운 천년'의 들머리에서 두 편의 장편소설로 내가 겪은 20세기를 담았다. 소설 《아름다운 집》과 《유령의 사랑》이 그것이다. 자신이 쓴 소설을 거론하기란 쑥스러운 일이지만, 두 소설을 묶어 평하면서 문학평론가 김형중은 다분히 냉소적으로 '초자아 마르크스주의'라는 제목을 붙였다. 평론의 내용에는 동의하지 않지만 그의 '초자아' 지적(공안당국을 의식한 말은 결코 아니지만 그래도 명백히 밝혀두자면 나는 '마르크스주의자'가 아니다)은 어쩌면 정확할지 모른다.

그랬다. 불행하게도 난 아주 일찌감치 돈의 힘이 빚은 세상의 모순에 눈떴고, 책읽기에 몰입했다. 대학에서 철학을 공부하겠다고 다짐한 것도 그 연장선에 있었다. 고등학교 3학년 때 담임 선생님은 대입원서를 써주면서 철학과를 선택한 내게 상대나 법대를 권하며 아쉬워했다. 하지만 불과 한 시간 뒤 담임 선생님은 종례

시간에 들어와서 나를 지칭하지 않은 채 학우
들에게 말했다.

"사실 대학을 가서 공부를 제대로 하려면 철
학을 해야 한다."

철학과에 입학해 가장 즐거웠던 것은 읽고
싶은 책을 마음껏 읽을 수 있는 시간적 여유였
다. 책상 위에 책들이 시나브로 늘어나는 게 그
렇게 뿌듯할 수 없었다. 대학을 다니면서 구내
식당 점심값으로 어머니가 준 돈까지 밥을 거
르며 모았다. 시간이 날 때면 당시 가장 책이
많았던 종로서적으로 가 진열된 책들을 샅샅이
훑어보았다.

하지만 그렇다고 책상물림만은 아니었다. 대학에 들어간 뒤 달 포 만에 야학하는 곳을 찾아가 '강단'에 섰다. 서울 상계동. 수락산 자락 아래 달동네에서 야학을 하며 바라본 한국 사회는 현실과 미디어의 차이를 한층 또렷하게 깨닫게 해주었다.

지금은 고층 아파트가 즐비하지만 당시 상계동은 마포의 달동네와는 비교할 수 없을 만큼 을씨년스러웠다. 어두컴컴하고 고불고불 난 골목길 양쪽의 허름한 판잣집들, 시커멓게 흘러가던 하천, 그리고 검은 시내에서 미역을 감던 어린아이들의 풍경에 난 분노했다. 하지만 TV는 민중의 삶을 전혀 담지 않았다. 지도자 박정희의 시시콜콜한 동정과 〈새마을 노래〉로 넘쳐났다.

## 일그러진 언론의 자화상

그 해 여름방학 때 순천 송광사에서 우연히 만난 고은 시인은 내가 다니는 학교에 '언더 조직지하서클'이 있다는 것을 알려 주었다. 서울로 오자마자 유신체제 아래서 가까스로 명맥을 유지하던 '지하서클'을 찾았고 곧 가입했다. 서클 활동과 야학을 병행하던 나는 내가 살던 현실을 온전히 설명해줄 이론적 갈증에 시달렸다. 닥치는 대로 책을 사서 파고든 것도 그 시기였다. 철학과에 있었지만 현실을 천착하는 철학 강의가 없었기에 더욱 그랬다. 선배들이 추천하는 사학과와 사회학과 그리고 정치학과, 경제학과의 강의들을 수강했다.

가장 인상에 남는 것은 단연 사학과의 김용섭 교수 강의였다. 들어본 사람은 누구나 동의하듯이, 김 교수의 한국 근대사 강의는 나지막하면서도 큰 울림을 주었다. 각 시기마다 사회경제적 배경을 설명하고 이어 여러 세력들의 동향과 여론 추이를 일목요연하게 설명하는 명강의였다.

당시 연세대에 출강했던 안병직 교수(1990년대 들어오면서 실망스러운 행보를 걸었지만 그때는 학생운동에 적잖은 영향을 주고 있었다)의 한국 경제사도 성실한 강의로 인상 깊었다. 연대에 출강하던 진덕규 교수도 사회학 청강 시간 막바지에 "현대 사회에서 언론이 중요하다"라면서 지나가는 말로 덧붙였다.

"그런 언론을 무식한 놈들에게 맡겨둬서는 안 된다."

앞뒤가 정확하게 기억나지 않지만(아마도 거의 같은 시기일 터이다) 진 교수의 그 당부는 서울 명동에서 학생운동 선배와 함께 만난 《동아일보》 해직 기자의 충고와 겹쳐진다. 1975년 동아사태로 해직된 그분은 내게 "신문사 안에 들어가서 싸우는 사람이 있어야 한다"며 신문기자가 될 것을 권했다. 그 해직 기자는 훗날 나 또한 《동아일보》 기자를 거쳐 《한겨레신문》에 합류했을 때 재회했다.

갈등의 골이 깊어가던 현실과 미디어가 처음 맞부딪친 것은 유신철폐 시위로 대학 안에서 사복경찰에 체포되었을 때다. 중앙도

서관 앞에서 교문까지 제법 긴 길을 두 경찰관에게 혁대를 잡힌 채 질질 끌려갔다. 마주치는 학생들에게 구원의 눈길을 보냈지만, 유신체제의 삼엄했던 학원 상황에선 애초부터 부질없는 기대였다.

곧이어 부마사태가 터지고 다행히 박정희가 김재규의 총에 맞아 죽으면서 '서울의 봄'이 찾아왔다. 내가 회장을 맡고 있던 서클도 다시 공개 활동에 들어가면서 《활로》라는 신문을 발행했다.

하지만 제도 언론들은 12 · 12사태의 진실은 물론이고, 육군 소장 전두환의 위험성을 모르쇠 하고 있었다. 그 결과였다. 결국 5 · 17이 일어나고 광주에서 무장항쟁이 벌어졌다. 한국 언론을 이대로 두고는 어떤 변화도 불가능하다고 판단한 것도 그때였다. 1980년 5월을 피로 물들이고 전두환 정권이 들어서기까지 일등공신은 단연 언론이었기 때문이다. 12 · 12로 군부를 장악한 이른바 신군부 세력이 비상계엄을 전국으로 확대함으로써 5 · 17 쿠데타를 일으켰을 때, 《중앙일보》는 즉각 지지하고 나섰다. 5월 19일자 사설 '자제와 화합으로 국가적 시련을 극복하자'가 그것이다. 사설은 "계엄령의 확대 시행은 그 목적이 사회 질서, 사회 활동의 정상화를 위한 불가피한 수단일 수밖에 없다"고 정당성을 역설했다.

언론은 군부의 총칼에 맞서 민주주의를 외친 시민들을 대변하기는커녕 철저히 적대시했다. 5월 항쟁의 첫 보도가 나온 날은 1980년 5월 22일. 계엄사의 발표문을 고스란히 담았다. 다음날 1면에 '북괴방송 광주사태만 집중적 선동' 기사를 부각해 편집한 신문도 있었다. 5월 25일자 각 신문에는 광주 현장을 다녀온 기자들의 기사가 실렸다. 《조선일보》는 사회면 머릿기사로 '무정부상태 광주 1주: 바리케이드 너머 텅 빈 거리엔 불안감만'을 내보냈다. 그리고 "고개의 내리막길에 바리케이드가 쳐져 있고, 그 동쪽 너머에 무정부 상태의 광주가 있다. 쓰러진 전주, 각목, 벽돌 등으로 쳐진 바리케이드 뒤에는 총을 든 난동자들이 서성이고 있는 것이 멀리서 보였다"고 보도했다. 당시 사회부장인 김대중 기자가 쓴 기사이다.

같은 날 사설은 더욱 가증스럽다. '도덕성을 회복하자'라는 사설은 "비극의 나라를 우방으로 둔 그 나라미국에 대해서 목하 거추장스런 짐이 돼 있는 우리로선 당혹스런 착잡한 심정마저 누를 길 없다"고 썼다.

### 그들은 육사의 혼, 수도승이라 부르다

5월을 피로 물들인 전두환 일당은 이른바 국가보위비상대책위원회를 구성하고, 느닷없이 '전국 불량배 일제 소탕 방침'을 발표했다. 서슬 푸른 전두환 국보위 상임위원장에 언론이 일제히 추파를 던진 것도 그 시점이다.

석간이던 《중앙일보》는 8월 4일자 사회면 머릿기사로 '주먹서 풀려난 유흥가 뒷골목'을 편집했다. 신문은 문학평론가를 '동원'

해 "깡패소탕은 지속적으로"를 강조하고 폭력배를 제목으로 한 연재물을 내보냈다. 조간인 《조선일보》는 8월 5일자 사설 '사회악 수술에 대한 기대'에서 "국보위의 이번 조치에 대한 기대는 바로 심층적이고 강력한 추진력에 대한 기대"라고 찬양했다. '삼청교육'의 인권 유린은 언론의 적극적인 방조 속에 저질러진 것이다.

1980년 8월 7일에는 전두환 씨가 국가와 민족을 위한 조찬기도회에서 한 인사말을 모든 신문들이 1면 머릿기사로 보도한데 이어 19일부터는 영웅화하는 보도가 쏟아졌다. 특히 《조선일보》의 기사 '인간 전두환: 육사의 혼이 키워낸 신념과 의지의 행동' 8월 23일은 압권이었다.

"동기생일지라도 어쩌다 그를 대할 때면 감히 범접할 수 없는 거대한 암벽을 대하는 느낌이 들 때가 있으며, 불의를 보고 참지 못하는 천성적인 결단은 그를 군의 지도자가 아니라 온 국민의 지도자 상으로 클로즈업시키기에 부족함이 없었다. 12·12 사건만 해도 그렇다. 정승화 육군참모총장 쪽에 서면 개인 영달은 물론 위험 부담이 전혀 없다는 걸 그도 잘 알았으리라. 10·26사태 이후 그가 보여준 일련의 행위는 육사에서 익히고 오랜 군대 생활에서 다져진 애국심을 바탕으로 한 도덕적 행위라는 게 주위의 얘기다."

같은 날짜 사설은 '전두환 씨를 차기 대통령으로 추대한 전군지휘관회의'에 대해 "건국 이래 모든 군이 한 지도자를 전군적 총의

로 일사불란하게 지지하고 추대한 예는 일찍이 없었다"며 갈채를
보냈다. 다음날인 8월 24일에는 통단 사설을 내보낸다. '길: 새로
운 길잡이가 나타나는 데 부쳐'이다.

"어떠한 국민도 정치에 참여할 수 있다면서 어떠한 일이 일어나
더라도 군인만은 절대적인 중립을 지키고 오로지 군사적인 임무에
만 전념하여야 한다고 생각한데는 분명히 사고와 인식의 맹점이
있다. 군이 안보의 견지에서 정치에 관심을 가지는 것은 당연하며,
군이 진일보하여 나라의 강력한 구심체를 형성하고 지도력을 발휘
하는 것 또한 이 나라에서 현실을 사는 논리의 필연적인 귀결인 것
이었다."

결국 전두환은 8월 27일 대통령에 당선된다. 《중앙일보》는 다
음날인 8월 28일부터 네 차례에 걸쳐 '솔직하고 사심 없는 성격 전
두환 대통령 어제와 오늘: 합천에서 청와대까지'를, 《동아일보》는
29일에 '새 시대의 기수 전두환 대통령, 우국충정 30년: 군 생활을
통해 본 그의 인간관'을 내보냈다.

"전두환에게서 높이 사야 할 점은 아무래도 수도승에게서나 엿
볼 수 있는 청렴과 극기의 자세로, 사람 치고 대개가 물욕에 물들
었지만 그는 항상 예외"라는 《동아일보》의 기사를 보면 차라리 헛
웃음이 나온다. 그 수도승은 1997년 대법원 확정판결에서 2천205
억 원의 추징금을 선고받았다. 하지만 그는 언죽번죽 자신의 전 재

산이 29만 원뿐이라며 2004년 9월 현재까지 추징금을 완납하지 않고 있다.

그래서였다. 가까운 학생운동 후배들에게 언론운동에 나설 생각을 밝혔다. 한국 언론의 변화가 민주화운동과 통일운동에 두루 전제조건이라는 생각을 떨칠 수 없었기 때문이다. 처음 신문사 입사시험을 본 것은, 군 복무를 마친 뒤인 1983년 겨울이었다. 그 해 12월 동아일보사 시험을 치렀으나 최종면접에서 낙방했다. 이력서에 대학 시절 받은 논문상 제목을 써 놓았는데 그걸 놓고 논쟁이 불거졌기 때문이다. 진보적 민주주의가 무슨 개념인지 당시 이채주 편집국장은 집요하게 물고늘어졌다. 실질적 민주주의를 위해선 노동조합 활성화가 필요하다고 조심조심 답변한 내게 편집국장이 물어본 마지막 질문이 또렷하게 기억난다.

"그렇다면 당신은 신문사 노동조합에 대해선 어떻게 생각하나?"

내 대답 뒤에 세 면접관 사이에 잠시 침묵이 흘렀고 이윽고 한 사람이 입을 열었다.

"됐어, 그만 나가봐."

순진하게도 난 당시 《동아일보》에 환상이 있어 합격을 기대했

1984년 무렵에.

다. 새삼 현실의 두터운 벽을 실감하며 신문기자가 된 것은 이듬해 8월이었다. 1984년 8월 《한국경제신문》의 수습기자 시험에 최종 합격했다. 일단 한국 자본주의를 구체적으로 파악하겠다고 결기를 다졌다.

하지만 상황은 급변하고 있었다. 5월항쟁을 젖줄로 학생운동과 노동운동이 커 갔으나 한국 언론은 '색깔 보도'로 일관했다. 언론의 범죄성은 1986년 6월에 일어난 '성 고문 사건'에서 극명하게 드러났다. 당시 경기도 부천서의 경장 문귀동은 민주화운동에 나선 여성에게 자백을 받아내기 위해 성 고문의 만행을 저질렀다. 그 사실을 당사자가 용기 있게 고발했는데도 언론은 모르쇠 했다. 여론에 밀려 검찰이 수사에 들어가고 그 결과를 발표한 86년 7월 17일, 언론은 전두환 정권이 내려보낸 보도지침을 모범생처럼 충실하게 따랐다. 《조선일보》는 '성적 모욕 없었고 폭언 폭행만 했다' 86년 7월 17일자는 검찰 발표문 그대로 제목을 구성했고, '운동권, 공권력 무력화 책동'이란 제목까지 내보냈다. '부천서 사건: 공안당국의 분석' 86년 7월 17일자 《조선일보》에서는 "급진세력의 투쟁전략 전술 일환: 혁명 위해 성까지 도구화한 사건"이라고 사건의 성격을 악의적으로 규정했다. 성 고문 사건 수사결과 발표 3일 뒤인 86년 7월 19일 검찰 출입기자들은 두툼한 촌지를 받았고 대부분 이를 챙겼다.

그나마 조금씩 자기 목소리를 내기 시작한 것은 《동아일보》였다. 특히 김중배 · 최일남 두 논설위원이 교대로 쓴 칼럼은 내게 언론이 사회변혁을 이끌 수 있는 가능성을 입증해주었다. 이채주 편집국장이 물러난 뒤 내가 《동아일보》로 자리를 옮긴 가장 큰 이유도 거기에 있었다.

하지만 동아일보사 편집국 분위기는 밖에서 보는 것과 달랐다. 이채주 편집국장은 물러났지만 그와 같은 생각을 지닌 인물들이 고위간부들로 포진해 있었다. 1987년 6월항쟁으로 군부독재가 물러서면서 《동아일보》의 바닥이 드러난 가장 큰 이유는 다른 데 있지 않다. 언론의 사명에 충실한 기자들 대다수가 1975년 동아사태로 해직되었기 때문이다. 당장 7월과 8월로 이어진 노동자 투쟁에 《동아일보》는 비판적이었고 심지어 적대적이었다.

9월에 들어서면서 바로 그 해직 기자들 중심으로 새 신문 창간 운동이 벌어져 진로를 놓고 잠을 못 이루며 고심했다. 결국 새 신문 창간 못지않게 가장 강력한 제도언론(당시 《동아일보》는 《조선일보》가 넘볼 수 없을 만큼 기자 사회에서 권위가 있었다)을 안에서 바꾸는 일도 중요하다고 판단했다. 11월에 노동조합이 창립되면서 희망은 더 커졌다. 노동조합에서 공정보도위원과 기자윤리강령 제정위원 일을 맡은 이유이기도 했다. 1990년에는 탈냉전적인 남북관계 보도로 한국기자상을 수상하기도 했다.

문제는 동아일보사를 3대째 세습하고 있는 언론자본의 권력을 내가 과소평가했다는 데 있었다. 더 받아들이기 어려운 사실은 편집국 기자들 상당수가, 노동조합 간부들까지, 사주의 권력을 지극히 당연한 현상으로 받아들인다는 데 있었다. 그 사실을 명백하게 보여준 것이 1991년 동아사태였다. 91년 8월 1일 김병관 사장은 김

중배 편집국장을 전격 교체하면서 자신의 제2
창간 편집방침을 정리한 문건을 사내에 돌렸다.

　"동아가 사회계층간 위화감을 조장하고 또
극소수의 반체제 인사들에 의한 체제의 성토광
장으로 이용될 소지나 우려를 준다면 이 기회
에 제2의 창간의 뜻을 분명히 해야겠다. 근래
우리 지면에 특히 서평란(예: 윤정모 책, 폴 바
란 책), 난맥 매듭 풀자(안병욱), 자전수필가(빈
민운동가)의 선택이나 그들 말의 인용 등은 동
아를 아끼는 독자의 빈축을 사고 있을 뿐 아니
라 동아의 노선을 의심할 정도의 비판이 있음
은 매우 유감스런 일이다. 체제 부정이나 국민
의 위화감 조성에 지면을 할애함은 용납할 수
없다."

당시 일부 기자들이 '신판 보도지침'이라 부른 이 문건으로 편집권에 대한 언론자본의 자의적 판단과 전횡은 노골적으로 드러났다. 문건에서 사주는 극소수의 반체제 인사들에게 지면을 주지 말라는 뜻을 명토 박았다. 극소수의 반체제 인사로 소설가 윤정모나 안병욱 교수를 거론한 데서 나타나듯이 더없이 편협한 논리였다. 그런데도 기자들은 물론이고 노동조합마저 침묵하고 있었다.

### 다시 공덕동으로

결국 고심 끝에 결심했다. 한국기자협회가 발행하는 《기자협회보》1991년 8월 14일자에 '숨은 권력과 편집국 민주주의'를 기고했다. 언론자본의 편집권 유린을 정면으로 비판했다. 자본의 힘에 맞서 언론을 올곧게 세우려는 싸움을 본격화한 셈이다.

이어 9월 6일 편집국장 이·취임식에서 김중배 국장은 자본의 언론통제를 경고하고 사표를 던졌다. 나도 미련 없이 사표를 냈다. 김 국장은 "90년대 들어 언론이 이제 권력보다 더 원천적이고 영구적인 제약 세력인 자본과 힘겨운 싸움을 벌이지 않으면 안 되는 시기에 접어들었다"고 전제하고, "최근 동아가 취한 일련의 인사조치와 국장 경질 뒤 자유로운 편집을 제약하고 자본의 논리를 강요하는 일명 '보도지침'이란 괴문서가 사내에 공공연히 나돌고 있는 것은 바로 그 대표적인 사례"라고 비판했다.

91년 동아사태는 그 동안 독재권력 뒤에 숨어서 사실상 신문 제작을 좌지우지해온 언론자본사주이라는 보이지 않는 손이 언론자유를 위협하는 실체임을 드러냈다는 점에서 큰 의미가 있다. 《동아일보》의 의미 축소와 다른 언론사들의 침묵으로 일반인들에게는 알려지지 않았지만, 그 사건으로 드러난 신문사주의 권력은 지금도 족벌신문들 내부에서 아무런 견제도 받지 않고 있다. 소설가 윤정모나 안병욱 교수, 빈민운동가 고 제정구마저 '극소수의 반체제 세력'으로 몰아치는 언론자본이 신문사 내부에서 막강한 권력을 휘두르는 한, 천박한 자본의 논리가 지면을 관철할 것은 명백한 일이다.

　1991년 10월 1일, 서울 양평동의 허름한 한겨레신문사 사옥으로 출근했다. 한국 언론을 발전시키기 위해서는 기존 언론을 안에서 바꾸는 길보다 《한겨레》를 강화하는 길이 옳다는 판단이 들었다. 대학 시절 강연 때 뵌 청암 송건호 선생은, 사장과 기자로서 만난 첫 자리에서 기자에게 가장 중요한 것은 공정보도라고 강조했다.

　신문사에서 퇴근한 뒤에도 독자들에게 할 말이 언제나 남아 있었다. 내가 새벽녘까지 책을 쓰곤 했던 가장 큰 까닭이다. 먼저 기존 신문 내부에서 무슨 일이 일어나고 있는가를 독자에게 알리고 싶었다. 《신문읽기의 혁명》을 비롯해 《언론개혁의 무기》와 《신문편집의 철학》이 1994년에서 98년 사이에 '언론개혁 3부작'으로 출간되었다.

언론운동 일선에도 나서 1995년 2월부터 96년 2월까지 전국언론노동조합연맹언론노련 정책기획실장을 맡아 노조 전임자로서 활동했다. 신문사로 복귀한 뒤 미디어팀장을 맡아 '신문전쟁' 기획기사를 연재했고, 그 보도로 민주언론상과 한국언론상을 받았다. 그해 일본 도쿄에서 언론노련이 일본 신문노련과 공동으로 연 세미나에서, 그리고 중국 베이징에서 한국기자협회가 중화신문공작자협회와 연 토론회에서, 각각 주제발표를 하며 한국언론운동의 논리를 일본과 중국의 기자들에게 소개했다.

1997년 가을에 한겨레신문사 노동조합위원장에 선출됐고 이듬해 6월에는 전국언론노동조합연맹위원장 직무대행을 맡았다. 이어 8월에는 언론개혁시민연대의 창립선언문을 쓰며 공동대표를 맡았다. 한겨레신문사로 다시 복귀한 뒤 20세기가 끝나는 1999년 3월 여론매체부장을 맡았고 칼럼을 쓰기 시작했다.

## 공덕시장 앞에서

1969년 서울로 와 옹근 35년이 흐른 2004년 오늘까지 공덕시장을 바로 코앞에 두고 있는 한겨레신문사에서 일하고 있는 것은 어쩌면 운명일지도 모른다. 지금도 나는 그 공덕시장에서 마음이 통하는 후배들과 더불어 가끔 막걸리 판을 벌인다. 정을 담아 술잔을 돌리다가 이윽고 고개를 떨구며 쓰러질 때까지 퍼마시는 이면에는 저 어린 시절의 공덕동 추억이 짙게 묻어 있다.

자정이 넘어 시장이 모두 파한 거리를 거닐 때면, 그 날의 아우성이 들려오고 살풍경이 눈에 밟힌다. 그나마 문신 새긴 청년들은 차라리 정직해 보인다. 정체를 분명히 밝힌다면 그만큼 싸우기가 쉽지 않은가. 하지만 오늘 민중의 삶을 근거부터 짓밟는 상대는 전혀 그렇지 않다. 순진한 깡패가 아니다. 산뜻한 옷차림에 교양마저 뚝뚝 묻어난다. 문신도 없다. 시장 바닥의 아주머니를 발로 걷어차지도 않는다. 하지만 조용히 그들을 시장에서 몰아낸 것 또한 바로 그들이 아니던가. 마침내 민중을 삶의 테두리 밖으로 투신시킨 것도, 분신시킨 것도 정작 그들이 아니던가.

돈이 지배하는 세상을 바꾸겠다는 소년 시절의 다짐은 자본의 힘과 언론의 힘에 대한 청년 시절의 깨달음으로 이어져 오늘 진보언론과 진보정당의 꿈으로 익어가고 있다. 그것이 지난 내 삶의 궤적이요, 앞으로 걸어갈 내 삶의 길이다.

# 인생은 단 1회의 연극이다

조정래

소설가. 1943년 전남 승주군 선암사에서 출생. 동국대학교 국문학과 졸업. 1970년
《현대문학》에 〈선생님 기행〉으로 추천 받으며 등단. 대표작으로는 《태백산맥》, 《아리
랑》, 《한강》 등이 있다.

우리 세대의 공통점은 가난과 추위를 지긋지긋해하는 것이다. 단 3년 동안에 300여만 명이 죽어야 했던 한국전쟁이라는 끔찍한 전쟁을 예닐곱 살 어름에서 치러야 했던 우리 세대들이 가혹한 가난과 추위 앞에 내던져진 것은 피할 도리 없는 비극이었다. 그런데, 한국전쟁을 말할 때마다 비교하지 않을 수 없는 것이 베트남전이다. 잔인하고 비인간적인 전쟁으로 세계적인 악명을 떨쳤던 베트남전도 8년 동안에 180여만 명이 죽었을 뿐이다.

한국전을 수행했던 미 공군사령관은 상하원 합동 보고회의에서 "한반도를 석기시대로 돌려놓았다"며 자신의 전공을 자랑했다. 얼마나 무차별 폭격으로 초토화를 시켰으면 "석기시대로 돌려놓았다"는 유식한 표현을 썼을 것인가.

석기시대로 변해 가는 그 초토화 속에서 날로 먹을 것이 동나고, 입을 것이 귀해지는 것은 말할 것도 없고 사람의 목숨마저 하루살이 신세가 되고 있었다. 그런 극한 상황 속에서 유탄에 맞아 죽지 않고, 비행기에 오폭당해 죽지 않고, 굶어 죽지도 않고, 얼어 죽지도 않고 끈질기게 살아남은 우리 세대들. 그들은 어른이 되어 살 만하게 된 뒤에도 배고픔과 추위를 지긋지긋해했다. 그 공통점은 그들의 상처다. 전쟁의 공포와 함께 배고픔과 추위는 그들의 영혼에 깊이 아로새겨진 슬픈 상처다. 세월이 많이 흘렀는데도 그 상처는 일종의 정신병이 되어 치유되지 않고 있는 것이다. 그러지 않고서야 한 끼라도 굶는 것이 싫어 하루 세 끼를 꼭 찾아 먹으려 급급하고, 옷은 한사코 두꺼운 것으로만 장만하려고 할 리 없다. 글쓰는 마당에서 서로가 그런 모습을 확인하며 우리 세대들은 쓸쓸히 웃고는 했다.

나 역시 예외일 수는 없다. 아니, 나는 그 누구보다도 증세가 심한 게 아닌가 한다. 왜냐하면 해방과 더불어 사회개혁에 필요한 진보의식을 가졌던 아버지의 삶 때문에 한국전쟁을 가장 혹독하게 치른 축에 들기 때문이다. 다시 긴 이야기를 되풀이할 것 없이 내 소설 《태백산맥》에 나오는 법일 스님이 바로 나의 아버지다. 소설에 그려지고 있는 연고대로 아버지는 시대의 격랑에 휩쓸려 육신이 금가고 부서지는 수난을 당하면서 절에서 쫓겨나고, 고향을 등지는 신세가 되어야 했다.

자식이 여섯이나 되는 대처승. 아는 것이라곤 불경밖에 없는 사람이 맨주먹으로 타향에서 전쟁을 당했으니 그 형편이 어떠했을까. 아버지와 어머니가 사력을 다해 돈벌이에 나섰지만 올망졸망한 여섯 자식들은 날마다 굶주림에 허덕거려야 했고, 추위에 떨어야 했다. 죽지 않고 사는 놈만 건져야 하는 막다른 상황이었다. 그런데 우리 형제 여섯은 하나도 죽지 않고 억척스럽고 질기게 살아남았다.

아아, 이 기적 같은 사실을 나의 아버지는 늘 '부처님의 가피' 때문이었다며 부처님 전에 고마움의 합장을 하곤 했다. 승려였던 아버지로서는 그런 몸가짐을 하는 것이 자연스럽고 겸손한 것이겠지만, 내가 생각하기로는 꼭 부처님 덕 같지만은 않다. 아버지는 자식을 더 탐해 전쟁이 끝나고 나서 소원대로 아들 둘을 더 낳아 (이건 부처님의 보살핌 같다) 자식이 여덟이 되었다. 그런데 그 자식들이 지금까지 모두 혈기왕성하게 살아 있고, 더구나 어머니가 아흔둘의 나이에도 충치 하나 없이 (이 사실은 치과의사들도 불가사의하게 여긴다) 정정하게 살아 계시니 (아버지는 여든셋으로 떠나셨다) 아무래도 우리 형제들의 굳세고 팔팔한 생명력은 부처님 덕이 아니라 부·모의 남다른 유전인자 덕이 아닌가 한다.

그런데, 아버지의 유별난 자식 욕심이 탈이었다. 전쟁이 끝나면서 아버지는 고등학교 선생이 되었다. 만해 한용운 선생을 총재로 한 승려들의 비밀 독립운동 단체였던 만당의 재무위원을 한 아버지는 만해 선생의 길을 따라 문학을 해왔기 때문에 선생을 할 수 있는 자격이 있었던 것이다. 그러나 전후의 핍박한 상황 속에서 선생의 월급이 열 식구의 입을 먹여 살리기에는 턱도 없었다. 전시보다는 좀 나아졌을지 모르지만 우리 집안은 가난의 늪에서 헤어날 길이 없었다. 아버지의 대책 없는 자식 욕심은 당신이 세상을 떠날 때까지 당신의 목을 조였던 가난의 올가미였다.

그러나 그 욕심은 자식들에게는 더없이 좋은 반면교사가 되었다. 끝없는 가난 속에서 형제들이 많아 서로를 지긋지긋해했던 자식들은, 대한가족계획협회의 계몽과는 전혀 상관없이 모두가 자식을 둘 이상 낳지 않았다. 그 중에서도 나는 단연 으뜸이어서 하나만 낳았다. 그리고 바로 정관수술을 단행하고야? 말았다. 그 용감무쌍함이 어떻게 알려졌던지 가족계획협회에서 연락이 왔다. 가히 가족계획의 모범을 보였으니 특별 인터뷰를 하자는 것이었다. 전직 교사에다 햇병아리 소설가이기도 했으니 선전효과가 괜찮을 거라고 계산했던 모양이다. 가족계획이 중대 국책사업 중의 하나였는데 적극 협조하지 않고 비애국자 노릇을 했던 것이 지금까지도 죄스럽기 한량없다.

### '무작정 상경'의 효시, 아버지

그런데, 아버지는 자식 욕심만 많은 것이 아니었다. 골수 조선 사람답게 교육열 또한 엄청났다. 조선 사람들의 그 근원을 알 수 없도록 뜨거운 교육열은 조선 사람들이 지닌 가상하고도 눈물겨운 고질병이라고 할 수밖에 없다. 일제시대에 농토를 빼앗기고 살길을 찾아 만주로 유랑해야 했던 동포들은 만주 군벌들에게 50%의 소작료를 뜯기면서도 독립군들을 지원할 군비를 마련했고, 한편으로는 자식들을 가르치는 데 줄기차게 정성을 바쳤다. 중국 대륙에

55개 소수민족들이 자치주를 이루고 있는데 그 중에서 조선족 자치주에 지식인들이 가장 많은 것은 그런 노력의 결실이다. 그리고 그 자식 세대들은 또 소수민족 자치주들 가운데 최초로 연변대학을 세워 그 정신사를 이어갔다.

구 소련땅 연해주에 살았던 동포들의 교육열은 더 한층 치열하고 가슴 아팠다. 그들 20여만 명이 갑자기 중앙아시아로 강제 이주당한 것은 1937년 11월이었다. 11월이면 벌써 영하 20도로 내려가는 시베리아 혹한 속을 기차는 무작정 달리고 있었다. 그 한 달 동안에 절반이나 되는 10여만 명의 동포들이 죽어갔다. 얼어 죽고, 굶어 죽었고, 총 맞아 죽어갔다. 왜 끌어가느냐, 어디로 가느냐, 이게 무슨 일이냐, 이렇게 입을 열기만 하면 소련군들은 우리 동포들을 무조건 쏘아 죽여버렸다. 살아남은 그들은 중앙아시아 여러 지역에 몹쓸 짐승들처럼 내버려지듯 했다. 그들 앞에 펼쳐진 것은 소금땅 황무지뿐이었다. 당장 거처할 집이 없는 그들을 향해 톈산 산맥을 넘어온 설한풍이 몰아닥치고 있었다.

그들은 그 황무지에 다시 논을 일구며 독초처럼 끈질기게 살아 남았고, 다시 자식들을 가르치기 시작했다. 그 결과 우리 동포들은 소련 사람들 다음 가는 지배계층을 이루게 되었다. 그러나 그것이 바로 새로운 비극의 씨가 되었다. 소련의 몰락과 함께 소련 사람들 은 다 자기네 땅으로 자취를 감추었다. 그리고 중앙아시아 여러 나 라들은 소련연방에서 벗어나 독립국이 되었다. 그와 함께 현지인 들은 우리 동포들을 공격하기 시작했다. 소련놈들에게 붙어 앞잡 이 노릇을 한 놈들이라는 것이었다.

교육열 높은 아버지가 자식들을 가르치기 위해 택할 수 있는 길 은 하나밖에 없었다. 그건 상경이었다. 교사라는 직장을 옮겨야 하 는 그 일은 그야말로 '무작정 상경'이나 다름없었다. 모아둔 돈이 라고는 전혀 없는 아버지가 여덟 자식들을 이끌고 서울로 올라간 다는 것은 무모하기 짝이 없는 일이었다. 그러나 아버지는 조선족 의 순수 혈통답게 오로지 자식들 교육을 위해 1958년에 상경을 감 행했다. 그건 '무작정 상경'의 효시인 셈이었다.

나는 이 대목을 회상할 때마다 엉뚱한 상상을 하고는 한다. 만약 아버지가 그때 상경을 감행하지 않았더라면 나라는 존재는 어떻게 되었을까 ……. 지방 대학을 나오고, 작가가 되었을까 어쨌을까 ……. 작가가 되었다면 그 다음은 어찌됐을까 ……. 그런 부질없는 공상은 아버지에 대한 고마움과 죄스러움이 범벅된 감정에서 비롯된다. 아버지가 무작정 상경을 감행한 것은 쉰셋 때였다. 이미 인생의 가을이 시작되는 나이였다. 그런데 아버지의 월급은 바로 월급날 흔적도 없이 사라지곤 했다. 열 식구의 생계를 위해 쌀과 연탄을 미리 외상으로 썼기 때문이었다. 그 가난에 찌든 숨가쁜 생활 속에서도 아버지는 유난스러울 만큼 자식들 도시락을 신경 써 챙겼다. 클 때 반찬 없는 밥이나마 제때제때 먹지 않으면 그 부실이 평생 간다는 것이었다. 대학생이라 도시락을 귀찮아하는 눈치인 큰아들에게는 특히 관심이 많았다.

그런데, 아버지는 정작 서울로 올라와서 10년 넘게 점심을 굶었다는 사실을 알게 된 것은 그로부터 20년 세월이 지난 뒤였다. 그때 아버지는 우리 자식들처럼 책상에 앉아서 공부만 하는 몸이 아니었다. 하루에 꼬박꼬박 4시간씩을 가르쳐야 하는 국어 선생이었다. 나는 1970년부터 3년 동안 국어 선생을 해보았다. 똑같은 말을 네 차례씩 곱씹어야 하는 그 일은 고달픔을 넘어 지겨움이었다. 그리고 일 대 일의 대화가 아니고 다수를 향하여 책임 있는 말을 쉼 없이 한다는 것은 예사로 기운 파하는 일이 아니었다. 그때 비로소 왜 '선생 똥은 개도 안 먹는다'고 했는지 알 것 같은 기분이었다. 그러고 나서 10여 년이 지나 아버지가 점심을 굶었던 것을 알게 되었다. 점심을 굶고 다섯째, 여섯째 시간을 교단에 섰을 때 얼마나 허기지고 힘이 들었을지 ······. 뒤늦게 목메고 가슴 아파 견딜 수가 없었다. 그러나 나는 그 쓰라린 고마움을 갚을 수 있을 만큼 아버지께 용돈을 넉넉하게 드릴 수 없었다. 직장 벌이가 시원찮았고, 책이 잘 팔리는 인기 작가도 아니었던 것이다.

나는 그 안타까움을 줄곧 안은 채 《태백산맥》 1부를 단행본으로 내 아버지께 갖다드렸다. 그리고 얼마 지나 어머니한테서 좀 색다른 말을 듣게 되었다. 아버지가 고향의 제자쯤 되는 어느 신문사 논설위원을 만났더니 그 사람이 요새 아주 좋은 소설이 나왔다며 꼭 좀 읽어보시라고 《태백산맥》을 권하더라는 것이다. 그래 아버지가, "그게 내 아들이오" 했더니 그 사람이 소스라치게 놀라더라는 것이다. 그 후 1년이 걸려 2부가 나오고, 또 1년이 걸려 3부가 나왔다. 그 즈음에 아버지가 했었다는 말을, 아버지가 돌아가신 다음에 어머니한테 들었다. "자식 키운 보람 있네."

《태백산맥》을 3부까지 훑어본 아버지가 어머니한테만 한 말이었다. 평생을 엄해서 아버지는 자식들을 면전에서 칭찬한 적이 없었으니 어머니한테만 그렇게 말한 것은 너무 당연한 일이었다. 뒤늦게 그 말을 전해 듣고 내가 가슴저린 속울음을 울었던 것은 자식들을 위해 평생 뼈저린 고생을 한 아버지의 은혜에 털끝만큼이나마 보답을 한 것이라는 다행함이 슬픈 옛 기억들과 함께 떠올랐기 때문이었다.

병상에서 《태백산맥》 완간을 기다리던 아버지는 내가 연재 1회분 반을 남겨 놓은 시점에서 돌아가셨다. 그 즈음에 믿어지지 않을 정도로 책이 잘 팔리고 있었다. 날로 인세 수입이 많아지고 있었지만 용돈을 풍족하게 드리고 싶은 아버지는 이미 계시지 않았다. 팔십 평생 동안 제대로 된 호강 한번 해보지 못하고 빼빼 마른 몸으로 지긋지긋하게 고생만 하다가 돌아가신 아버지를 생각하면 언제나 속울음으로 가슴이 미어지고, 죄스러움이 한없이 사무친다. 아마도 내가 나이 들어갈수록 그 죄스러움은 더 깊고 커져갈 것만 같다.

남보다 5분 먼저

아버지에 대한 회한 때문에 이야기가 좀 엇나갔다. 그러나 가난으로 연결된 이야기들이니 그다지 큰 탈은 아닐 것 같다. 용감무쌍한 무작정 상경자 조종현이 마련한 거처는 성북동 골짜기에서도 가장 높은 곳에 자리잡은 셋방이었다. 조선시대에는 성밖으로 호랑이들이 득시글거렸다는 그 곳에는 당연하게도 수도 시설이 없었다. 수도는 저 먼 아랫동네 삼선교 언저리에서나 구경할 수 있었다. 그래서 형과 나는 서울 생활 시작과 동시에 귀한 물을 구하기 위해 시골에서는 구경하지 못했던 물지게라는 것을 지기 시작했다.

날마다 열 식구가 마시고 써야 하는 물을 길어 나르는 일은 생각보다 훨씬 힘들었지만, 피할 도리가 없었다. 그건 우리 식구 전부를 뒤덮고 있는 가난을 나누는 일이었다. 그런데, 원통형의 양철통이 두 개 매달린 물지게는 어찌 그리도 무거운가. 물지게를 지고 산동네 비탈길을 헉헉대며 오를 때는 양철통의 물이 바위보다도 무겁고 쇠보다도 무거운, 이 세상에서 가장 무거운 물건처럼 느껴지곤 했다. 그나마 물이 많았으면 또 모른다. 날이 가고 해가 바뀔수록 물 구하기가 어려워지고 있었다. 철을 가리지 않고 가뭄이 든 때문이 아니었다. 무작정 상경파들이 철새떼처럼 불어나 성북동 골짜기마다 넘쳐난 탓이었다. 한 지게 물을 구하려고 이 샘, 저 샘을 찾아 헤매는 것은 물지게의 무게에 눌리며 비탈길을 낑낑대는 것보다 더 큰 고역이었다.

그뿐이 아니었다. 한여름에 물지게를 지고 한 걸음 하고 나면 전신이 땀으로 맥질이 되어 버린다. 그리고 옷이 얇아 양쪽 어깨에는 자를 대고 금을 그어 놓은 것처럼 핏자국들이 선명하게 돋아났다. 물통의 무게로 멜빵이 살을 짓눌러대면서 생겨난 핏자국들이었다. 그런데 날마다 쉴새없이 물지게를 지니까 그 핏자국들은 여름이 갈 때까지 겹쳐지고, 사라지고, 새로 생기고, 또 겹쳐지고 하면서 피카소를 능가하는 추상화를 그려내는 것이었다.

또 겨울이면 겨울대로 애로가 생겼다. 날씨가 추운데 물통을 건 쇠줄을 잡아야 하니 장갑은 끼나마나 손가락들은 아리며 빠져나가는 것 같았고, 헌 군화에 새끼줄을 친친 동여맸지만 얼어붙은 비탈길을 오르다 보면 미끄러져 곤두박질칠 때가 있었다. 언 땅에 짓찧은 몸뚱이는 아프지, 쏟아진 물은 뒤집어썼지, 양철통은 찌그러지며 비탈을 굴러 내려가지 ……. 아아, 그때의 그 비참함과 가난에 대한 증오란 ……. 그 쓰라림과 서러움은 내 뼈 마디마디에 아로새겨지고, 마음에 켜켜이 사무쳤다. 그리하여 자식을 하나밖에 두지 않았던 것은 너무나 당연한 귀결이었다.

그래도 형과 함께 물지게를 졌을 때는 천국이었다. 형이 대학을 졸업하고 군대에 가버리자 나에겐 지옥이 닥쳐왔다. 혼자서 그 지겨운 고역을 도맡아야 했던 것이다. 불행하게도 내 바로 아래 동생들은 둘 다 여자였고, 그 아래 남동생 둘은 도저히 부려먹을 수 없는 꼬맹이들이었다.

그렇게 몇 년이 지나는 사이에 굼뜨게 뻗어 올라온 수도가 성북동 골짜기 초입인 성북 초등학교 앞에 이르게 되었다. 그러나 그 공중수도의 물은 언제나 나오는 것이 아니었다. 전기 사정 못지않게 물 사정도 나쁘던 때라 아침 일찍 서너 시간, 저녁 때 서너 시간 하는 식으로 나왔고, 그것도 제멋대로 끊기거나 찔끔거리곤 했다. 그리고 물 받는 사람들이 많아서 수도 앞에는 언제나 물통이 스무

쌍씩 늘어서 있기가 예사였다. 그 줄 뒤에서 기다리다가 중간쯤에서 물이 끊겨 빈 통을 들고 돌아서야 할 때의 허망함과 울화란 ……

어머니는 새벽마다 꼭 무슨 죄를 지은 사람처럼 조심스러운 목소리로 나를 깨우고는 했다. 사람들이 많이 줄 서기 전에 빨리 물을 길어오게 하기 위해서였다. 그런데, 특히 겨울에는 이불 속에서 새벽잠을 깨어나기가 얼마나 어려운가. 잠도 잠이지만, 따스한 이불 속에서 벗어나 추운 밖으로 나간다는 것은 너무 힘든 고역이 아닐 수 없었다. 그러나 나는 못 들은 척 좀더 이불 속에 있고 싶은 유혹을 단호하게 뿌리치며 이불을 박차고는 했다. 왜냐 하면 그 유혹을 못 이겨 게으름 피우다가 10분쯤 늦게 수도로 가보면 물통들이 열 쌍씩 줄 서 있곤 했기 때문이다. 게으름을 피우지 않았더라면 기다릴 것 없이 바로 물을 받을 수 있는데 게으름을 피운 죄로 그보다 더 긴 시간을 기다리는 벌을 받아야 했던 것이다. 게으름을 피운다고 피할 수 있는 일이 아니었다. 그렇다면 게으름을 피워서는 안 된다! 그것이 나 스스로에게 경고한 깨우침이었고, 결심이었다.

그리고 나는 그 일에서 시건방지게도 인생을 발견하고 있었다. 인생이란 이런 것이다! 어느 순간 내 뇌리를 찌른 깨달음이었다. 그래서 내 가슴에 새긴 최초의 인생록 명언이 이렇다. 남보다 5분 먼저 일어나고, 5분 먼저 행동하라. 나는 그 후로 정말 내 인생에서 게으름을 없애버렸다. 매사에 '5분 먼저'를 실천하며 60 고개를 넘겼다. 그 효과가 어떠했는지는 굳이 말할 것이 없다.

나는 고등학교 1학년 때부터 대학을 졸업하고 군대에 가는 그날까지 꼬박 7년 동안 물지게를 졌다. 그래서 나도 모르게 허리가 약간 굽은 젊은이가 되고 말았다. 그 7년 세월 동안에 내가 줄기차게 가지고 있었던 소원이 한 가지 있다. 요즘 젊은이들은 전혀 믿지 못하겠지만, 부끄럽게도 밥을 배터지게 먹고사는 것이었다. 아버지의 월급은 우리 형제들을 늘 배고프게 만들 수밖에 없었다.

그런데, 《태백산맥》 2부가 나오고 나서 역사문제연구소에서 작은 세미나가 열렸다. 《태백산맥》에 대한 사회적 관심이 뜨거워지는 것과 맥이 닿은 행사였다. 그 주된 토론자들은 서울대학교 박사과정에 있는 역사학도들이었다. 여러 질문과 답변이 오가는데 한 사람이 물었다.

"선생님 같으신 분이 어떻게 그렇게 가난한 사람들의 형편을 잘 아십니까? 그것도 취재를 하신 건가요?"

그 질문은 자못 진지한 학구적 분위기에는 맞지 않는 좀 엉뚱한 것이었다. 그러나 사람들은 의외로 동감을 표시하고 있었다.

"글쎄요 ……, 그게 그러니까, 우리 세대들은 춥고 배고픈 건 그냥 저절로 아는 거지요 뭐 ……."

나는 이렇게 대답을 어물쩍 넘기고 말았다. 그가 "선생님 같으신 분"이라고 한 말에는 '당신은 가난했을 리 없다'는 것이 전제되어 있었다. 그런 사람에게 '가난은 나의 삶 자체였고, 나의 생체험이었다'고 하면 내가 겪어온 가난에 대한 그 긴 이야기를 다 해야 할 판인데, 그럴 시간도 없었고 그럴 분위기도 아니었다.

많은 사람들이, 내 소설 속의 가난한 사람들의 이야기는 정말 실감난다고 말한다. 분명 그럴 것이다. 나는 가난한 이야기를 쓸 때 거의 파지를 내지 않는다. 글이 어디선지 모르게 피어오르며 슬슬 풀려간다. 그 반대로 잘사는 사람들의 이야기를 쓸 때는 왜 그리 낯설고 서먹서먹하고, 뻑뻑한지 알 수가 없다. 가난이 체화된 것에 비해 잘사는 것에 대해서는 아주 큰 거리감이 있다. 그 거리감은 아마도 죽을 때까지 좁혀지지 않을지도 모른다. 서울 생활이 17살 때부터 46년이 되었으면서도 언제나 정이 붙지 않는 타향인 것처럼.

아침에 물지게를 지고 두 행보를 하고 나면 하루 쓸 기운이 다 빠져버린 듯 전신이 축 늘어진다. 그러나 다시 기운을 추슬러 성북동에서 필동 동국 대학교까지 걸어가야 했다. 한 달 전에 차비로 《현대문학》이라는 잡지를 사버리곤 했으니 다른 도리가 없었다. 대학 또한 남산 비탈에 있어 고생은 타고난 팔자 같기만 했다.

국문과라는 학과의 학생들은 퍽 유별났다. 강의 시간보다는 자기들끼리의 좌담이나 토론을 더 값지게 생각했다. 정답도 없는 문학과 인생에 대해서 제각기 떠들어대면서 교수가 강의실에 들어가는 것을 아랑곳하지 않았다. 창작시나 소설 하는 자들이 주도하는 국문과 분위기에서 강의를 무시하는 행위는 당연한 것처럼 여겨졌다. 특히 고전이나 한문, 국어학 같은 강의는 으레 외면하는 것으로 되어 있었다. 그때의 어설프고 설익은 문학론과 인생론들이 젊은 영혼들을 서로서로 자극하고 키워갔음은 물론이다. 그 특이하고 개성적인 분위기, 그것이 대학이라는 것이었고, 왜 그 세월을 거쳐야 하는 것인지 세상을 살아가면서 그 중요성을 재발견하게 되었다.

내가 몇 개 분야를 더듬다가 최종적으로 국문과를 선택했을 때

1963년 대학 2학년 때. 그때는 군사정권의 국민재건운동에 맞춰 대학생들도 교복을 입었다. 왼쪽이 나이고, 한 사람 건너 시인 문효치, 그리고 시인 강희근.

아버지는 무표정이었고, 어머니는 단박에 반대하고 나섰다. 아버지만 가난하게 살았으면 됐지 너까지 가난하게 살아서는 안 된다는 것이었다. 그리고 어머니가 내놓은 대안은 상과대학 진학이었다. 어머니는 사회에 대한 감각은 거의 없이 살았는데 어떻게 상대를 가면 잘살 수 있다는 것을 알고 있었는지, 신통하다고 하면 버르장머리 없는 말이고, 자식의 장래를 놓고 그런 식견을 갖출 수 있는 모성은 역시 위대하다고 할 수밖에 없다. 그 시절에 문과에서는 법대 다음으로 상대가 인기가 있었고, 이과에서는 공대 전기과나 기계과가 꼽히고 있었다. 건축과가 1등으로 꼽힌 것은 그 10년쯤 후인 경제개발이 한창 진행될 때였다.

아버지의 무표정이 묵인이었으므로 나는 애달아하는 모성의 만류를 매정하게 뿌리쳤다. 그리고 국문과가 아닌 '굶을과'로 진학했다. 국문과 학생들은 으레 '굶을과'라 하며 쓰게 웃고는 했다. 지금도 그럴 우려가 있지만, 그때는 국문과를 나와서는 밥을 굶을 위험이 더 컸다. 문학을 해서는 도저히 잘살 수 없다는 것을 기성 문인들이 여실히 보여주고 있었다. 가난에 치를 떨고, 사무친 원한을 품고 있으면서도 나 역시 가난의 늪에 빠질 위험이 큰 국문과를 선택한 것이다. 그만큼 문학이 의미 있어 보였고, 남들보다 잘할 자신이 있었다. 물론 밥을 굶을 정도로 가난하게 살아도 좋다고 단단히 각오가 되어 있었다.

나는 한문 강독 같은 강의는 건성건성 넘겼지만 교직 과목 강의는 충실히 들었다. 무슨 색다른 흥미 때문이 아니라 교사자격증을 따기 위해서였다. 교사자격증을 따야 하는 데는 두 가지 목적이 분명히 있었다. 선생으로 취직을 해야만 세 끼 밥이 해결되고, 문학도 할 수 있었다. 모두가 가난해 책이 거의 팔리지 않는 현실에서 교직이란 마음놓고 문학을 할 수 있는 가장 안정된 직업이었다. 교사자격증은 교직 과목은 말할 것 없고 4년 동안 모든 과목의 성적이 평균 B학점 이상이 되어야 주는 것이었다. 그러니 고전이며 한문 같은 강의도 송두리째 빼먹을 수는 없는 노릇이었다.

설익은 문학론과 인생론이 난무하는 분위기에서 가장 먼저 휘말려든 것이 술의 바다였다. 그 시절에 가장 싼 술이 막걸리였으니 국문과 학생들 중에서도 창작을 한다는 자들은 거의 매일 막걸리의 바다에 빠져 허우적거렸다. 마치 술 많이 마시는 것이 문학을 잘하는 것이라도 되는 것처럼. 그 취하고 흔들리고 실수하는 생활 속에서 나는 무언가를 깨달아가고 있었다.

"주색잡기는 패가망신이다. 주색잡기는 인간 말종들이나 하는 것이다." 이건 공자님의 가르침이 아니다. 아버지는 열여섯 살에 출가해서 스물넷에 법사승려들에게 설법을 하는 강사 자격을 딴 승려답게 엄한 분위기를 유지하며 자식들에게 두 가지를 표나게 훈도했다. 첫 번째가 주색잡기 금지였고, 두 번째가 집안에서 휘파람이나 노래를 부르지 못하게 한 것이다. 첫 번째는 충분히 이해가 되는 좋은 가르침인데, 두 번째는 도저히 이해가 안 되는 것이었다. 그 말도 안 되는 억압 때문인지 우리 형제 8남매들은 둘쯤만 빼놓고는 모두가 최상급의 음치들이다. 내가 그 둘 중의 하나라는 사실에 아내는 몇 번이고 안도의 숨을 내쉬기도 했다. 어쩌다 노래방에서 노래를 하면 평균 95점 이상이 나오니 아내가 놀랄 수밖에. 아버지의 그 억압은 절에서 철저하게 실천했던 정숙주의와 엄숙주의의 연장이 아닌가 한다.

폭음을 한 다음에는 꼭 뒤따르기 마련인 후회 속에서 나는 아버지의 가르침을 되새기고 곱씹게 되었다. 돈 여유가 있는 친구들에게 붙어 다니며 당구를 쳐보았고, 화투도 쳐보았고, 바둑도 두어보았다. 그런데 그 잡기들이 술과 다름없이 이익은 거의 없고 폐해만 크다는 것을 계속 확인하게 되었다. 그 잡기들은 시간 낭비에 돈 낭비, 그리고 인간관계까지 파괴하며 끝내는 인생을 낭비로 몰아넣는 독이었다. 그러한 깨달음은 바로 아버지의 가르침에 대한 확인인 동시에 동의였다. 그래서 나는 나를 향해서 인생 경영에 대한 두 번째 명언을 교시했다.

"인생이란 오로지 한 번 태어났다 한 번 죽는다. 그 인생을 적당히 살 수도 있고 치열하게 살 수도 있다."

그래서 내가 어떤 인생을 선택했는가는 더 말할 것이 없을 것이다. 나는 그때부터 모든 잡기를 멀리하기 시작했다. 그래서 대학을 졸업한 뒤로는 당구봉을 잡은 일이 없고, 바둑을 둔 일이 없고, 화투를 친 일이 없다. 어쩌다 명절 때 친척들과 화투자리가 벌어지면 나는 일정 액수를 정한 다음 빨리 그 돈을 잃고 손을 털어 버린다.

주색잡기는 나만 안 한 것이 아니다. 4남4녀 8남매 중에서 우리 네 형제 모두가 주색잡기로 속 썩인 일이 한 번도 없다. 그래서 아버지는 돌아가신 다음에 네 며느리들에게 자식들 교육 잘 시킨 분으로 더욱 높게 떠받들어지고 있다. 그 네 며느리들은 시아버지에게는 더없이 착하고 어여쁜 며느리들인지 모르지만 남편들에게는 빵점 마누라들이다. 스승이 아무리 고매한 가르침을 내려봤자 그것을 제자들이 올곧게 받아들이고 실천하지 않으면 그 스승의 존재는 있을 수 없다는 자명한 사실을 네 여자는 모르고 있기 때문이다.

많은 사람들은 내가 대하소설을 연달아 세 편을 쓴 것에 대해 무척 놀라는 기색이면서 의문도 많은 모양이다. 어떻게 20년 동안을 그렇게 견딜 수 있었느냐. 정말 술은 한 번도 마시지 않으냐. 그 줄기찬 끈기는 어디서 나오는 것이냐. 글이 안 될 때가 한두 번이 아니었을 텐데 그 고통을 어떻게 이겨냈느냐.

문학하는 사람들을 대상으로 하는 강연에서는 이런 질문들이 더 많이 나온다. 모두가 한마디로 대답하기 어렵고, 굳이 대답할 것도 없는 질문들이다. 그런데 아내가 문득문득 하는 말이 있다.

"아이고 무섭다, 무서워. 살아갈수록 어떻게 된 것인지 알 수 없는 사람이라니까."

아내의 이 말은 내가 한 번 마음먹으면 그것을 절대로 어기지 않고 줄기차고 끈질기게 지켜나가는 것을 두고 하는 말이다. 그 금기 사항들은 인생을 살아가면서 자꾸 늘어나게 마련이고, 나는 스무 가지일 때나 서른 가지일 때나 전혀 달라지는 것 없이 그것들을 지켜나가니 아내가 그렇게 말할 법도 했다.

내가 스스로에게 세운 금기 사항은, 신문에 연애소설을 쓰지 않는다, 하는 제법 거창한 것에서부터, 두꺼운 서류봉투는 재활용한다, 하는 사소한 것까지 꽤나 많다. 그런 것들을 한 번 마음 정하면 나는 세월의 길고 짧음을 가리지 않고 어김없이 실천해 나갔다. 그것은 대학생 때 단 한 번뿐인 인생을 치열하게 살기로 작정했던 것의 실행이었다.

나의 그런 미련함은 여러 가지로 나를 구한 신효한 약이고 힘이었다. 《아리랑》을 중간쯤 쓰다가 오른쪽 어깨 관절이 어긋나 팔 전부가 마비되고, 글을 쓸 수 없는 지경이 되고 말았다. 너무 많이 부려먹어 생긴 탈이었다. 서울 장안에서 제일 용하다는 한의사 선생이 특별치료를 해주어 위기는 넘겼는데, 완치가 되지는 않았다. 의사는 물리치료를 권했는데, 하루에 50번 이상 팔을 흔드는 운동과 손가락들을 골고루 움직여주는 손아귀 운동을 하라고 했다. 그래서 맨손체조와 가래 굴리기를 시작하게 되었다. 그 두 가지를 날이면 날마다 얼마나 철저하고 극성스럽게 해대는지 아내는 질려버렸고, 나는 몇 년에 걸쳐 어깨를 완치시켜 가며 《한강》까지 마칠 수 있었다.

이렇듯 인생에 큰 효과가 나타나는 것을 계속 확인하면서 어찌 한 번 마음먹은 것을 지켜 나가지 않을 수 있는가. 내가 대하소설을 연달아 세 편씩 써낼 수 있었던 것도 그런 마음먹음의 실천일 뿐이다. 그런 미련스러운 노력 말고 무엇이 우리 인생을 책임질 수 있고, 우리 인생에 빛을 줄 수 있겠는가. 나는 내가 타고난 재능보다는 미련스러운 노력을 믿고자 했다. 타고난 작은 재주도 치열한 노력을 바치면 커진다는 것을 믿었기 때문에. 그리고, 실패한 인생을 용납할 수 없었고, 더욱이 가난에 원수를 갚아야 했던 것이다. 남들이 의아해하는 나의 의지, 열정, 실천, 그런 것들의 뿌리에는 가난이 있었다. 나를 키운 건 가난이었고, 가난이 나의 힘이었다.

여기서 곁들이지 않을 수 없는 이야기가 있다. 나의 중학교 1년 선배인 어떤 사람은 속독에 속필을 자랑하는 문학평론가였다. 그의 평론은 속독과 속필 못지않게 내용이 실해 장래가 촉망되는 평론가로 관심을 끌며 1970년대 초반을 시작했다. 그는 충청도 어느 대학에 전임으로 자리잡았는데 나는 그가 더 열심히 글을 쓸 줄 알았다. 그런데 해가 바뀔수록 글을 보기 어려워지더니 10년쯤 지나자 전혀 글을 볼 수 없게 되었다. 그 이유는 바둑 때문이었다. 그는 바둑에 미쳐 세월 가는 줄을 모르고 있었다. 바둑 한 판에 1시간이 흘러가고, 이기는 재미에 하루 대여섯 판을 두고, 급수 올라가는 것에 홀려 1년이 가고 2년이 가고 ……, 그래서 10년 세월을 탕진해 버린 것이다. 그때 그가 자랑한 것이 '아마 1급'이고, 문인바둑 대회에서 1등을 했다는 것이었다.

나는 후배였지만 진심으로 충고했다. 이제 바둑 그만두라고. 이러다가 또 10년 후딱 가버리면 인생 망치는 것 아니냐고. 그는 멋쩍어하며 약속했다. 그러나 그는 20년을 더 그 함정에서 벗어나지 못했다. 그리고 그는 어느 작가도 기억하지 못하는 존재로 정년퇴직을 앞둔 신세가 되었다. 화투만이 아니라 바둑도 그렇게 한 사람의 인생을 잡아먹는 잡기인 것이다.

그처럼 바둑에 미쳐 인생을 망가뜨린 작가가 또 있다. 그 작가는 내기바둑에 혈안이 되어 있었는데, 그 마력에 빠져 작품 쓰기는 뒷전이었다. 그렇게 세월을 썩혀 육십 중반을 넘긴 그는 밥 끓일 것이 없어서 전전긍긍하고 있다. 그에게 남겨진 것은 '아마 초단'이라는 훈장뿐이다.

내가 인터뷰를 할 때면 열에 아홉의 기자들은 내 아내에게 이렇게 묻곤 한다. "아내로서 본 작가 조정래는 어떤 사람인가?" 아내는 대답한다. "100년에 한 번 태어날까 말까 한 사람이에요."

기자들은 '당신 정신 있어?' 하는 표정으로 아내를 쳐다본다. 그러면 아내는 웃으며 덧붙인다. "무미무취하기로." 눈치 빠른 기자들은 금방 웃어대고, 좀 느린 사람들은 한참이 지나서 고개를 끄덕인다.

나는 가끔 어느 때가 가장 행복하냐는 질문을 받는다. 나는 혼자서 글을 쓸 때가 가장 행복하다. 그리고, 어느 순간 내가 놀랄 만큼 글이 잘 되었을 때 그 행복은 절정에 이른다. 그 대답도 이해 못 하는 사람들이 많다. 그게 나라는 사람이다.

## 아내와 더불어 인생 일으키기

재학 중에 소설가가 되고자 했던 나의 욕망은 물거품이 되었다.

졸업과 동시에 군대로 끌려가야 했던 나에게 4년 세월을 위로하듯이 남겨진 것이 2급 정교사 자격증이었다. 그리고 또 하나. 시를 쓰는 여자가 애인이란 이름으로 내 옆에 서 있었다. 그 여자, 김초혜와 산 세월이 어느덧 39년째가 되었다. 흔히 하는 말로, 그러나 자기 일에는 절절이 실감나는 말로, '바로 엊그제' 같은데 39년을 함께 살았다는 것이다. 아내는 나에게 장가 잘 들었다고 하고, 나는 아내에게 시집 잘 온 것이라고 하면서 함께 바라보는 인생의 황혼은 그다지 허망하거나 적막하지 않다. 고단하고 추웠던 젊은 날을 서로 손잡고 후회 없도록 열심히 살아 왔으니까.

군대에서 풀려나고 1년 동안 실업자 노릇을 한 다음에 스물여덟 살의 나이로 작가도 되고 취직도 되었다. 내 젊은 시절에 가장 찬란했던 해가 아닐 수 없다. 나는 그때 이미 결혼해서 4년째 되는 지아비였는데 아내한테 그렇게 떳떳할 수 없었다. 그보다 더 큰 남편 노릇이 어디 또 있겠는가.

나는 선생 노릇도 글쓰기도 엄청나게 열심히 했다. 작가가 되고 교사가 된 것은 내가 바라던 대로 양쪽에 날개를 단 것이나 마찬가지인데 어찌 맘껏 날갯짓을 안 할 수 있으랴. 낮에는 가르치는 즐거움에 빠지고, 밤에는 글 쓰는 즐거움에 흠뻑 젖곤 했다. 비록 셋방을 전전하는 처지였지만 보람과 활력이 넘치는 나날이었다. 그즈음 하룻밤을 꼬박 세우며 150여 장을 써 중편 〈청산댁〉을 완성한 일도 있었다. 그게 내 생애에서 하룻밤에 가장 많은 양의 원고를 쓴 최초이자 마지막 기록이다. 젊은 열정이 해낸 불가사의한 일이었다. 백지에 쓴 그때의 초고 원고를 지금도 간직하고 있다.

원고지가 아닌 백지에 깨알 같은 글씨로 소설을 써나갔던 것은 파지로 버려야 하는 원고지가 아까워서였다. 백지에 쓰고 그것을 다시 고쳐서 완성이 되면 그때 비로소 원고지에 옮기는 일을 했다. 가난에 찌들렸던 일제시대의 작가 최서해와 채만식은 머리맡에다가 원고지를 가득 쌓아놓고 글을 써보는 것이 소원이었다. 아내와 교사직 맞벌이를 하는 나는 그들만큼 가난하지는 않았지만 그들보다 더 절약해서 글을 쓴 셈이다. 내가 그들의 선배였더라면 내 요령을 가르쳐 주었을 텐데.

나는 원고지만 아낀 것이 아니었다. 모든 생활이 절약이라는 대원칙에 의해 지배되었다. 절약은 가난을 정복하는 절대 요소이며 지름길이었기 때문이다. 헌 신문지 한 장, 철핀 하나, 고무밴드 하나 함부로 버리는 일 없이 간직했다가 다시 쓰고는 했다. 그 절약 정신은 평생에 걸쳐 변함이 없었고, 그것은 가난을 이기는 방법을 넘어서 언제부턴가는 환경오염을 줄이는 재활용으로 그 의미가 넓어졌다. 나는 6년 전 며느리를 얻어 시아버지로서 몇 가지를 훈도하며, 생활 속에서 모든 것을 절약하라는 것을 그 두 번째로 꼽았다. 며느리가 시아버지의 심중에 담긴 뜻을 얼마나 이해할 것인지.

나는 선생 노릇을 오래 하지 못했다. 고약한 것들을 소설로 쓰는 '삐딱한 놈'으로 찍혀 3년 만에 중경 고등학교에서 쫓겨났다. 10월 유신이 시작된 그 해 내가 낸 작품집에는 반미의식의 〈누명〉, 연좌제의 〈어떤 전설〉, 여순사건을 다룬 〈20년을 비가 내리는 땅〉 같은 단편들이 실려 있었다. 그 작품들이 육군대학 총장 출신으로 유신을 절대 지지하는 교장의 눈에 심히 거슬렸던 것이다. 선생이 떠날 때는 으레 전교생이 모이는 조회 때 이임인사를 하는 법인데 교장은 나에게 그것도 못하게 하고 내몰았다.

교장실에 잡혀 있던 나는 1교시가 시작되자 학교를 나서게 되었는데 뒤늦게 그 사실을 안 학생들이 마구 소리치며 뛰어나오고, 창문으로 뛰어내리곤 했다. 나는 신문에 나 보지도 못한 유신 희생자 1호였던 셈이 아닐까.

그 뒤로 생활은 표나게 어려워졌다. 새로 자리잡은 잡지사 월급은 그야말로 쥐꼬리만해 거마비에 지나지 않았던 것이다. 그래서 글을 더욱 열심히 썼다. 그러나 신인 작가의 원고료란 생활에 빛을 보태지 못했다. 3~4년 동안 여기저기 직장을 옮겨다니며 허덕거렸지만 생활을 안정시키기 어려웠다. 그러나 다시 교사직으로 돌아가지 않았던 것은 가르치는 중노동을 하면서 소설이라는 긴 글을 쓴다는 것이 심히 어려운 일이라는 것을 경험한 때문이었다.

나는 여러 궁리 끝에 직접 출판사를 차리고 나섰다. 거창하게 사장님이 되신 것이다. 몇 년 고생해서 글쓰기에 전념할 수 있는 경제력을 확보하자는 계획이었다. 이 계획의 적극적인 지지자는 딱 한 사람, 아내였다. 아내는 삶의 고비 고비마다 나를 일으켜 세우고 부축한 나의 충실한 동지였고 보호자였다.

나와 아내는 편집과 제작을 도맡았다. 나머지 직원은 셋이었다. 영업부장, 경리, 배달원. 나는 교정을 보랴, 제작처에 다니랴, 거의 글을 쓸 수 없게 되었다. 초조한 나날을 보내며 조금만 더, 조금만 더 참자 ……, 나를 위로하기 바빴다.

그러는 동안에 책이 한 권, 두 권 나오게 되고 곧잘 팔려 나가기 시작했다. 1978년 그때쯤만 해도 지금에 비하면 원시시대라 출판사마다 배달원들이 책을 수십 권씩 묶어 들고 시내버스를 이용해 서점에 배달했다. 어느 날 교정을 보고 있는데 종로서적에서 책 주문이 왔다. 책이 급하니 당장 갖다 달라는 것이었다. 그게 자그마치 100권이었다. 20권 주문도 감지덕지하는 판에 100권이라니. 그것도 대한민국 최고 서점 종로서적에서. 그러나 배달원은 이미 배달을 나갔고 사무실에는 몸집 작은 경리 아가씨밖에 없었다. 뭐, 망설일 것이 없었다. 나는 이미 익숙해진 솜씨로 책을 50권씩 묶었다. 그리고 양쪽에 책을 들고 종로서적을 향해 걷기 시작했다. 초여름이라 종로서적 5층에 도착했을 때는 온몸이 땀 범벅이었다. 그러나 일찍이 물지게질로 단련된 몸에 그까짓 건 아무것도 아니었다.

"여기 주문한 책 가져왔습니다."

나는 접수대에 앉은 사람에게 송품장을 내밀었다.

"민예사? 배달원 바뀌었어요?"

나를 힐끗 올려다본 젊은이가 던진 말이었다.

"아 …… 예, 새로 왔습니다."

나는 얼떨결에 대답했다. 내 소설집 《황토》가 그 어디엔가 꽂혀 있을 텐데, 그가 나를 몰라보는 것이 다행이었다. 얼마 지나서 나는 영업부장 노릇까지 하지 않을 수 없게 되었다. 책이 대여섯

권 나오면서 쏠쏠하게 팔려 나가자 영업부장이 젠체하는 데다가 수금 부정도 저질렀다. 그를 갑자기 내보내고 나니 지방 수금이 문제였다. 그 돈을 걷어와야 제작비를 줄 수 있었다. 그래서 나는 가방을 들고 직접 지방 출장을 나섰다. 대구를 거쳐 부산의 도매상 중의 하나인 한림서적에 이르렀다. 군살 없이 날카롭게 생긴 이 사장은 대뜸 나를 알아보았다.

"아이고 선생님, 어쩐 일이십니까? 이렇게 직접 오시다니 이거, 이거 ……."

그러면서 이 사장은 책이 팔린 것보다 훨씬 많은 금액을 수표로 끊어주었다. 그뿐이 아니었다. 소설가 대접을 하느라고 저녁을 샀고, 굳이 여관까지 와 맥주를 샀으며, 타향에서 혼자 주무시게 할 수 없다며 함께 하룻밤을 자기까지 했다. 그 뒤로 몇 번 더 만날 때마다 이 사장은 나를 깍듯하게 소설가로 대접해 주었다.

그 고마움을 잊지 못한 채 30년 가까운 세월이 흘렀다. 그분도 많이 늙었을 텐데, 천리 밖에서 어떤 감회로 지금의 나를 바라보고 있을까. 그 시절에 나와 동년배들은 술자리에서 내가 출판쟁이로 전락해 더는 글을 쓰기 틀렸다고 손가락질을 한다는 말을 듣고 있었다. 내가 그렇게 술안주가 되고 있다는 것은 더없이 비감스러웠지만 동시에 가슴속에서 결의를 한층 굳게 해주기도 했다.

나는 한두 번 지방 출장을 다닌 것이 아니었다. 책이 잘 팔릴수록 영업부장들은 딴 짓을 했고, 그때마다 나는 그들을 내보내고 영업부장 노릇을 하곤 했다. 내가 글쓰기에 전념하는 것을 방해하는 그 어떤 것도 용납할 수 없었다. 나는 지방 출장에서 주문 받은 것을 전화로 불렀고, 아내는 그 날로 포장을 해 밤 11시까지 서부역에서 부치고는 했다. 그 시간에 일하는 여자는 아내뿐이었다고 한다. 둘이서 발악하듯 최선을 다했던 세월이었다.

마산에서 광주로 가는 막차에는 손님이 없었다. 짙은 어둠 속에 쏟아지는 비를 하염없이 내다보면서, 내가 왜 이러고 다니는가 하는 생각이 사무치며 눈물이 가슴을 줄줄이 적시고 있었다. 조금만 참아라, 다 글을 쓰기 위해서다. 눈물과 함께 씹어 넘긴 말이었다.

남쪽으로 질주하는 고속버스 안에서 황량한 겨울 들판을 바라보며, 언제까지 이러고 다녀야 하는가 하는 생각과 함께 걷잡을 수 없는 소외감과 패배감 같은 것이 몰려들었다. 아니야, 두고 봐라. 반드시 큰 작품을 쓰고 말 테니까. 나를 위로하고 충동하며 아무에게도 보일 수 없는 눈물을 삼켜야 했다. 나는 마침내 1980년에 출판사를 넘겼다. 만 3년 만에 몇 년 동안 안심하고 세끼 밥을 먹을 수 있는 밑천을 장만했기 때문이었다.

마음 한구석에 돈 욕심의 유혹이 없는 것은 아니었지만 단호하게 뿌리쳤다. 그리고 걸신들린 것처럼 글을 쓰기 시작했다. 《유형의 땅》을 썼고, 《불놀이》를 썼고, 《태백산맥》을 시작했다. 그때 내 나이 마흔이었으니 젊은 세월은 흔적 없이 사라진 다음이었다. 상처투성이의 젊은 세월을 보상받기 위해서라도 글에 몰입할 수밖에 없었다. 그래서 나는 나 자신을 20년 동안 글감옥에 즐겁게 가두었다. 그리고, 하나인 아들이 장가가는 날 예식장 앞에 세워둔 메모판에 이렇게 적었다.

"인생이란 연습도 재공연도 할 수 없는 단 1회의 연극이다."

# 스님 방에서 본 지구의 地球儀

장회익

1938년 경북 예천 출생. 서울대 물리학과 졸업. 미국 캘리포니아 대학으로 유학을 떠나 루이지애나 주립대학 대학원에서 박사학위 받음. 공군사관학교 물리학 교관을 거쳐 서울대 물리학과 교수를 지냈다. 지금은 서울대학교 명예교수, 녹색대학 석좌교수, 한성학원 이사장. 주요 저서로는 《과학과 메타과학》, 《삶과 온생명》 등이 있다.

아마 20대 초반이었으리라. 친구들과 함께 양산 통도사를 찾아 갔던 일이 있다. 무슨 특별한 구도求道의 뜻을 가지고 간 것은 아니었지만, 고명하신 스님 한 분이 주변 어느 암자에 계신다는 말을 듣고 찾아가 뵙기로 했다.

과연 조그만 암자에는 연로하신 스님이 혼자 계셨다. 우리는 스님이 머무시는 작은방에 들어섰다. 특이하게도 스님 방의 탁자 위에는 지구의地球儀 하나가 놓여 있었다. 스님 방과 지구의라 ……, 아무래도 좀 어울리지 않는 구색이었다. 그렇지만 그 생각에 깊이 젖어들 짬은 없었다. 우선 찾아온 사유부터 말씀드리는 게 순서였다.

"혹시, 좀 깨달음을 얻을 말씀을 들을 수 있을까 찾아뵈었습니다."

"깨달음을 얻는 데에는 두 가지 방법이 있지요."

"그게 무엇인지요?"

"하나는 즉석에서 깨닫는 방법이고, 다른 하나는 조금씩 학습을 해가며 깨닫는 방법이지요. 어느 쪽을 말해드릴까요?"

의외의 성과였다. 예고 없이 찾아온 우리 같은 귀찮은 손님이야 가볍게 내칠 수도 있었으련만, 정중히 맞아주는 것은 물론 기꺼이 깨달음에 이르는 길까지 알려주겠다니. 그것도 두 가지나 있어서, 이 쪽에서 선택할 수도 있다고 하지 않는가!

선택은 분명했다. 아무래도 길게 학습을 해서 깨닫는 길보다는 즉석에서 깨닫는 것이 더 매력적이었고, 또 더 궁금했다. 나는 용기를 내어 대답했다.

"즉석에서 깨닫는 방법을 알려주시면 좋겠습니다."

그러자 스님이 훌쩍 일어서더니 선반 위에서 먼지떨이같이 생긴 막대를 하나 꺼내 들고는 다짜고짜 우리들 머리를 한 대씩 세차게 내려치는 것이었다. 얼떨결에 한 대씩 얻어맞고 얼얼한 머리를 하고 있는데, 스님이 우리들 앞에 몸을 곧추 세우고 앉더니 조용히 말했다.

"좀 깨달아지는 것이 있습니까?"

"……."

우리는 할말이 없었다. 차라리 조금씩 학습을 해가며 깨닫는 방법이나 물어볼 걸 하는 후회가 들었지만 소용없는 일이었다. 어렵게 청을 드렸는데 다른 방법마저 말해달라고 청할 염치는 없었다. 머뭇거리며 앉아 있다가 나는 드디어 말문을 돌렸다.

"저 지구의도 깨닫는 데에 도움을 주는 것입니까?"

"……."

이번에는 스님 쪽에서 말이 없었다.

우리가 그 날 이 어색한 장면을 어떻게 떨치고 나왔는지 지금으로서는 자세한 기억이 없다. 그러나 한 가지 내 기억 속에서 사라지지 않는 것은 있다. 그것은 스님 방에 있던 지구의였다. 그 어떤 화두話頭나 되는 것처럼 지금까지도 그 지구의는 수시로 떠올라 내 머릿속을 감돌고 있다.

이후에 알게 된 일이지만 스님이 말해주려 했던 깨달음의 두 길은 불가에서 말하는 이른바 돈오頓悟와 점오漸悟에 해당하는 것이었다. 돈오가 어느 한순간에 불현듯 깨달음을 이루는 것이라면, 점오는 수행을 해가면서 점진적으로 깨달아 가는 것을 의미한다. 불가에서는 이 두 가지를 놓고 많은 논쟁이 있어 왔다. 그 날 만났던 스님은 이 두 가지가 모두 가능한 것으로 보고, 우리에게 그 중 한 가지인 돈오의 방법을 알려주려 했던 것이다. 막대로 내려치는 의외의 상황을 조성함으로써 돈오 즉 순간적으로 깨달음에 이르게 하려는 것이었는데, 준비가 전혀 안 되었던 우리가 이를 통해 깨달음의 경지에 이르지 못했던 것뿐이다.

물론 그렇다고 하여 절에서의 경험을 통해 얻은 바가 전혀 없었던 것은 아니다. 그 사건을 계기로 나는 학문의 세계에서 깨달음이라는 것이 도대체 무엇인가를 생각하는 버릇이 생겼다. 사실 나는 이것에 대해 나름대로의 이론까지 하나 구성했는데, 좀 번거롭지만 그 요지만 간단히 설명해보기로 한다.

사람이 사물을 이해한다는 것은 두 가지 요소가 결합한다는 것을 의미한다. 그 한 요소가 '이해의 틀'이라고 한다면 다른 것은 이 틀에 담길 '내용'이다. 우리가 오감이나 언어 등을 통해 정보를 입수하면 이것은 곧 이미 형성되어 있던 이해의 틀 안에서 검토되어 적절한 위치를 배정 받게 된다. 이것이 바로 이해의 틀 안에서 '내용'이 자리잡게 되는 과정이다. 그런데 이때 만일 이해의 틀이 너무 협소해 이 정보들을 합당하게 정리하지 못할 상황이 되면 우리의 사고는 다시 이해의 틀 자체를 넓히려는 노력을 하게 된다. 틀을 키우지 않고는 사물을 더 이상 의미를 지닌 형태로 파악할 수 없기 때문이다.

하지만 우리가 그 틀 자체를 의식하는 것은 아니다. 우리는 오직 그 틀 속에 정리된 내용만을 의식할 뿐이다. 그러므로 두뇌에서는 내용을 합당하게 담아낼 여러 새로운 틀들이 시도되더라도 이 역시 우리에게는 의식되지 않는다. 오직 우연히 어떤 틀이 구성되어 그 틀 속에서 새로 입수된 정보와 기왕에 있던 내용들이 산뜻하게 새로 정리되면, 우리는 이것을 의식할 수 있다. 이렇게 다시 정리된 내용이 기왕에 이해했던 내용과 크게 달라질 때 우리는 이것을 '깨달음'이라고 부를 수 있을 것이다.

이것이 내가 대체로 이해한 깨달음의 구조이다. 그렇다면 이러한 깨달음은 어떻게 돈오와 점오로 나뉘어지는 것일까? 이것은 아마도 이해의 바탕이 되는 틀이, 작은 변화들을 겪지 않고 한꺼번에 크게 바뀌느냐 아니면 중간의 여러 변화를 겪으며 최종 단계에 이르느냐에 달려 있을 것이다. 지금까지 자리를 잡지 못하고 헤매던 수많은 정보나 의문들이 지금까지와는 전혀 다른 이해의 틀 속에서 어느 순간 확연히 그 의미를 드러내게 될 때 이를 돈오라 할 수 있을 것이고, 중간 중간에 비교적 소폭의 여러 변화를 겪으며 이해의 폭을 점차 넓혀가다가 마지막 단계에 이르러 그 모든 것이 분명해질 때 이를 점오라 부를 수 있을 것이다. 말하자면 이해의 틀이 연속적인 변화를 허용하느냐 아니냐에 따라 돈오와 점오가 구분된다는 것이다.

불가에서 말하는 깨달음이 무엇인지 분명히 알지 못하는 나로서는 불가의 깨달음의 구조에 대해 감히 뭐라고 말할 수는 없다. 하지만 학문 특히 과학이라는 과정을 거쳐 깨달음에 이르는 길을 말하라고 한다면, 평생 이 길만을 지켜 온 사람으로서 할 이야기가 전혀 없지는 않다. 굳이 돈오-점오의 틀을 빌어 이야기하자면, 그동안 많은 사람들은 과학에서의 깨달음을 점오에 해당된다고 보아온 듯하다. 새로운 지식은 이미 형성된 지식 위에 차곡차곡 쌓여 그 폭과 깊이가 넓어지고 깊어진다고 하는 생각이다.

그런데 이러한 생각에 큰 변화가 일어났으니 바로 토마스 쿤Thomas Kuhn이라는 인물이 등장하면서부터였다. 과학에서의 중요한 깨달음은 오히려 돈오에 가깝다는 생각을 하게 된 것이다. 그에 따르면 과학에서의 혁명적인 새 아이디어는 기존의 틀 안에서는 전혀 수용될 수 없고, 이를 받아들이기 위해서는 전혀 다른 새로운 이해의 틀이 마련되어야 한다는 것이었다.

물론 쿤의 이론은 한 개인이 겪게 되는 지적 편력에 관한 이야기라기보다는 주로 과학이 역사적으로 발전해가는 과정을 서술한 것이다. 그러나 과학을 수행하는 주체 또한 개개의 과학자들일 수밖에 없으므로 이들 한 사람 한 사람에게도 비슷한 이야기를 할 수 있다. 실제로 나 자신 과학을 하는 과정에서 이러한 경험들을 해왔으며, 이것은 과학에서의 돈오에 해당한다고 할 수 있다. 그러나 적어도 내 경우에 있어서는 단 한 번의 깨침을 통해 앎의 모든 내용이 선명해지는 경험을 얻지는 못했으며, 과학에 관한 한 어느 누구도 이러한 깨침에 이르렀다는 말을 들어본 적이 없다. 오히려 과학에서의 깨달음이란 작은 깨달음을 여러 번 거치는 가운데 점진적으로 전체를 파악하게 되는 성격을 지닌다고 봐야 할 것이다. 이러한 점에서 과학에서의 깨달음은 결국 '작은 돈오들로 구성되는 하나의 큰 점오'라고 표현하는 것이 적절해 보인다.

## 물음을 던지는 일

깨달음에 이르기 위해서는 우선 물음을 던지는 일이 필요하다. 물론 이때의 물음이라는 것은 꼭 명시적인 질문의 형태를 지니는 것은 아니다. 마음 한 구석 어딘가에서 답답함을 느끼거나 찜찜함을 느끼는 형태로 나타나기도 한다. 그러나 이것은 이미 어떤 모순이나 의문, 갈증에 대한 해명을 요구하는 마음의 상태로 이러한 해명을 추구하는 과정에서 어느 순간 문득 깨달음에 이르게 된다.

그런데 참 이상한 것은 우리가 살아가는 일이 의문투성이이면서도 실제로는 이러한 물음을 별로 던지지 않고 살아간다는 사실이다. 삶 그 자체는 어느 날 내가 살아야겠다고 작심하고 나서 시작된 것은 아니다. 내가 스스로 살아있다는 것을 의식할 때에는 이미 한참을 살고 난 이후이다. 그 동안의 삶에 대해 왜 살았는가 하고 되묻는다면 답변이 궁색할 수밖에 없다. 많은 사람들은 이러한 질문조차 던지지 않고 살아왔고 또 살아가고 있는 것이다. 그러다가 문득 우리는 이러한 의문을 갖게 된다. 도대체 나는 왜 사는가? 나는 또 어떻게 살아야 하는가? 물론 여기에 대한 바른 해답이 있는지, 그렇다면 그 해답의 내용은 무엇인지 하는 것은 어쩌면 '깨달음'을 얻게 된 후에야 알게 될지 모른다. 그러나 이러한 의문조차 가지지 않는다면 아예 깨달음에 들어설 가능성조차 없다고 봐야 할 것이다.

그렇기에 실제로 깨달음을 얻느냐 아니냐 하는 것은 그 다음의 문제일 수 있다. 우선 인생에 적합한 물음을 가지느냐 아니냐 하는 것이 중요하다. 이 점은 학문의 세계에서도 마찬가지이다. 처음부터 나는 무슨 학문을 하겠다, 어떠한 문제를 풀어보겠다 하는 생각에서 학문을 시작하는 것은 아니다. 그저 우연히 흥미를 느끼고 학문을 시작해보니 자기가 하고 있는 학문의 내용이 점점 명확해지고 또 자기가 추구하고 싶은 문제도 더 뚜렷해지는 것이다. 사실이러한 계획은 미리 세우고 싶어도 그 학문에 대해 어느 정도 알고 있지 않으면 불가능한 일이다. 그렇기에 학문을 하면서 물음을 던지는 일 그 자체가 이미 학문에 크게 한 걸음 들어선 것이라고 할 수 있다.

돌이켜 보면 내 인생에서의 가장 큰 학문적 관심사는 '생명'이었다. 그리고 나는 이를 통해 '생명의 의미' 그리고 이것이 반영된 '삶의 의미'를 추구했다. 그러나 나는 처음부터 '생명'에 관해 그 어떤 물음을 던졌던 것도 아니고, 이 주제에 대해 어떤 이끌림을 받았던 것도 아니었다. 사실 내가 이 주제에 대해 관심을 가진 것은 이미 물리학에서 박사학위 논문을 거의 마쳐갈 무렵이었으며, 나이로는 30이 다 된 시기였다. 그때까지 나는 생명에 관해 의문을 제기하거나 더더구나 그 어떤 깨달음이 있었던 것은 아니었다. 적어도 내 경우에는 생명에 대한 물음을 던지기까지 30년이라는 성장 과정과 20여 년이라는 학습 과정이 필요했다.

## 내게 닥친 첫 번째 큰 의문

그렇다면 도대체 나는 어떠한 과정을 거쳐 '생명'에 대한 물음에 이르게 되었는가? 이를 위해 나는 생명이라는 물음을 던지기까지 물어야 했던 또 다른 물음들에 대해 먼저 이야기하지 않을 수 없다. 이러한 물음들은 내가 과학을 공부하는 과정에서 자연스럽게 솟아난 것들이었다.

나는 중학생 시절부터 과학에 대해 관심을 가지기 시작했다. 굳이 과학에 특별한 흥미나 재능을 가졌기 때문이라기보다는 아마 우리나라가 가장 필요로 하는 것이 기술산업을 일으키는 일이라고 생각했기 때문이 아닌가 한다. 물론 나 자신 주변의 현상들을 물리적 방식으로 이해하는 일을 즐겼고 특히 몇몇 문제들에 대해서는 수학을 통해 서술해보는 일에 성공함으로써 이 분야에 대해 어느 정도 자신감을 가졌던 것도 사실이다. 그러나 이상하게도 생물에 대해서는 전혀 흥미가 없었다. 흥미가 없었을 뿐 아니라 가장 싫어하는 과목이기도 했다.

왜 그랬을까? 지금도 그 이유를 분명히 알 수는 없다. 초등학교 때는 곤충 채집을 즐겼고, 또 언젠가는 우연히 희귀한 곤충을 사로잡아 키워보려 한 일도 있었는데, 생명체 그 자체를 싫어하지는 않았던 것 같다. 그럼에도 불구하고 중학교 때 생물에 흥미를 잃은 것은 아마도 깊이 이해할 대상이 아닌 것 같은데 신체 부위의 명칭 등 암기해야 할 내용만 많았던 것이 원인이 되지 않았을까 싶다.

중학교 졸업 후 나는 공업고등학교 기계과로 진학했다. 과학고등학교가 있었다면 그리로 진학했겠지만 그렇지 못한 상황에서는 공업고등학교 진학이 최선의 선택이었다. 당시 나는 과학 중에서도 내가 좋아하던 물리학은 더 공부할 수 있고, 반면 내가 별로 좋아하지 않던 생물 같은 과목은 더 이상 공부하지 않아도 될 것이라는 기대를 품고 있었다. 그런데 이 기대는 완전히 어그러지고 말았다. 그 학교에서는 물리학은 거의 가르치지 않으면서 생물이라는 과목은 꾸역꾸역 가르치고 있었던 것이다. 이것은 물론 물리 담당교사의 이직으로 인해 일어난 일이었다. 하지만, 나로서는 무척 짜

증나는 일이었고, 물리 교사를 수 년간이나 채용하지 않고 있던 학교의 처사가 도저히 이해되지 않았다.

그러나 이것은 결과적으로 내게 유익한 결과를 가져왔다. 물리학 공부는 부득이 자습에 의존할 수밖에 없었는데 이것이 오히려 물리학과 친근해지는 계기가 되었다. 교과서만 읽고도 충분히 이해가 되었을 뿐 아니라 이렇게 재미있는 공부가 없다는 생각이 들었다. 몇 가지 원리만 이용하면 수많은 현상들을 설명할 수 있을 뿐 아니라 예측도 할 수 있다는 것이 신기하기만 했다. 이는 기껏해야 신체 부위의 모양을 서술하고 거기에 괴팍한 이름이나 붙이는 생물학과 극명하게 대비되었다. 생물학에도 물론 멘델의 법칙이라든가 하는 것들이 있기는 했지만, 도대체 왜 그렇게 되는 것인지 또 그러한 것을 왜 배워야 하는지 알 수 없는 노릇이었다.

시간이 지나면서 나는 물리학이 산업기술을 위해서만 존재하는 학문이 아니라는 것을 알게 되었다. 자연계의 모든 사물을 이해하는 근원적인 앎으로서의 물리학을 깨닫게 된 것이다. 천둥이라든가 번개라든가 아지랑이와 같은 현상들은 모두 물리학 법칙을 통해 설명될 수 있었다. 또 금속이나 나무는 물론 사람의 몸이 불과 몇 가지 기본 입자들로 구성되어 있고, 물리학은 바로 이들 입자의 정체를 규명한다는 점에서 그 위력은 놀라운 것이었다. 더구나 이해는 하지 못했지만 시간의 길이가 늘었다 줄었다 한다는 상대성이론에 이르면 신비스런 마술의 나라에 들어선다는 느낌마저 주었다.

이것은 내게 새로운 고민을 안겨주었다. 대학 진학을 앞두고 기왕에 시작한 기계공학을 계속할 것인가, 아니면 물리학으로 방향을 바꿀 것인가 하는 선택을 해야 했다. 고민 끝에 기계공학을 버리고 물리학 쪽으로 방향을 돌렸다.

대학 물리학과에 입학한 나는 생물학처럼 내가 원하지 않는 과목을 공부할 필요가 없다는 점에서 마음이 홀가분했다. 하지만, 다른 한편에서는 물리학만 주로 공부한다는 것이 어딘가 좀 치우친 듯하여 꺼림칙한 마음이 들기도 했다. 어느 한 분야만을 집중적으로 공부한다는 것이 불완전한 삶은 아닌가 하는 느낌이 들었던 것이다. 다행히 내가 다니던 문리과 대학에는 인문학·사회과학 등 여러 분야의 학과들이 있고 다양한 강좌들이 있어서 학생들이 여러 강의를 들을 수 있었는데, 나도 여기저기 좀 기웃거리고 다녔다.

그런데 정작 물리학 공부라는 것이 생각처럼 그리 간단하지 않았다. 난삽한 수학 이론과 정교한 논리 전개를 따라가는 것도 힘든 일이었지만, 그보다 더 어려운 것은 나 자신에 대한 문제였다. 도대체 내가 지금 배우는 것을 내가 과연 이해하고 있는 것인지 아닌지를 자신 있게 판단할 수 없었다. 내가 지금 알고 있는 것이 무엇을 의미하는가 하는 점부터가 문제가 되었던 것이다. 다른 사람들도 이러한 의문에 부딪쳤는지는 나도 잘 모르겠다. 어쨌든 나는 이러한 의문에 부딪치게 되었고, 이것을 풀지 않고는 더 이상 학문의 진전을 가져오기는 어려웠다.

## 철학을 거쳐 다시 물리학으로

내가 이러한 의문을 분명한 물음의 형태로 지니고 있었는지 아니면 막연히 마음속에만 품고 있었는지 지금으로서는 정확한 기억이 없다. 어쨌든 이것을 물리학만으로는 풀 수 없다고 생각한 나는 철학으로 눈을 돌렸다. 당시 철학과에는 '과학철학'이라는 과목이 있었는데 여기서 혹시 해답을 찾을 수 있지 않을까 생각했다. 그리하여 과학철학 과목만 세 학기를 들었고 내친걸음에 철학과의 다른 과목들까지 적지 않게 수강하였다.

그러나 아무리 철학을 공부해봐도 내가 지녔던 의문에 대해 명

1966년, 캘리포니아 대학 리버사이드에서 유학할 무렵.

쾌한 해답을 얻지는 못했다. 그저 의문에 의문이 꼬리를 물고 나올 뿐이었다. 어렴풋이나마 한 가지 터득한 것이 있다면 이러한 문제에 대한 완벽한 해답은 없다는 사실이었다. 다시 말해 절대적으로 옳은 지식이 따로 있는 것이 아니라 상대적으로 타당성이 높은 지식만이 존재한다는 것이었다. 여기에서 중요한 것은 그 타당성 정도의 차이였다. 내가 깨달은 것은, 설혹 상대적일지라도 우리는 타당성 정도가 큰 지식을 추궁할 필요가 있으며 또 이것만이 우리가 신뢰할 수 있는 모든 것이라는 점이었다.

일단 이러한 확신이 들자 더 이상 철학이라는 진창 속을 헤매고 다닐 이유가 없었다. 대학을 졸업한 후 나는 다시 물리학이라는 주제로 돌아와 내가 얻을 수 있는 가장 확실한 것들을 점검해가기 시작했다. 이제는 더 이상 옳으냐 그르냐가 문제되는 것이 아니라 타당성의 근거가 어디에 있는가 하는 점만이 문제가 되었다. 이러한 새 기준을 적용하자 내가 '아는 것'과 '모르는 것'이 비로소 구분되기 시작했다. 그리하여 처음으로 고전 역학이 내가 '아는 것'의 카테고리 속으로 들어왔다. 그리고 다음에는 고전 전기자기학이 다시 '아는 것'의 카테고리 속으로 들어왔다. 반면 상대성이론과 통계역학은 여전히 알쏭달쏭하였고 양자역학은 도저히 '아는 것' 속에 편입시킬 방법이 없었다.

후에 알게 된 일이지만, 이 과정을 통해 나는 최초로 '이해의 틀'을 넓히게 되었다. 대학 입학 당시의 이해의 틀 속에는 도저히 담아낼 수 없었던 이른바 고전 물리학이라는 내용들을 새로 넓힌 이해의 틀 속에 담아낸 것이다. 이러한 새 이해의 틀이 내가 그 동안 헤매고 다닌 철학에 대한 학습을 통해 마련되었는지 혹은 물리학 자체를 재검토하는 과정에서 마련된 것인지는 내가 확인할 방법이 없다. 어쨌든 나는 이 과정 이후 적어도 고전 역학을 비롯한 일부 물리학에 대해서는 감히 '이해했다'는 말을 사용할 수 있게 되었다. 그렇다면 이 과정을 내가 과연 '돈오'라고 불러야 할 것인가? 분명히 "아하, 그렇구나!" 하는 경험을 가졌던 것은 사실이지만, 그렇다고 이것이 그 어떤 깨달음의 경지에 해당한다는 말까지 하기는 어렵다.

## 몇 가지 돈오의 경험

이러한 경험들은 대체로 내가 4년간의 공군 사관학교 물리학 교관 생활을 하는 과정에서 일어난 일들이었다. 병역의 의무를 마친 나는 곧 대학원 과정을 위해 외국 유학길에 나섰다. 그리고 양자역학 학습에 온 힘을 기울였다. 특히 박사학위 논문의 주제가 양자역학을 활용하여 특정 물질의 성질들을 산출하는 일이어서

양자역학의 단순한 이해에 그치지 않고 이를 실제로 활용할 수 있는 단계에 이르러야 했다. 이윽고 나는 양자역학을 현실 문제에 적용할 만큼 충분히 익히고 이러한 익숙함을 통해 "이제 내가 양자역학을 안다"고 하는 기분마저 느낄 수 있게 되었다.

그러나 이것은 어디까지나 익숙함에서 오는 느낌이었고 사실 이것을 제대로 이해한 것은 아니었다. 그 후 나는 약 30년에 걸쳐 양자역학을 학생들에게 가르치며 양자역학에 대해 꾸준히 생각해 왔고, 그때마다 이해의 폭이 조금씩 넓어지는 것을 느꼈다. 말하자면 작은 깨달음의 연속이었다. "어제까지 전혀 모르던 것을 오늘 아침에 환히 알겠다"고 하는 느낌을 얻은 것은 아니지만, 분명히 "1년 전이나 10년 전에 비해 지금 더욱 분명히 알겠다"는 느낌은 계속 가지게 되었다. 아마도 내 이러한 느낌의 저변에는 나도 모르게 어떤 새로운 '이해의 틀'이 형성되고 있었으리라 생각된다.

여기서 한 가지 덧붙일 것은, 양자역학에 대한 나의 이러한 새로운 이해방식은 기존의 어느 누가 제시했던 이해방식과도 다르다는 것이다. 사실 양자역학에 대한 이해를 놓고 아인슈타인과 닐스 보어 사이에는 심각한 대립이 있었으며, 그 후 한 세기가 지난 지금까지도 누구나 인정하는 공인된 해석 방식이 나와 있지 않다. 단지 대안의 부재로 인해 보어가 주축이 된 이른바 '코펜하겐 해석'이 불안한 정통의 지위를 누리고 있을 뿐이다. 이러한 상황에서 내가 이해한 양자역학은 '코펜하겐 해석'을 넘어서는 새 내용을 담고 있으며, 내 제자들을 중심으로 이것을 양자역학의 '서울 해석'이라 부르고 있다.

양자역학에 대한 이해가 이렇게 점진적으로 이루어진 것에 비해, 상대성이론이나 통계역학에 대한 이해는 좀더 즉각적으로 이루어졌다고 할 수 있다. 이는 물론 학습을 시작하자마자 곧 이해를 했다는 의미가 아니다. 최소한 학습을 시작한 이후 10년 정도씩의 시간이 흐른 뒤, 우연히 문헌을 읽거나 사고를 펼치는 가운데 어느 순간 돌연히 이해하게 되었다는 뜻이다. 그리고 일단 이에 대해 알고 나자 내 자신의 사고가 한 단계 높아진 것을 알게 되었고, 왜 지금까지 이렇게 간단한 것을 놓고 그처럼 헤맸던가 하는 생각을 하게 되었다.

상대성이론이나 양자역학을 이해하자면 나도 모르게 이미 내 안에 형성된 몇 가지 기존 관념의 틀을 벗어나야 한다. 그런데 이러한 관념의 틀에서 벗어나기란 대단히 어렵다. 이를 위해서는 먼저 관념의 틀 자체를 의식의 세계로 이끌어내는 것이 필요하다. 그리고, 이를 대체할 새 관념의 틀과 비교해 각각의 차이점과 함께 옛 관념의 틀을 벗어나야 할 이유를 충분히 밝히는 것이 필요하다.

이러한 과정을 거치는 동안 나는 자신도 모르게 내가 얼마나 좁은 이해의 틀에 갇혀 있었는지를 알게 되었고 이 틀을 벗어나 새 틀을 마련한다는 것이 또 얼마나 중요하며 어려운 것인지를 알게 되었다. 이 점이 어쩌면 물리학을 통해 내가 얻게 된 가장 중요한 소득이라고 할 수 있을 것이다. 그리고 이것 하나를 위해서라도 우리는 물리학에 대한 교육을 좀더 많은 사람들에게 좀더 깊이 수행할 필요가 있다는 생각이 든다. 다른 어느 곳에서 이에 해당하는 '돈오'의 경험을 할 수 있을지 모르겠으나, 적어도 내 경우 이것들이야말로 '돈오'에 가까운 그 무엇이었다.

## '생명'에 대한 물음

사물의 기본적인 질서를 규명하는 물리학에 대한 이해는 또 다른 이점을 준다. 그것은 사물을 다른 시각에서 바라보며 새로운 질문을 제기하는 능력을 키워준다는 것이다. 앞에서 이미 언급한 바와 같이 나는 나이 30에 이르도록 생명에 대한 학문적 관심은 고사하고 이에 관한 적절한 물음조차 가져본 일이 없다. 생명에 관한 그 어떤 물음도 가능할 것으로 보지 않았던 나는 흔히 이와 관련된 학문이라고 하는 생물학을 철저히 외면하기도 했다. 그러다가 물리학에 대한 이해를 바탕으로 사물의 보편적 존재양상을 이해하면서, 과연 생명은 이러한 존재양상 가운데 어떠한 특성을 가진 존재인가 하는 물음에 이르게 되었다. 이는 본질적으로 "생명이란 무엇인가?"를 묻는 물음이었다. 그리고, 동시에 이는 현대 생물학이 생명에 대해 어떠한 해답을 제시하고 있는가에 대한 관심으로 연결될 수밖에 없는 물음이기도 했다.

사실 내가 물리학에 관심을 기울이는 동안 생물학에서는 괄목할 만한 변화가 있었다. 내가 중고등학교에서 공부하던 시대에는 미처 알려지지 않았던 많은 중요한 사실들이 발견되어 가히 생물학의 혁명이라 부를 만한 사건들이 전개되고 있었다. 유전자의 DNA 이중나선구조 발견을 계기로 출현한 현대 분자생물학이 바로 그것이다.

이러한 사실들을 곁눈으로만 바라보던 나는 박사학위 논문을 거의 마쳐갈 무렵 도대체 그 쪽 세계에서 어떠한 일들이 벌어지고 있는지 알고 싶다는 생각이 들었다. 마침 그때 나는 양자역학의 이해에 바탕을 둔 응집물질이론 분야의 학위 논문을 마칠 단계였기 때문에 약간의 시간적 여유도 있었고, 분자생물학을 이해할 지적 기반을 어느 정도 갖췄다고도 할 수 있었다. 그래서 몇 권의 책만으로 분자생물학의 주요 내용들을 별 어려움 없이 파악하며, 짧은 시간 안에 생물학에 대한 기본적인 이해를 갖추게 되었다. 무엇보다도 이 시기에 큰 감동으로 다가온 것은 "아하, 생물학도 이해할 수 있는 학문이구나!" 하는 새로운 발견이었다.

그러나 이것이 내 목표의 전부는 아니었다. 이제야말로 "생명이란 것이 도대체 무언가?" 하는 물음에 도전할 단계라는 생각이

들었기 때문이다. 나는 이를 위해 최소한 물리학을 통해 생명에 대해 말할 수 있는 내용이 무엇인가를 생각해보게 되었다. 분자생물학은 생명 현상의 매우 중요한 한 측면을 밝혀준 것이 사실이지만, 이것이 바로 생명의 정체를 말해주는 것은 아니며 오히려 이를 통해 생명에 관한 진정한 문제가 드러나게 되었다는 것이 내 생각이었다.

내가 이러한 물음을 갖기에 앞서 유사한 물음을 제기한 물리학자가 있었다. 그가 바로 양자역학의 창시자 가운데 한 사람인 에르빈 슈뢰딩거인데, 그의 생각이 《생명이란 무엇인가?》라는 유명한 책 속에 서술되어 있다. 이 책은 분자생물학이 대두되기 전에 저술된 것으로 오히려 분자생물학을 촉발시킨 계기를 마련했다는 점에서 더 큰 주목을 받았다. 그러나 자극적인 제호題號에도 불구하고 생명 자체의 본질에 대해서는 그다지 깊은 논의들을 담고 있지는 않다. 다만 이 책은 "생명이란 네거티브-엔트로피negative-entropy*를 먹고사는 존재"라고 하는 매우 시사적인 언급을 통해 생명 이해를 위한 본격적 사고의 단초를 열어주고 있다.

이미 이해한 분자생물학과 슈뢰딩거의 책 등이 계기가 되어 나 자신 내가 아는 물리학 지식을 바탕으로 생명이 무엇인지를 규명하려는 노력을 해보았다. 그러나, 손에 잡히는 성과는 좀처럼 없었

---

*열역학 제2법칙에 따르면 고립된 계의 질서는 항상 무너지면서 무질서해지는 쪽으로 변한다. 즉 엔트로피(무질서)가 커지게 된다. 그런데 생명체에서는 최소한 현재의 질서가 유지되거나 증가한다. 네거티브 엔트로피가 유지되거나 증가한다는 것이다. 이는 생명체가 고립되어 존재할 수 없고 외부와의 연결을 통해 네거티브 엔트로피를 공급받아야 한다는 이야기가 된다.

내가 한참 생명문제에 매달려 있던 1976년 무렵.

다. 아무리 노력해보아도 물리학 언어를 통해 생명이라는 것을 만족스럽게 규정해낼 방법이 떠오르지를 않았다.

　그렇게 하기를 대략 10년, 1970년대 중반의 어느 날이었다. 내 머릿속에는 하나의 계시와 같은 환상이 떠올랐다. 원시 지구 위에 햇빛이 내리비치면서 마치 대지 위에 새싹이 솟아오르듯이 서서히 이상한 형상들이 뭉게뭉게 피어오르는 것이었다. 그리고는 이것이 전체 지구를 덮으면서 점점 수많은 형태들로 변해가는 것이었다. 그 순간 내 머릿속에서는 "아하, 이것이 바로 생명이로구나!" 하는 생각이 스쳐갔다. 그리고는 곧바로 전체를 도외시한 채 오직 개별적인 생명체들만을 놓고 생명을 이해하려고 했던 나 자신이 얼마나 어리석었던가를 깨달았다.

## '온생명' 개념의 형성

아마도 이것은 내 생애에서 겪은 여러 깨달음 가운데 가장 중요한 것이 아닌가 생각된다. 그러나 이것이 곧 그 어떤 과학 이론으로 연결된 것은 아니었다. 이러한 경험이 있은 뒤 그와 관련된 논문을 쓰기까지 또다시 10여 년이라는 시간이 지나야 했다. 이 깨달음의 내용을 개념화하여 명시적인 앎의 형태로 옮겨야겠다는 생각은 늘 하고 있으면서도 좀처럼 적절한 기회를 포착하지 못했던 것이다.

그러다가 1987년 가을, 그 다음해에 있는 유럽의 과학철학 모임에서 생명에 관련된 글을 하나 발표해보라는 어느 동료 교수의 권유를 받고야 나는 작업에 착수할 수 있었다. 여기서 요청되는 것은 새 개념을 창안하는 일인데, 이것이야말로 물리학의 이해 과정에서 거듭거듭 부딪치면서 능숙해진 일이었다. 문제는 '내가 본 생명의 모습'에 대해 적절한 명칭을 부여하고 개체 단위의 생명체와 구분되는 이것의 정체성을 설정하는 일이었다. 그리하여 탄생한 명칭이 영문으로 'global life'였으며, 우리말로는 그 후 몇 년간 더 고심하다가 '온생명'으로 부르게 되었다.

여기서 온생명이라고 하는 것은, 우리가 흔히 생명이라고 부르는 그 어떤 현상이 발생하기 위해 갖춰야 할 최소한의 여건들을 모두 갖춘 물리적 실체를 의미한다. 그러므로 어떤 생명체 하나가 생명으로서의 기능을 다할 수 있기 위해서는 반드시 하나의 온생명 안에 놓여 있어야 하며, 반대로 이것이 만일 온생명으로부터 분리되면 정상적인 의미에서 생명으로서의 기능을 다할 수 없게 된다.

그렇다면 구체적으로 어떠한 형태의 물리적 기구가 마련되어야 온생명이 되는가? 이 물음에 대한 답을 위해선 지금 우리가 지닌 최선의 지식을 동원해 생명이 존속할 수 있는 물리적 여건을 찾아야 할 것이다. 지금 우리가 지니고 있는 최선의 지식이란 곧 현대 과학의 지식이므로 이를 통해 온생명의 모습을 살펴보면, 이는 대략 태양과 같은 항성 주위에 풍부한 물질적 구성 요소들을 지닌 지구와 같은 행성이 있어서 이 안에 변이變異 가능한 '자체촉매적 동적動的 체계'들이 형성되고 유지되는 상황이라고 할 수 있다. 이때 '자체촉매적 동적 체계'란 우리가 흔히 말하는 생명체에 해당하는데, 이를 일러 '낱생명'이라 말할 수 있다.

우리는 흔히 낱생명들 안에 생명이라고 부를 그 어떤 특성이 들어있는 것으로 생각하고 이를 찾아내려고 애쓰고 있다. 그러나 이렇게 해서는 생명의 참 모습을 찾아낼 수가 없다. 나는 결국 생명이라는 것이, 낱생명 안에서 낱생명으로 하여금 살아가게 해주는 그 무엇이 아니라, 온생명을 이루어 그 안에서 낱생명들이 존속할 수 있도록 해주는 그 전체 속에서 찾는 것이 온당하다는 생각에 이르게 되었다.

이 생각은 내가 물리학을 통한 개념화 작업에 익숙한 탓인지 내게는 극히 당연한 것으로 느껴지지만 다른 사람들에게는 그리 쉽게 받아들여지지 않는 듯하다. 분명히 이것은 우리가 갖고 있는 기존의 생명 개념과 충돌을 일으킨다. 이는 마치 무의식 중에 우리 안에 형성된 기존의 시간·공간 개념으로는 상대성이론을 이해할 수 없는 것과 마찬가지이다. 그러나 일단 이것을 이해하고 나면 우리가 왜 지금까지 그렇게 좁은 개념의 틀 속에 속박되어 있었는지를 이해하게 된다. 즉 깨달음에 이른 사람은 깨달음에 이르지 못한 사람을 이해할 수 있지만, 깨달음에 이르지 못한 사람은 깨달음에 이른 사람을 이해하지 못하는 것이다.

일단 이러한 온생명 개념을 파악하고 보면, 이 안에서 살아가는 나 자신의 모습이 더욱 선명해진다. 나는 이미 낱생명으로 살아가는 것이 아니라 온생명으로 살아가고 있는 것이다. 그리고 지금까지 스스로를 낱생명으로만 생각하며 아옹다옹 살아온 것이 얼마나 답답한 삶이었는가 하는 점도 쉽게 알게 된다.

그렇다면 불가에서 말하는 깨우침이란 것이 필시 이러한 것을 말하는 것이 아닐까? 내가 언젠가 온생명에 관한 이야기를 했을 때 어느 불교철학 교수는 그것은 바로 팔만대장경을 한 마디로 요약해 놓은 말이라고 했다. 불교의 가르침을 잘 모르는 나로서는 정확히 말할 수 없지만, 불가에서 말하는 것이나 살아가는 모습을 가만히 살펴보면, 그들은 우리의 삶이 온생명 안에서 이루어지고 있다는 사실을 어떤 직관적 방식을 통해 깨닫고 있는 것이 아닌가 하는 생각이 든다. 그렇다면 그들은 내가 평생을 두고 어렵사리 깨달은 이 중요한 사실을 어느 한순간에 깨달아버리고 만다는 뜻인가?

나는 그 어느 젊은 날 통도사에서 만났던 스님을 다시 생각해보게 된다. 만일 불가에서의 깨우침이 바로 이런 것이라면, 그 날 그 스님은 내게 이 온생명에 대한 깨달음을 주려고 했던 것이 아닐까? 생각이 여기까지 이르자 그 날 스님 방에서 보았던 지구의가 심상치 않게 생각된다. 내가 환상 속에서 본 생명의 모습과 지구의는 분명 어떤 유사점을 가지고 있기 때문이다. 그렇다면 스님은 혹시 그 어떤 가르침을 위해 지구의를 갖다 놓지 않았을까? 보기에 따라서는 지구의가 우리의 사고를 자극할 좋은 조건을 지녔다고도 할 수 있다.

처음 내가 어떤 과정을 통해 지구가 둥글다는 사실을 알게 되었느지 지금은 잘 기억나지 않는다. 초등학교 과학 시간에 배운 것 같기도 하고, 어쩌면 지구라는 말조차 잘 알지 못했던 시절부터 "지구는 둥근 것이야" 하는 말들을 주위로부터 얻어들은 것 같기도 하다. 그러나 스님의 경우는 사뭇 달랐을 것이다. 추측컨대 그 스님은 정규 교육을 통해 이것을 배우지도 않았을 것이고, 또 그분 연령으로 보아 그분의 성장기에는 지구가 둥글다는 상식이 통용되지도 않았을 것이다. 오히려 수미산須彌山이 우주의 가운데 있다는 불교의 세계상을 젊은 시절부터 익혀왔을 것이다. 그러다가 어느 날 "우리가 사는 땅의 모습이 이러하다"고 하면서 누가 지구의를 가져다 보여주었을 때, 그 느낌이 어떠했을까?

어쩌면 이 충격이 커다란 깨달음으로 인도했을지도 모른다. 이 지구의 위에 사는 모든 낱생명들이 불가에서 말하는 인연으로 맺어져 있다면 이 전체를 하나로 아울러 생각할 수도 있었을 것이고, 이것이 바로 내가 오늘 이해하고 있는 온생명 개념으로 연결될 수도 있지 않았을까?

그렇다면 나는 왜 그 날 스님의 방에 놓였던 지구의를 보고도 그러한 생각에 미치지 못했을까? 이미 지구의 둥근 모양을 너무도 당연한 것으로 받아들였던 나로서는 이를 통해 놀라움을 얻기는 어려웠다. 놀라움 없이 새로운 이해를 촉구하기는 어려운 일이다. 그 날 나는 오직 '스님의 방'과 '지구의'라는 기묘한 대조 속에서 작은 호기심이 발동했던 것뿐이다. 하지만 작은 호기심이라고 해서 가볍게 볼 일만은 아니다. 이것이 의식의 저변으로 가라앉아 오랜 기간에 걸쳐 우리의 사고에 영향을 미칠 수도 있기 때문이다.

1988년 4월, 유고슬라비아지금은 크로아티아의 두브로브니크 Dubrovnik라는 작은 도시에서 온생명에 대한 논문을 처음 발표했을 때, 한 유럽 학자가 내게 물었다. "당신이 'global life온생명'라는 개념을 생각하게 된 것은 혹시 당신이 동양인이기 때문에 그러한 것은 아닌가?"

그때 나는 강력하게 아니라고 대답했다. 그런데 지금은 아무래도 그 대답에 자신이 없다. 그 날 스님 방에서 보았던 지구의의 잔상이 내 알지 못할 무의식의 세계로 숨어들었다가, 먼 훗날 생명의 환상으로 내게 다시 나타난 것이 아니라고 어떻게 장담하겠는가?

사진 · 지강유철

# 20세기 감옥에서 꿈꾼
# 자유로운 영혼

박홍규

1952년 경북 출생. 영남 대학교와 일본 오사카 시립대학에서 법학을 공부. 하버드대 인권연구소 객원교수를 지내고 지금은 영남대학교 법학과 교수로 재직 중. 철학과 예술을 넘나드는 르네상스적 지식인으로 평가되는 그는 우리나라에 미셸 푸코와 에드워드 사이드를 처음으로 소개한 것으로 유명하다. 저서로 《윌리엄 모리스의 생애와 사상》, 《내 친구 빈센트》, 《오노레 도미에: 만화의 아버지가 그린 근대 풍경》, 《꽃으로도 아이를 때리지 말라: 자유교육의 선구자 프란시스코 페레 평전》 등 많은 인물서를 펴냈으며 역서로 미셸 푸코의 《감시와 처벌》, 에드워드 사이드의 《오리엔탈리즘》 등이 있다.

1952년에 태어나 20세기 후반을 평범하게 살았던 나는 특별하게 할 이야기가 없다. 평범한 이야기 속에서 혹시나 남들의 공감을 얻을지도 모른다는 막연한 기대로 생각나는 것들을 적어보고자 하지만, 그런 평범함 삶조차 제대로 산 것이 아니어서 일상에서 나오는 잔잔한 감동은 없을 것 같다.

어린 시절 이야기를 소상하게 기억하는 사람들이 많다. 그러나 나는 아홉 살이었던 1961년 5월의 군사 쿠데타 이전 시절은 정확하게 기억하지 못한다. 군사문화가 상징하는 집단적 폭력성과 획일성 및 복종성은 그것으로 시작되는 나의 인생, 나의 20세기의 전부이다. 폭력성과 획일성 및 복종성은 그 화신인 아버지, 교사, 교수, 선후배, 이웃 등등 나를 둘러싼 모든 사람과 그들로 구성된 사회와 국가, 그리고 그들 속에서 살며 군대생활까지 한 나에게 떨쳐버릴 수 없는 속성이다. 이러한 삶의 조건에 끝없이 저항하면서도 나 자신 그것에 젖어 산 것이 나의 20세기이다. 언제 이 악순환은 끝날 것인가?

나는 지금도 생생히 기억한다. 쿠데타 이후 아버지가 교원노조 사건으로 구속되어 아침저녁으로 도시락을 시골 경찰서로 나르던 일. 그러다 어느 일요일, 멀리 경찰서 안뜰에서 머리를 빡빡 깎이고 있는 아버지를 눈물로 바라보던 일, 한참 뒤 아버지가 집으로 돌아와 부둥켜안고 함께 잔 일 등에 대한 기억으로부터 내 어린 시절은 시작된다. 반면 나에게 1960년의 4월은 어느 날의 신문 조각으로만 아련하게 기억될 뿐인 전설로서 나 스스로 새로 만들어야 했던 것이고, 그 전의 아름다웠을 유년 시절은 기억에 남아있지도 않다.

그 어린 시절의 첫 기억 때문에 나는 노동자와 노동조합에 일찍부터 관심을 가져 결국 노동법을 전공하게 되었을지 모른다. 그러나 법과대학에서 사법시험 과목도 아닌 노동법이 필요한가에 대해서는 아직도 다수 교수들이 의문을 제기할 정도로 왕따 분야이고, 사회적으로도 그 효용성에 대해서는 여전히 의문이 제기되고 있다.

1962년 열 살 때 나는 처음으로 기차를 타고 아버지를 따라 그야말로 멀고 먼 산골짝으로 들어갔는데 그 시절이 나의 행복한 유년이자 삶의 시작이어서 나는 단 1년을 살았던 그 곳을 지금도 고향으로 여긴다. 그 곳에서 처음으로 영화를 보고 시와 소설을 읽으며 그림을 그리고 음악을 들었는데, 그 후 지금까지 그렇게 살아오고 있다. 그 중에서도 그때 가장 열중했던 것은 그림 그리기였다.

당시에는 어디에서나 그림을 그렸다. 학교에서도, 집에서도, 거리에서도, 들판에서도, 산에서도. 곳곳에 그림으로 그리고 싶은 풍경이 있었다. 그러나 10대가 끝난 1960년대 말부터 지금까지는 자연에서 그림을 그릴 수 없었다. 도시에 나와 산 뒤로는 아파트를 그리거나 간판과 자동차의 거리를 그린 적이 없다. 그게 현대 한국의 풍경이라는 생각이 들지만 지난 30년간 나는 멀리 들판이나 산에 가거나 외국에 가야 그림을 그릴 수 있었다. 그러다 1999년 아예 시골로 이사를 했으나, 그 곳 역시 쓰레기 소각장과 폐차장 그리고 각종 동물 사육장과 공해로 뒤덮여 있다. 이제 내가 갈 곳은 없다.

그래, 그렇게 나의 20세기는 끝났다. 1961년의 그 끔찍한 감옥으로부터 1999년까지의 아파트란 감옥까지 38년이 내가 기억하는 20세기의 전부인 감옥생활이었다. 실제로 그렇게 긴 감옥살이를 한 분들에게는 미안한 이야기이지만 감옥 안보다 감옥 밖이 정말 감옥이란 이야기도 있지 않은가? 여하튼 그 감옥살이를 벗어나고자 한 짓이 기껏 그림 그리기였다. 10대에는 그림 친구도 있었으나 그 후 지금까지는 혼자 그렸다. 어디에서도 그림을 그리는 사람을 본 적이 없다. 그래서 언제나 나는 혼자라고 느꼈다.

나의 20세기란 열 살 무렵부터 지금까지 버릇처럼 그림을 그리고, 영화를 보고, 책을 읽고 쓴 40년에 불과하다. 그리고 20대 후반 이후부터 그것은 언제나 나 혼자 하는 일이었다. 교수여서 그것이 가능하다고 볼 사람이 있을지 모르지만, 교수 중에서 나처럼 한심하게 사는 사람을 본 적이 없다.

그 중 가장 한심한 것이 교수생활에 아무 도움도 안 되고 도리어 해가 되는 전공 외의 책을 쓰는 일이다. 즉 미술, 음악, 문학, 사상에 대한 책을 쓰는 것은 나의 연구업적에 포함도 안 될 뿐만 아니라, 도리어 남들의 전공 영역에 침투했다는 비난을 받기도 한다.

게다가 나는 최소한의 기본만을 겨우 하는 무능한 교수라서 학내외의 어떤 다른 자리도 가질 수 없다. 심지어 교수들과의 회식은 아예 회피하며 회의도 꼭 필요한 경우에만 참석하기 때문에 곧잘 학과 일에 비협조적이라는 비난을 받는다. 그런 이유로 교수직에서 쫓겨나는 일도 드물지 않아 겁도 나지만 그렇다고 타고난 성격을 어떻게 고치겠는가. 따라서 나의 20세기는 21세기에도 변할 것이 없다. 즉 감옥살이는 여전하다.

## 친구와 스승 대신 만난 위대한 영혼, 니체

20세기가 시작될 무렵에 나의 조상이 무엇을 했는지를 상상해봐야 그게 나의 20세기일 리 없겠지만 아마도 몇 대 위 조상들이 산골짝에서 농사를 지었다는 것은 지금의 나와도 관련되리라. 그때의 편린이 남아있는 나의 고향은 그야말로 '가난의 땅'으로 지금도 버스가 다니지 않는 곳이다.

그 가난 속에서 나의 아버지는 유일하게 공부한 마을 청년이었다. 일제 때 10~20대를 보내며 일본식 전체주의 인간으로 굳어진 그 가난한 세대가 해방과 6·25와 이승만 시대를 빈곤과 불안 그리고 불만 속에 겪다가, 4·19 이후 진보의 바람에 휩쓸린 잠깐의 노동조합 활동이라는 외도의 추억을 지녔지만 마침내 그 모든 응어리를 박정희 군사독재와 돈놀이로 풀 수 있었던 것이 그 세대의 20세기였을지도 모른다.

나는 아버지가 읽은 일본 소설을 읽는 것으로 초등학교 시절의 책 읽기를 시작했으나, 아버지의 책은 그것이 다였다. 그 후 중학교에 입학하여 처음으로 와본 도시인 대구의 가장 가난한 동네 구석에 홀로 버려져 그 끝에서 끝까지 30리 길을 매일 아침저녁으로 걸어다니며 내게 주어진 유일한 돈인 차비를 아껴 영화를 보고 그림을 그리며 책을 샀다.

도시에 처음 나온 시골 아이가 본 것은 엄청난 빈부갈등이었고 그러한 현실에 대한 혐오로 매일 어지러웠다. 학교가 강요하는 수업과 수험에는 처음부터 관심이 없었고 그것을 강요하는 교사와 부모, 그리고 그것에 순응하는 동급생들은 오직 멸시의 대상이었다.

정말이지 중고교 시절 나는 무엇을 배웠는지 기억이 없다. 오직 홀로 미술과 음악, 문학과 사상의 세계에 빠져 살았다. 중학교 시절 내가 처음으로 읽은 책은 니체1844~1900의 《차라투스트라는 이렇게 말했다》였다. 20세기 시작 직전에 죽은 그의 그 책은 지금도 나에게는 반려이지만, 헌 책방을 드나들기 시작한 중학교 1년생이 《운명의 별이 빛날 때》라는 제목으로 나온 그 책을 우연히 사서 읽었을 때 과연 무엇을 알 수 있었을까? 신은 죽었다고 외친 미친 철학자의 전설, 미친 세상에서 미친 위대한 영혼, 그런 니체와 함께 1960년대에 '유행'한 실존주의를 얼마나 제대로 이해했을까?

김소운이 바이런에 심취해 몇 리 길을 절뚝거리며 걸었다고 하듯이 니체가 비가 올 때 우산이 없어도 절대 뛰지 않았다고 하여 나도 그렇게 해봤던 추억이 있다. 역시 중학 시절 니체의 전기를 읽고서였다. 지금은 남에게 절대 권하지 않는 니체의 여동생이 쓴 전기였다. "왜 뛰지 않는가?"라는 물음에 어린 니체는 뛰는 게 상스럽기 때문이라고 답했다. 내가 처음으로 익힌 독일어는 그런 니체가 말한 '정신적 귀족'이라는 뜻의 'Edel des Geistes'였다.

니체와 함께 애독한 저자는 롤랑이었다. 그가 쓴 《장 크리스토프》와 베토벤, 간디, 톨스토이, 밀레, 미켈란젤로 등의 전기는 그후 지금까지 나에게 언제나 마음의 터전이 되었다. 그리고 그 시절에 나온 갖가지 문고와 잡지를 닥치는 대로 읽었고, 열심히 모방했다. 그래도 그 어려운 시절, 그런 값싼 문고본이 많았던 것은 다행이었고, 나는 1960년대 번역의 시대에 지금도 감사한다.

반면 나에게는 초중고대 시절의 스승도 친구도 없다. 반공수업 숙제로 남한도 북한도 각각 자본주의와 공산주의를 버려야 통일이 된다고 쓴 것을 보고 아버지를 불러 정신병원에 가도록 한 교사, 부교재를 사지 않았다고 폭력을 가한 교사, 이런저런 일로 단체기합을 준 교사, 데모를 하지 말라고 한 교사나 교수 외에 기억나는 교사가 없다. 그리고 그런 교사들에게 칭찬을 받는 학생들 외에 기억하는 친구도 없다. 나는 중학 시절, 장래 희망에 대한 작문 숙제에서 선생이 아니라면 무엇이라도 좋다고 썼다가 심하게 꾸중을 들은 적이 있다. 지금 선생으로 살면서도 조금도 만족하지 못한다.

그래도 그 시절 60년대란 지금과는 달랐다. 대구에도 서점이 많았고 외국서점도 몇 개나 있었으며 특히 헌 책방이 많았다. 헌 교과서나 참고서만이 아니라 헌 교양서나 교양잡지가 얼마든지 있었다. 화랑도 있었고, 클래식 감상실도 있었으며, 좋은 영화를 값싸게 볼 수 있는 영화관도 있었다. 그러나 언제부턴가, 아마도 70~80년대 이후 그것은 서서히 없어졌고, 지금은 대형서점 한두 개만이 남아있다.

## 열정과 상처가 교차했던 대학 생활

1969년, 고 3때 나는 3선개헌 반대 데모를 했다. 나로서는 최초의 현실참여였다. 친구들과 그림을 그리던 아틀리에에서 선언문을 쓰고 플래카드를 그려 데모를 하고 처음으로 경찰서에 잡혀갔다. 그리고 대학입시에 두 번이나 실패했다. 그러나 그 시절에도 나는 여전히 소설이나 사상서를 읽었다.

1970년 재수를 하며 전태일의 죽음을 알았다. 그가 노동법전을 들고 분신했다는 이야기에 노동법을 공부하겠다고 결심했다. 그러나 대구의 2차 대학에 들어가자마자 나는 노동법보다 마르크스를 읽었다. 절대적 진리나 역사적 필연성이라는 말에 숨이 막힐 정도로 흥분하면서. 그리고 그 대학 1학년 때의 《경제학 철학 초고》 번역이 나의 최초 번역이었다. 그 후 마르크스 공부는 1983~85년 일본에서 박사과정을 마칠 때까지 이어졌으나 언제나 회의의 대상이었다.

그 회의란 이론 자체만이 아니라, 고교 시절의 모범생들이 일류 대학에 입학하자마자 마르크스주의에 젖었다가 금방 싫증을 내는 것을 보고 생겨났다. 지금은 모두 언제 그런 적이 있었느냐는 식으로 달라졌지만 1970년대에는 유행처럼 마르크스주의를 읽었다. 아마도 1945년 직후 내 아버지 세대도 그러했을지 모른다. 여하튼 그 마르크스주의란 기껏 경제이론이었고 고작 북한이나 소련 또는 중국中共 경제의 이론이었으며, 그 밖의 다른 차원에서는 문제가 되지 않았다. 친구들이 《자본론》을 이야기할 때 나는 《경제학 철학 초고》나 프롬, 마르쿠제, 사르트르, 카뮈를 이야기했다.

그러나 그런 사회주의 공부는 서울에 간 친구들과의 방학 때 공부였고, 내가 다닌 시골 대학에서는 할 수 없었다. 그 대학에서 무엇을 배웠는지 기억이 없다. 데모 바람으로 수업이 거의 없는 탓이기도 했지만 법과대학 수업은 법전 암기만을 요구하고 있었다. 기껏 학생들과의 스터디에서 토론한 것이 기억에 남아있을 뿐이다. 마르크스주의와 함께 전통과 역사에 대한 관심이 컸다. 그리고 매년 데모에 참가하여 경찰이나 정보부에 끌려갔다. 그렇지만 여전히 난 혼자였다. 혼자 그림을 그리고 음악을 듣고 책을 읽었다.

대학 4학년 시절, 데모가 아니라 노동자의 의식전환이 필요하다고 생각해 노동야학 운동에 뛰어들었다. 성당과 교회를 중심으로 뜻있는 성직자들의 후원을 받아가며 몰래 노동자들을 모아 노동법과 사회상식을 가르쳤다. 그리고 취직을 포기하고 대학원에서 아무도 하지 않는 노동법을 좀더 공부하기로 결심했다. 그러나 학문적인 공부보다 노동야학에 더욱 힘을 기울였다. 그리고 사랑, 군대, 5 · 18을 지나 1981년 서울에서 박사과정에 진학했다.

1980년의 잔인한 5월은 그 참혹했던 늦봄 추위와 함께 노동야학을 함께 했던 후배들을 숨겨주고 나 자신도 숨어 지내야 했던 고통의 시간으로 기억된다. 지금도 내게 그 시간들은 헤어날 수 없는 상처로 남았다. 나는 언제나 주변에 있었기 때문에 다행인지 불행인지 주동자 구속으로부터는 비켜났다. 그래서 늘 구속된 후배들 때문에 괴로워해야 했고, 지금까지도 살아남은 자로서의 회한에 젖곤 한다.

내가 대학 1학년이던 1971년의 일이다. 동급생 하나가 북한방송을 들었다는 이유로 국가보안법에 걸려 재판을 받게 되었다. 그런데 재판에 증인으로 출두한 그 대학 교양학부장인 철학교수가 그 학생을 공산주의자라고 증언했다. 분노한 나는 친구들과 농성을 벌이고 교양학부장의 사퇴를 요구했다. 결국 그는 사퇴했고, 그 학생은 무죄로 풀려났다. 그런데 그 후 10년이 지난 1981년, 대학 전임을 뽑는 심사과정에서 내가 최종 후보로 올라가자 당시 교무처장이던 그 철학교수는 '스승을 능멸한' 나를 절대로 뽑을 수 없다고 했다. 결국 나는 그로부터 다시 10년이 지난 1991년에야 대학 민주화에 의해 겨우 그 대학에 들어갈 수 있었다. 그러나 이런 일은 계속 되풀이되어 지금도 일어나고 있다. 대학은 조금도 변하지 않았다.

10년이면 강산도 변한다는 옛말을 빌릴 것도 없이, 10년이면 아무리 흉악한 범죄라도 처벌할 수 없다는 법 상식을 빌릴 것도 없이, 사람을 판단할 때 10여 년 전 학생 시절의 '실수'가 아니라 교수가 되고자 하는 현재의 인간 됨됨이를 기준으로 판단해야 한다는 상식을 따질 것도 없이, 일방적인 주장으로 판단해서는 안 된다는 법의 기초를 따질 것도 없이, 1년여 동안 그를 가르친 교수로서의 자존심도 거론할 필요 없이, 마녀재판의 악습을 거론할 필요도 없이, 빨갱이는 영원히 빨갱이라는 본질론 정도도 아닌, 데모학생은 영원히 구제 받아서는 안 된다는 그 배타성이 너무나도 절망스러웠다. 교육자가 아니라 개인적 원한에 사무친 권위주의자·응징자·복수자·처형자에게, 최소한 교육을 통한 인간의 발전에 믿음을 갖고 교육자로 살고자 하는 사람이면 절망할 수밖에 없었다.

## 내 인생의 원점이 된 1960년대

나는 1981년 운 좋게 막 4년제 대학이 된 어느 대학의 전임이 되어 지금까지 교수로 살아왔다. 전두환 정권이 집권하던 해에 내가 교수가 되었다는 것은 그 후 오랫동안 나에게는 원죄로 각인되었다. 많은 젊은이와 지식인들이 고통을 받고 있을 때 교수생활을 시작한다는 것은 나에게 조금도 즐거운 일이 아니었다. 그래서 나는 숨어살다시피 했다.

그러나 그 곳에서 10년을 근무하며 마산과

창원의 변화를 보았고 1987과 1988년을 경험했다. 1980년대 초 창원은 내가 태어난 구미가 그러했듯이 그야말로 시골이었다. 그 신흥도시에서 나는 온갖 고통과 어지러움을 보았다. 제3자 개입 금지라는 내가 공부한 노동법의 원칙을 어기며 나는 소년·소녀 노동자들 틈바구니에서 노동법을 가르쳤고, 노동조합을 만들며, 노동운동을 도왔다.

그러나 전임생활은 괴로웠다. 귀족사회에 끼어 사는 상놈 기분이었다. 사실 교수사회는 일종의 귀족사회였다. 시골 귀족 교수들의 권위는 대단했고 그들은 나에게 절대적인 충성과 복종을 요구했다. 물론 나는 저항했고, 그 저항에는 희생이 따랐다.

전두환 정권의 출범과 함께 전임이 된 지 1년 만에 수업시간에 한 말 몇 마디 때문에 나는 급히 외국으로 나가야 했다. 그래서 전공이라는 노동법보다 사회주의와 북한에 대한 공부를 해보겠다고 가까운 일본으로 가서 2년간 소위 마르크스의 원전과 씨름했다. 그러나 얻은 것은 별로 없었고 실망뿐이었다. 지금 뚜렷이 기억하는 것은 그 곳에서 만난 전라도 친구들에게 무조건 경상도 군인들이 저지른 5·18의 용서를 울면서 빌었다는 점이다.

사실 나는 학부 시절 운동권 중에서 유일하게 교수가 된, 아니 유일하게 월급쟁이가 된 유복한 처지여서 언제나 속죄하는 기분으로 살아야 했다. 그래서 운동권 선후배에게 정신적으로, 물질적으로 도와야 마음이 편했다. 가령 전혀 팔리지 않는 운동권 그림 두 점을 1천만 원에 사서 박물관에 기증했던 것도 그런 속죄의 하나였다. 운동권 출신 젊은이들이 출판사를 차리면 그냥 원고를 건네 주었다. 내가 독자라고 생각하는 노동자들이 조금이라도 싸게 책을 사보기를 희망해서이기도 했다. 내 책을 사보는 노동자들을 본 적은 거의 없지만 지금도 그렇게 하고 있다.

1980년대 마산과 창원에서 이런저런 노동운동·사회운동·시민운동·교육운동에 나름으로 열심히 뛰어다녔고 그것이 나름의 역할을 했다고 자부도 하지만, 1980년대 말은 그 지겨웠던 중고 시절 '원수의 공산당'에 대한 반공교육이 적어도 공산당의 운명에 관한 한 옳았음을 증명했다. 그래서 나는 다시 실패했다.

공산당 대신 자본당을 가르친 반공교육이 성공하여, 그것이 우리에게 사상으로 남았다. 바로 돈의 철학이었다. 돈이 전부였다. 돈밖에 없는 우리의 현재는 무사상無思想의 풍토였다. 그렇기에 갖가지 동서양 철학이 '유행'했다. 우리에게 철학이 없기 때문이었다. 그런 풍토이기에 서양에서 불어오는 철학은 한갓 계절풍에 불과했다. 최근에 분 것은 포스트모더니즘 바람이다. 그런데 그 선구자로 니체가 다시 등장했다. 니체 르네상스. 여하튼 나는 여전히 10대 초로 돌아갔다. 나의 20세기는 전혀 발전의 시대가 아니었다.

나는 다시 사상의 골짜기에서 방황했다. 여러 종교를 편력했고,

많은 예술을 훔쳐보고자 노력했다. 마산과 창원에서의 10년은 그런 방황의 은둔 시절이었다. 어떤 사회변화에도 앞장서지 못하는 점에 대한 괴로움 속에 그 변화의 본질이나 방향만이라도 탐구해보고자 하는 욕심으로 관념과 허상의 세계에 빠졌다.

내가 처음으로 낸 책은 1985년 《세계의 최저노동기준》이라고 하는 노동법의 번역서이다. 노동법에서는 19세기의 출발점에서부터 국제적 보편성이라는 것을 중시했고 20세기 초부터는 ILO국제노동기구를 중심으로 최저노동기준을 제정해왔으나 당시 우리나라에서는 그 점이 전혀 소개되지 못해서 번역한 책이었다.

이어 국제인권법과 미국인권법, 법학과 법조인 비판, 자본주의법과 사회주의법의 비교라는 법학 관련서의 번역을 계속했다. 인권 역시 국제적 보편성이라는 성격을 기본으로 하지만 당시 인권에 대한 논의는 우물 안 개구리처럼 너무나 협소했기에 새로운 개안을 촉구하기 위해 소개한 것이었다. 또한 《저주받으리라, 법률가》를 비롯해 법학 내지 법률가에 대한 비판서를 소개하고 비교법이라는 관점을 제시한 것도 사법시험 절대주의에 젖은 법학교육과 사회풍조에 나름으로 경종을 울리고자 출판한 것이었다. 나로서는 당시의 보수적인 법학계에 신선한 충격을 던졌다고 자부한다.

그러나 당시 나의 더욱 큰 관심 분야는 사상이었다. 자본주의와 사회주의 양측에 대한 실망에서 비롯된 제3의 길을 모색하기 위한 사상의 탐구는 권력에 대항하는 인간의 자유와 자치 그리고 자연을 회복해야 한다는 나름의 근대문명 비판과 모색으로 나아가게 했다. 그래서 근대문명을 상징하는 학교·병원·자동차·여성노동에 대한 일리히의 비판서와 푸코와 《감시와 처벌》을 번역하는가 하면, 아나키즘에 흥미를 느꼈고, 사이드의 《오리엔탈리즘》을 번역하기도 했다. 그러나 그것은 특별한 변화가 아니라 사실 10대에 읽은 니체, 롤랑, 간디와 톨스토이의 변주에 불과했다.

나는 지금도 나의 10대를 벗어나지 못하고 있다. 남들은 3, 40대면 더욱 성숙한다고들 하는데 50대인 나는 지금도 10대에 읽은 책이나 당시의 생각에서 그다지 발전하지 못했다는 생각이다. 그 점에서 내게는 나의 1960년대가 너무나 소중하다. 어쩌면 나는 그 시대에 사로잡혀 거꾸로 가는 반동 인간인지도 모르겠다. 여하튼 1960년대는 나의 20세기의 원점이다.

## 자유·자치·자연

1989년 나는 미국의 하버드 로스쿨에서 1년 반, 이어 영국의 노팅엄 대학에서 1년을 유학했다. 그 동안 주로 공부한 것은 국제인권법과 국제노동법이었고, 아울러 문명비판에 대한 독서와 연구도 이어졌다. 아마도 그 2년 반은 나에게 가장 행복한 학구생활이었으리라. 그러나 동시에 동양인으로서 서양인에 갖는 콤플렉스도 심

1989년, 내가 37살일 때 미국 하버드의 로스쿨에서.

각하게 경험했다.

그 후 1991년, 10년 만에 앞에서 말한 대로
힘겹게 모교로 돌아왔으나 충성과 복종 및 사
교의 요구는 모교라는 중압감과 함께 더욱 컸

고, 그것에 대한 거절은 더욱 큰 보복과 갈등을 초래했다. 그러나 나는 연구와 강의 및 봉사라는 교수의 본래 직분에만 충실하고자 노력했다.

특히 1980년대 말에 발족한 민주주의법학연구회와의 만남과 전두환·노태우 재판을 비롯한 법률운동, 그리고 현대사상과 인권·법의 사회적 연구, 사법의 민주화, 시민재판, 헌법·노동법·사회보장법 비판, 위안부 문제에 대한 국제인권운동, 노동조합운동사 연구 등은 그런 보복이나 천박함을 잊게 했다. 내 생애에 가장 보람찬 만남과 운동이라고 해도 좋다. 나의 학문과 사회생활에서 그렇게 의미 있는 시절은 다시없으리라.

이어 1990년대 후반에는 어쩌면 조금은 무모한 다작의 시대로 접어들었다. 그 동안 나에게 끝없이 사랑과 회의의 대상이었던 수많은 예술과 사상의 회오리를 하나씩 책으로 내보고자 했다. 그래서 법과 예술, 미술과 오페라의 사회사, 반전과 평화의 미술사, 사회생태주의, 아나키스트 유토피안 윌리엄 모리스의 평전과 그의 《에코토피아 뉴스》 번역, 스페인 아나키스트 교육운동가 페레의 평전, 빈센트 반 고흐와 오노레 도미에 그리고 고야를 노동자 화가로, 베토벤을 노동자 음악가로 재해석한 평전을 냈다. 이어 카프카와 카뮈와 오웰과 몽테뉴에 대해 권력에 대항한 아나키스트적인 성향을 강조하는 평전을 썼다.

항상 되풀이하는 변명이지만 내가 아나키즘 또는 아나키스트라고 하는 것은 테러리즘의 그것이 아니라 자유·자치·자연이라는 가치를 갖는 사상을 말한다. 나는 그것을 삼민주의처럼 삼자주의라고 부르지만, 나는 그런 나의 사상을 스스로 엮어낼 자신이 없어 그런 사상을 지녔다고 판단되는 사람들의 평전을 통해 독자들에게 전달해보고자 노력했다. 그리고 가능하면 그들의 삶을 닮아보려고 노력했다.

1998년의 일이다. 나는 순서에 따라 어쩔 수 없이 학장을 맡게 되었다. 그러나 학장으로 있으면서 가능한 한 복잡한 회의와 회식을 줄이고 학장실도 사용하지 않았다. 2년간 거의 매주 열린 총학장 회의에서 내가 한 말은 오직 한 마디, 이런 회의를 가능하면 없애자는 것이었다. 1999년 가을에 나는 시골로 왔고, 그 해 말부터 대학 내외의 모든 보직을 거부했다. 그리고 대학측에 회식을 포함한 모든 사교 모임의 불참을 공식으로 선언했다. 물론 그것에 대한 보복은 처절했다. 그러나 다시는 교수들의 사교장에 돌아가지 않았다.

1990년대 나는 여러 매체에 글을 썼고 특히 마지막에는 안티조선 운동에 뛰어들었다. 그러나 시사평론이라는 것이 나의 체질에 맞지 않아서 여러 글로 고초를 겪다가 결국 KBS PD의 문제점을 지적한 글 하나로 명예훼손 고소를 당하는 사태가 일어났다. 지금까지 해결되지 않은 채 며칠 전에도 검찰의 조사를 받은 입장에서 그 사건을 말하고 싶은 생각은 추호도 없다. 그렇지만 다시는 그런 매체 글을 쓰고 싶지 않을 정도로 공익을 위해 글을 쓴다는 것이 얼마나 힘든 일인지는 실감했다.

## 지금도 득세하는 대학의 분단세력

이 글을 쓰기 시작한 2005년 2월 22일 아침 신문에서 서울대 미대 디자인학부 교수들이 김민수 전 교수에 대한 재임용 결정에 반발해 집단사표를 제출했다는 소식을 보고 너무나 놀랐다. 한 직장인이 부당해고로 해직되었다가 7년의 재판투쟁을 통해 복직된 경우, 그를 해고시킨 사용자가 반발하는 경우는 있어도, 그 직장 동료 전원이 반발하여 사표를 내기로 한 직장이 있다는 이야기는 없었기 때문이다. 우리나라만이 아니라 동서고금에서도 들어본 적이 없다. 지금까지 있었던 교수 재임용 사건에서도 그런 경우는 본 적이 없다.

그러한 사례가 없다는 것을 놓고 어떤 사람은 그렇게 사표를 던질 용기가 없었던 탓이라고 비웃을지 모른다. 그러나 나는 최소한의 동료의식이라도 있어 동료가 복직된다고 하면 사표를 던지기는커녕 환영했으리라고 생각했다. 나아가 직장에 대한 사랑도 무시 못한다. 게다가 일반 기업체도 아닌 교육기관에서 교수들이 직장을 그만둔다면 학생들 수업이나 활동은 어떻게 된다는 것인가?

잘 알려져 있듯이 김 교수는 서울대 미대 일부 스승 교수들의 친일행각을 지적한 논문을 썼다는 이유로 7년 전 재임용을 취소당했다고 한다. 그러다가 7년 만인 최근에 법원으로부터 그 취소를 취소하라는 판결을 받았고, 이에 서울대로서는 당연히 그의 재임용을 결정한 것이었다. 그런데 이번에는 그 동료 교수들이 반발한다는 것이다.

노동자로서의 계급의식이라는 말을 교수들에게 사용하기가 몹시 어색하다고 해도 또 개인적으로는 호불호가 있다고 해도 같은 교수 신분이라고 하는 동료의식, 누구나 재임용 탈락이라고 하는 불이익을 당할 수 있다는 동류의식에서 나오는 최소한의 공감대라도 없다는 말인가? 사용자로서의 국가권력이나 자본이 적이 아니라 같은 노동자 사이의 적대감정으로 인해 소수 의견의 노동자가 희생되어야 한다는 것인가? 그야말로 아이들의 왕따 심리가 그대로 어른들의 직장에도 적용되는 것이 아닌가?

재임용 문제의 본질을 말하자면 교수로서는 도저히 함께 살 수 없다는 것이 아닐까? 이것이 우리 대학의 현주소가 아닐까? 재임용에 필요한 객관적인 요건을 모두 갖춰도 학과 교수들과 잘 어울리지 않는다는 이유로 함부로 탈락을 시키는 것이 우리 대학이고 교수들이 아닐까?

이처럼 외국에서는 상상도 못할 일이 이 나라에서는 버젓이 행해지고 있다. 교수는 자신을 포함해 교수들을 연구와 강의에 뛰어난가 아닌가로 판단하지 않고 동료들과 잘 어울릴 것인가, 자기들의 스승을 무조건 존경할 것인가, 요컨대 자기들 편인가 아닌가로 판단한다. 즉 대학의 교수사회란 일종의 사교클럽이 되었다. 사교적이지 않은 자는 교수가 될 수 없으니 추방되어야 한다는 것이다. 그 사교성만이 교수를 판단하는 유일한 잣대인 셈이다.

그 사교성이 교수가 되는 첩경임은 옛날부터 신임 교수의 손바닥에는 손금이 없다는 풍자로 널리 알려졌었지만, 최근 10년을 전후해 총학장 선거제가 대학에 도입되면서 그 사교성이 더욱 강조되었다. 그 후보들이 사교적이지 않으면 당선을 바라볼 수 없을 뿐만 아니라, 그 선거 팀의 구성이나 당선 뒤의 총학장 팀의 구성에서도 사교성은 절대적인 요소가 되기 때문이다. 그리고 그 사교성은 적과 동지라는 구별 아래 패거리 집단주의의 본질이 되어 적에 대해서는 무참한 죽이기로 변신한다.

교수들이 새로운 교수를 뽑을 때에도 (사실 뽑기도 대단히 싫어하여 우리의 교수 수는 끔찍하게 적고 세상에 유례가 없을 정도로 비정규직 강사가 많지만) 가장 크게 신경 쓰는 것은 나이와 인성이다. 나이는 무조건 어려야 하고, 인성은 오로지 복종적이어야 한다. 실력은 그 다음이다. 아니 실력은 없는 편이 더 좋다. 실력이 있다고 나서는 꼴도 봐줄 수 없기 때문이다. 더욱이 진보적인 성향의 교수는 무조건 안 된다고 보는 것이 옳다. 그 이유는 간단하다. 대부분의 교수들이 보수적이기 때문이다.

우리 학문이란 것도 이런 것이다. 일제 이후 최근의 군사독재까지 우리 학문이란 사실 친일과 친독재적인 요소로부터 자유롭지 않다. 많은 대학의 여러 교수나 지식인들이 그런 혐의에서 벗어날 수 없다. 자신들의 치부를 스스로 비판하는 교수들이 많아야 그 치부를 벗어날 수 있겠지만 지금은 그것을 감추기에 급급하고, 그것을 폭로하는 자를 죽이기에 급급하다.

마음에 안 들면 죽이기, 쥐도 새도 모르게 없애버리기, 그야말로 삼족을 멸하기, 이것이 우리의 20세기이다. 분단의 비극도 그것에서 생겨났다. 모든 인간관계를 적과 동지로만 구분하는 것, 어제의 동료가 오늘은 원수인 관계.

그것이 우리의 20세기이고 이것의 은폐에 급급했던 것이 20세기라면 지나친 말일까?

## 대학 사회의 기묘한 좌우명

적어도 지난 40여 년, 4·19 이후 우리의 대학이 민주화에 앞장 서 왔지만 이때의 대학이란 정확하게 말해 '대학생'이었지 '대학 교수'가 아니었다. 그것도 뒤에 대학 교수가 된 대학생을 뺀 소수의 대학생이었다. 또한 민주화의 지적 토대는 대학 교수들의 학문이 아니라, 소수 대학생들의 자발적인 학문, 즉 스터디라고 불린 강의실과 연구실 밖의 학문이었다. 그런 의미에서 우리의 학문사나 지성사는 대학 교수의 것이 아닌, 캠퍼스 밖의 그것으로, 강의실과 연구실 밖의 그것으로 다시 쓰여져야 한다.

지난 수십 년 대학생들이 외친 민주화와 아무런 관련이 없는 교수들은 군사부 일체의 전통 탓인가, 아니면 타고난 요령 탓인가, 아니면 남들이 데모로 붙잡혀 갈 때 외국에서 유학을 누리며 받은 외국 학위의 권위 탓인가 아무런 문제없이 건재하다. 심지어 상당수 반민주적이고 반민족적인 대학 교수조차 일제 이후 지금까지 대학에서 정통이자 전통으로 건재하고 있다. 참으로 희한한 일이다.

나는 우리 교수들 대부분은 태생적으로 보수적이라고 생각한다. 사실 우리의 학문이란 정치적 변화와는 무관한 것으로 여겨져

왔다. 특히 우리 학문의 대종인 미국을 비롯한 소위 선진국 학문 자체가 그렇다. 그러나 자연과학이나 응용과학은 물론 인문과학, 심지어 사회과학조차 제국주의적이고 자본주의적이란 점은 이제 숨기기 어렵다.

가령 10여 년 전 전두환·노태우 재판문제에 대한 법학자들의 다수의견은 성공한 쿠데타는 처벌할 수 없다는 검찰 논리 바로 그 것이었다. 당시 그들을 재판해야 한다고 주장한 법학자들은 그야 말로 소수에 불과했고, 2004년의 탄핵에 대한 의견에서도 이러한 성향은 마찬가지였다. 그 소수나마 지금은 전체 비율로 보면 더욱 약화되었다.

그런 극소수를 제외하면 교수들이 대학생들에게 민주화를 가르 친 적이 거의 없다. 도리어 교수들 상당수는 독재정권의 사주를 받 아 또는 아예 자발적으로 학생들의 데모를 막았고, 데모에 나선 학 생들을 처벌했으며, 그 학생들이 사회에 나서는 것조차 방해했다. 나는 최근, 십여 년 전 학부시절에 학생들의 데모를 말리는 교수에 게 말로 항의했다는 이유 하나만으로, 실력이 가장 우수한 후보자 를 대학 교수로 임용할 수 없다고 결정한 어느 대학 다수 교수들의 횡포를 목격한 적이 있다.

데모를 말리는 교수에게 항의하는 것은 1970년대 유신 시대나 1980년대 전두환 시대였다고 해도 징계감이기는커녕 그 순간의 꾸중감이었을지 모른다. 더욱이 데모가 더욱 심했던 1990년대 초에는 그런 것을 이유로 학칙으로 처벌하는 것은 고사하고 개인적으로 불러 훈계조차 할 수 없었으리라. 당시에는 데모가 일상적이었다고 해도 좋았다. 따라서 1980년대 말에는 보수적이었던 대부분의 교수들은 분노하면서도 제대로 말을 못했으리라. 1987년 이후 우리 사회의 대세가 꽤나 변한 탓이다.

그 후 그들은 십 수년간 고개를 숙여 오다가 최근 민주화를 맞아, 그리고 IMF 경제위기를 맞아, 나아가 박정희 부활을 맞아 별안간 다시 반발하고 있다. 수구세력은 김대중 정권, 특히 노무현 정권이 들어서면서 더욱 노골적으로 반발하고 있다. 즉 그 동안 와신상담하며, 그 학생이 바로 자기 곁에서 석사나 박사를 마치고 몇 년간 강사 생활을 해오던 10여 년 동안 마음속에 칼을 갈며 지켜보다가, 이제 전임이 되려고 하는 21세기가 오자, '스승을 능멸한 비도덕적인' 과거를 들먹이며 결사적으로 반대해 한 인생을 망치고 저주하는 것이다. '스승을 능멸한 비도덕'의 엄금嚴禁이라는 우리 대학의 좌우명은 여기서도 진리이다.

## 소수자가 추방당했던 시대

아버지나 스승이나 남편 또는 상관이나 상사나 조직, 권력이나 체제나 권위에 대한 정당한 비판이 비도덕적인 능멸로 평가되어 그 삶을 절멸당하는 사태는 우리 20세기의 가장 심각한 비극이다. 따라서 이 나라에는 정당한 비판이 있을 수 없다. 그것은 비인간적인 비행이고, 법적으로도 명예훼손으로 처벌되어야 할 범죄로 너무 쉽게 몰리기 때문이다.

나는 지성의 전당이라는 대학에서 지난 30여 년 동안 다수의 교수에게 이단으로 몰리며 살아왔다. 다수에게 반발해도 김 교수처럼 7년을 학교에서 쫓겨나진 않았으나 사실 쫓겨난 것과 다름없이 살아야 했다. 다른 교수들과 사교하지 않는다는 이유에서였다.

그것이 1980년대 말 사회민주화의 부산물로 얻어진 대학 총학장 직선제로 인해 더욱 깊이 병들고 있다. 그야말로 골목 깡패 민주주의이다. 그래서 패거리를 조종하는 정치적 요령꾼들이 대학을 움직이고 소수자를 배제한다. 대학은 이제 패거리 막가파 다수집단의 횡포로 움직여지고 있다.

우리는 걸핏하면 대학과 지성의 존엄을 말하지만 그것이 자유와 자치를 생명으로 한다는 것에는 조금도 관심이 없고, 오직 양심에 충실한 소수 반대자에게 집단적 횡포와 획일적 판단의 희생을 강요할 뿐이다. 양심적 병역거부에 대한 국가적·사회적 거부나 양심적 내부 고발자에 대한 국가적·사회적 고발과 마찬가지로 양심적 학문의 소수에 대해서도 다수는 참지 못하고 억압을 가한다.

그리고 그런 양심적 학문의 소수에 대한 관용이라는 인권의 최소 미덕을, 학벌 패거리를 본질로 하는 우리 학계는 도저히 인정하지 못한다. 대학의 자치라고 하는 헌법적 가치를 조금이라도 수용한다면, 최소한 지성이라는 이름 아래 소수자에 대한 관용을 인정했어야 하거늘 그렇지 못했기에 결국 사법이라는 권력이 나선 것이다. 그러나 법이 인정하는 사회적 상식의 기준조차 거부하는 것이 지금 우리 대학의 모습이다.

대학만이 아니다. 나는 나의 가족이나 친족 안에서도 이단이다. 나아가 초중고대 학교에서도 이단이어서, 그 어떤 동창회에도 나가지 않았다. 물론 나는 국가사회나 지역사회에서도 이단이다. 여기서 이단이라는 표현은 소수자라는 것으로 남에게 어떤 피해도 끼치지 않는 다른 의견의 소유자라는 것에 불과하다.

나는 이 글에서 20세기에 대한 통찰을 할 생각도, 여유도, 능력도 없다. 제발 우리 사회가, 우리 대학이 소수자의 인권보호라고 하는 민주주의의 기본적 원리라도 제대로 지킬 수 있기를 바랄 뿐이다. 그래서 다시는 김민수 교수 같은 희생자가 나오지 않고, 데모를 했다는 이유로 임용 자체를 거부당하는 젊은 학자들의 희생이 더 이상 없으며, 대학·사회·가족이 패거리 막가파의 횡포와 획일주의로부터 벗어나기를 바랄 뿐이다.

우리의 20세기의 특징은 한 마디로 천박함이다. 여유 있고 세련된 고상함은 야유 받고 원시적인 적대감의 천박함만이 지배한다. 관용과 교양은 멸시되며 매도와 전문이 예찬된다. 사회 어느 구석에나 전문가바보만이 우글거리고, 그 전문가바보들은 사교단체를 이익집단으로 만들어 서로 죽고 죽이는 힘겨루기의 밑천으로 삼아 생존경쟁의 정글 법칙에 순응한다.

한때 권력에 대항하는 인민이나 민중으로 숭상된 대중의 일부는 이제 서로가 서로를 죽이는 천민이나 우민으로 타락했다. 교수까지 포함하는 그들은 처음부터 천민이자 우중이었는지 모른다. 그들에 의해 유지된 군사독재가 사라지자 끝없이 그것에 대한 향수를 만들고 있는 것이다. 바로 우리 시대의 천박함 때문에 어쩔 수 없는 것인지도 모른다.

민주주의가, 그 우중(다시 강조하지만 여기에는 나와 같은 교수들이 포함된다)의 다수결로 타락하는 역사를 끝없이 지켜보면서도 그 우중이란 군사독재의 조작일 뿐 실체는 성스러운 민중이라고 생각했다. 그러나 그 우중은 여전히 조금도 변함 없이 존재한다. 나 자신 그렇고, 나의 부모가 그렇고, 나의 형제가 그렇고, 나의 동료가 그렇다. 대학 교수들도 예외가 아니다.

남한과 북한은 가장 단순하게 제도화된, 니체와 마르크스로부터 비롯된 전체주의임에도 적과 동지의 관계로 형성되었다. 그러나 사실은 그들만큼 반反전체주의적이고, 개인주의적인 사상가들도 없었다. 마르크스와 니체는 각각 근대 천민자본주의의 경제적, 문화적 천박함에 분노했다. 그러나 우리의 현실에 있는 마르크스와 니체는, 죽고 죽이는 적대관계의 공산주의자와 엘리트 전체주의자로서 우리의 분단을 결정짓고 있다. 신채호의 말처럼 한반도에 들어오면 모든 것은 도그마로 왜곡되는 것인가?

그러나 문제는 간단하다. 소수자에 대한 관용이라는 인권의 기본상식, 인간 서로에 대한 믿음과 신뢰라는 민주주의의 기본원리를 지킨다면 김민수 교수 사건은 처음부터 없었다. 아니 학문이 권위에 대한 비판에서 비롯된다는 대학의 기본 원칙이라도 있었다면 그런 사건은 없었다. 상식과 원리와 원칙의 확립이 너무나도 시급하고, 그것만이 답이다.

물론 나는 나름의 비전으로 앞에서 말한 자유 · 자치 · 자연에 대한 믿음을 지금도 가지고 있다. 그러나 그것은 여전히 꿈이고, 아마도 21세기에 더욱더 열심히 고민해야 할 과제가 되리라. 그래서 20세기도 나에게는 이제 그 고민의 터전이 되어야 하리라.

# 멀티 인간, 실용 인간, 여자 인간의 '일'

김진애

도시건축가, (주)서울포럼 대표. 서울대 건축과 학사. MIT 대학 건축 석사 및 도시계획 환경설계학 박사. 1994년, 미국 《타임》에서 '차세대 리더 100인'으로 선정. 저서로는 《이 집은 누구인가》, 《남녀열전》, 《우리도시예찬》, 《나의 테마는 사람 나의 프로젝트는 세계》, 《자라기》 등.

나에게 붙은 꼬리표는 꽤 많다. '건축가, 도시설계가, 도시계획가, 컨설턴트, 디자이너, 칼럼니스트, 작가, 평론가, 웹진 디렉터, 출판기획가, 사장, 박사, 정치인, 《타임》이 꼽은 차세대 지도자' 등등. 그런데 이런 꼬리표들 외에도 내가 하는 일은 훨씬 더 많다. 나는 전형적인 '멀티 인간복합 인간'이다.

"중도강경파입니다." 좌중에 와르르 웃음이 터졌다. 정치 토론에서 나의 정치 성향을 묻는 진행자의 직격 질문에 대한 직격 답변이었다. 그렇다. 나는 중도다. 사람들이 웃은 이유는 '강경'이라는 말 때문이리라. 통상 강경이란 말은 보수 또는 진보에 붙으니까 말이다. 강경이라는 나의 표현은 내가 '실천'을 중요시한다는 뜻이다. 나는 전형적인 '실용 인간'이다.

사람들이 별로 묻지 않지만 내가 절대로 잊지 않는 삶의 조건이 있다. 이른바 '남성적 분야'에서 일해 왔고, "남자보다 더 남자 같다"는 말도 적잖이 듣고, 남자들이 "왜 김진애 앞에만 서면 작아지는가" 하고 곧잘 농담을 하지만, 나는 잊지 않고 또 잊지도 못한다. 나는 여자다. 하나의 '여자 인간'이다.

멀티 인간, 실용 인간, 여자 인간이 우리 사회에서 살아간다는 건 그리 쉽지 않다. 내가 특별히 힘든 인생을 보낸다는 뜻은 아니다. 다만 딜레마를 많이 겪을 수밖에 없다. 우리 사회의 이른바 주류란 '단선單線적이고, 이념·추상·원론적이며, 남자적'이기 때문이다. 내가 우리 사회를 비판하는 대목이고 또 변화시키고 싶은 대목이다.

'멀티, 실용, 여성'의 덕목이 제대로 서야 우리 사회에 미래가 있다는 것이 나의 소신이다. '강경하게, 즉 실천적으로' 그렇게 생각한다. 복합적이고 불측다변不測多變의 상황에 대처하는 전략적 역량이 필요하며멀티, 만들어내고 실현해내고 제대로 작동되게 하는 일에 무게를 실어야 하며실용, 유연하고 관계적이고 통합적이고 대승적이 되어야 한다여성.

## 김진애의 '인간의 조건'

왜 이런 내가 되었을까? 20대까지만 하더라도 나의 변화를 매년 추적하곤 했었다. 핵심 키워드를 찾아냈고, 정신 트렌드를 분석했으며, 실천 맵을 그리기도 했다. 지금은 나를 들여다보는 것보다는 사회와 세계 안에서 뭔가 하는 것에 더 많은 에너지를 쓰고 있다.

이 글을 쓴다는 것은 나 자신을 다시 들여다보게 해준다는 것이리라. 젊은 날 내가 처했던 인간의 조건은 무엇이었을까? 왜 나는 멀티 인간, 실용 인간이 되었을까? 여자 인간이라는 구조적인 조건은 어떻게 작용했을까? 지금 나의 인간의 조건은 무엇일까?

나는 20세기와 21세기를 반반씩 살고 떠날 것이다. 한국전쟁이 끝나는 시점에 태어났으니 전쟁이나 큰 불행을 직접 겪지 않았다. 어쩌다 건축과 도시를 택했는지 축복과 도전의 선택이었다. 이공계에서 출발한 커리어 때문에 이념 갈등 현장의 고난을 크게 겪지 않았지만, 사회 주류에서는 밀려나 있던 편이다. 현대 한국 정치에서 가장 어두웠던 1980~87년 동안 유학으로 대한민국을 떠나 있었다. 그 시절 동안 지금 우리 사회가 고민하는 세계화와 신자유주의 흐름에 대한 의문에 빠져 있었고, MIT라는 혁신의 최전선에서 정보혁명의 엄청난 흐름을 일찍 맞닥뜨렸다. 20세기 말, 나는 21세기를 생각했다. 그리고 21세기 초 엄청난 변화를 몸으로 느끼고 있다. 내가 무엇을 할 수 있는가 또한 해야 하는가 고민한다. 나는 진행형 인간이다. 끊임없이 진화한다. 나 자신에 대한 평가는 이 세상을 떠날 때쯤이나 해 보련다.

## '독립'은 나의 성장 동기

나는 1남 6녀 중 셋째로 태어났다. 어떤 집안 분위기인지는 가히 짐작이 되지 않는가. "불알을 차고 나왔으면" 하는 친척들의 말을 어릴 때 가장 듣기 싫어했으며, 단 하나 아들인 오빠 중심의 분위기를 석연치 않아 했고, "있는 건 딸밖에 없습니다"라는 아버지의 농담에 찜찜해했었다. '자의식화'되는 여자의 성장 배경에 집안의 풍성한 여자들 사이에 싹트는 자매애가 크게 작용한다고 하는

데, 내가 그 경우다.

나는 공부 제법 잘하고 말썽 안 피우는 '모범 자식'에 속했고, 몸이 약한 편에 또 수줍은 척 내숭도 피울 줄 알았던 모양이라 꽤 귀여움을 받았다지만, 어릴 적 집안은 못마땅한 것투성이었다. 내가 자주 도망갔던 곳은 만화가게였고, 책을 읽으면 누구도 방해를 안 한다는 사실을 간파한지라 책 세계에 일찍이 발을 내디뎠다.

우리 집은 그 시대 보통 가족이다. '농農'에서 '상商'으로 변신한 중산층이자 전통적인 대가족이다. 둘째 아들이지만 버팀목이 되어야 했던 아버지의 역할과 그에 따른 엄마의 역할은 튼실한 역할 모델이었다. 건강하고 부지런하고 활기차고 어떤 상황에서나 '해내야 한다'는 현실적인 성정이다. 아버지의 유명한 대사는 "아래 보고 살어!"였고, 엄마의 철학적 대사는 "짐은 질 수 있는 사람에게 온다"였다. '성장과 분배에 대한 적절한 안배'는 집안에서 항상 중요한 이슈로 등장했었다. 그래서인지, 나는 부자 되기에 전혀 거부감이 없지만 주위를 헤아리지 못하는 부자들에 대해서는 그 삶이 안쓰럽다.

어릴 적 내가 가장 갑갑해했던 것은 '돈 타 써야 하는 엄마의 입장'이었다. 훨씬 더 일을 많이 하는 엄마가 돈을 직접 벌지 않는 집안일을 한다는 구조적 현실 속에서 '그 돈이 뭐길래' 때문에 속을 끓일 때마다 나는 같이 수모감을 느끼곤 했는데, 이건 확실하게 나의 성장 동기가 되었다. "내가 벌어서 살 거야!"는 나의 절대 의지였다. 경제적 독립은 존재의 존엄성과 주체성의 기본이라는 생각에는 그때나 지금이나 변함이 없다.

유추해보건대, 건축을 택했던 것은 '대체로 남자들이 한다니 어디' 하는 마음이 작용했을지도 모르겠다. 작가나 심리학이나 사회학 등에 관심 많던 인문적 소양과 꽤 그림 잘 그리던 미술 취향을 과감하게 떨쳐버리고 이과를 택하고 그 중에서 건축을 택한 것에는 어릴 적 느꼈던 여자 인간의 조건이 작용하지 않았을까? '자본으로 얽히는 파워 게임', '성차별이라는 구조적 판도'에서 살아남고 싶다는 생존의 욕구, '살아남기'란 역시 가장 큰 성장 동기다.

## 1년 동안 오직 공부만 하리라

사람들은 내가 속칭 일류 학교들을 전전했는지라 공부 엄청 잘했으리라 생각한다. 요즘의 수능 잣대로는 그럴지도 모르겠으나 당시 내가 속한 학교에서는 그저 그런 편이었다. 이화여중에 들었지만 첫 성적표를 받고 내가 이렇게 공부를 못할 수 있다는 사실에 깜짝 놀랐다. 큰 세상에서 자신이 얼마나 작은 지 깨닫게 된다고 하지 않는가. 성적은 좀 나아졌지만 고교 지원할 때도 나는 혹시 낙방하지 않을까 걱정하는 수준이었다.

중고교 시절의 나를 기억하는 선생님은 별로 안 계실 것이다.

성적이 뛰어난 것도 아니고 특기가 뛰어난 것도 아니고 특이한 행적을 보인 적도 없다. 동창들도 나를 별로 기억하지 못한다. 그저 평범한 학생이었다. 심각한 인상이었다는 얘기는 나중에 듣곤 했다. 좋게 말하자면, 나는 속으로 칼을 갈고 닦았던 셈이라고 할까.

이화여중고에 다닌 것은 축복이었다. 프랑스혁명의 기치인 '자유, 평등, 박애'는 아니었지만 교훈이 비슷하게 '자유, 사랑, 평화'였다. 자유롭고 개방적이고 미션스쿨답게 사회봉사 가치관이 배어 있는 분위기이고, 아름답고 스토리 많은 교정은 꿈을 키워 주었다. 《성경》과목만큼은 항상 만점 수준이었고 아주 흥미로워했다. 나는 지금도 "수고하라!"라는 말을 아주 좋아한다. 성경 공부를 제대로 한 것은 나중에 내가 서구 문화 심리를 이해하는 바탕이 되었다. 그것은 초등학교 시절 달달 외워버리다시피 한 《그리스 로마 신화》와 더불어 서구 문화의 두 축, 헬레니즘과 헤브라이즘을 깊이 이해할 수 있는 관문이 되었으니까.

영화와 책은 당연히 가장 큰 세계였다. 겉으로는 모범생인 척했지만 머리 기르는 학교에 다닌 덕에 또한 어른스런 외모 덕에 영화관을 자유자재로 드나들 수 있었다. 대한극장 앞의 재개봉관 아테네 극장은 나의 단골 아지트였다. 솔직히 말하자면, 일주일에 한 편 이상의 영화를 보곤 했다. 책도 그 수준으로 봤으니 어디 공부 그리 했겠는가.

이 시절의 인상 깊은 영화를 꼽으라면 〈아라비아의 로렌스〉, 인상 깊은 책을 꼽으라면 로맹 롤랑의 《장 크리스토프》, 최인훈의 《광장》, 김승옥의 《무진기행》, 박경리의 《시장과 전장》이다. 내 성향이 짐작된다. 이 시절 참신하게 다가왔던 기억. 박경리 선생이 여자라는 것을 뒤늦게 알았던 순간이다. 책에 사진이 실리지 않았거니와 도대체 글에서 '통념적 여성'을 느낄 수 없어 막연히 남성 작가라 여겼었는데 여성이라니, 가슴이 시원해졌던 순간이다.

돌이켜보면 나의 중고교 시절인 1960년대 중후반은 20세기 중 국내 정치적으로 가장 평온했던 시기였다. 한국전쟁의 발견, 4·19와 5·16, 화폐개혁, 케네디 대통령 암살, 그리고 베트남 참전은 초등학교 시절의 나에게조차 파동을 몰고 왔지만(집안과 동네가 온통 술렁거렸던 강렬한 장면들이 남아 있다), 60년대 중후반은 그나마 독재의 그림자도 아직 강하지 않았고 경제 발전에 대한 사회적 합의가 있었기 때문이리라. 나의 사춘기 시절은 큰 외부 동요 없이

나 자신과의 싸움, 나의 발견에 정력을 쏟았던 때인 듯싶다.

많은 소신들이 사춘기에 세워졌다. "다시 태어난다면 그래도 여자"라 발설했던 것도 그때다. 여성의 도덕적? 우위, 체험의 넓이와 깊이가 맘에 들었다. 건축을 홀로 택하고 가슴에 비밀로 묻어두었던 것도 그때다. 의대는 절대로 안 가고 법대도 안 가리라고 공연히 혼자서 방패를 세웠던 것도 그때다. '힘'이라는 단어가 가장 매혹적인 말이라고 발설했던 것도 그때다. '나는 누구인가, 무엇을 해야 하나'라는 인생의 초기 과정을 나름대로 진지하게 대했던 셈이다.

성적도 별로 시원찮던 고 2 겨울방학이 시작될 무렵 나는 결심했다. 앞으로 1년 동안 오직 공부만 하리라. TV도 소설책도 영화도 안 보리라. 참으로 독하게도 나는 이 결심을 지켰다. 지금 돌아봐도 이해가 잘 안 된다. 어떻게 그럴 수 있었을까? 그렇게 한 번 독해봤던 것은 확실히 좋은 훈련이 되었다. 집중할 때 집중할 수 있다는 자신감이 생긴 것이다.

그렇지만 고백하자. 나와의 약속을 단 한 번 깼다. 뜨거운 여름방학 중 하룻동안의 일탈, 땀을 뻘뻘 흘리며 그 날 고미카와 준페이의 《인간의 조건》을 읽었다. 태평양전쟁에 휘몰린 그 남자를 따라 나는 중국 대륙을 횡단하면서 인간의 잔혹함, 전쟁의 잔인함에 진저리치며 이 책을 읽어냈다('인간의 조건'이라는 제목의 책은 두

권이 더 있다. 앙드레 말로의 것과 철학자 한나 아렌트의 것. 한나 아렌트의 작업은 나중에 80년 대 초 나의 인생에 큰 획을 그어준 책이다. 나는 '인간의 조건'이라는 말을 썩 좋아하는 모양이다).

이 책을 읽고 나니 입시 공부한다는 것이 참 쓸데없는 짓으로 보였다. 이렇게 큰 세계에서 이렇게 소소한 공부를 하고 있어야 한다니 ……. 자칫 이런 유혹에 빠지다가는 큰일난다. 나는 그 유혹을 과감히 떨치고 다시 나와의 약속으로 돌아와서 바로 그 여름에 수학 도사가 되는 강렬한 체험을 했다. 갑자기 내 몸이 두둥실 떠서 구름 위로 올라가는 느낌이었다. 말하자면 이 문제를 왜 이렇게 내는지 문제를 만든 사람의 마음이 보이는 것이었다. '구조와 얼개'를 깨친 그 이후의 수학 공부는 식은 죽 먹기였다.

옛 방식일 터이니 지금은 소용없을지도 모르겠지만, 한 수 얘기하자면 나의 방식은 같은 문제를 반복해서 푸는 것이었다. 우리 공부 그룹의 수학 선생은 서울공대 1학년생이었는데 그가 받았던 고액의 수강 노트를 우리에게 값싸게 가르쳐 주었다. 몇 달 전 아무 문제도 풀 수 없었던 내가 구름 위로 떠오르는 경지를 맛볼 수 있다니, 선생님에게 연거푸 절이라도 드려야 할 판이었다. 에피소드 한가지. 나보다 겨우 1년 위인 이 선생님은 우리를 가르치는데 너무 기운을 쏟았던지 자신은 낙제를 해버려서 우리는 같은 학년으로 대학을 다녔다.

남들은 서울공대에 들어갔다고 잔뜩 축하해주었고 집안은 온통 경사 분위기였지만 내 인생에서 이렇게 비생산적일 수가 없구나 하고 생각했던 때가 대학 다닐 때다. 그때는 물론 지금 돌아봐도 그렇다.

유신 전후 시절, 학교는 반을 문을 닫았다. 저 멀리 상계동의 서울공대는 시위에서도 떨어져 있었고 이수해야 하는 과목들은 고리타분하기 짝이 없었다. 학교는 걸핏하면 문을 닫았지만 갈 필요도 별로 없었고 가도 재미없었다. 유일하게 인상적인 에피소드라면 여자 화장실이 없던 공대 캠퍼스에서 스스럼없이 남자 화장실을 드나들던 것인데, 사람들은 내가 배짱이 있다고 해석을 내리지만 나는 '필요에 의한 일을 했을 따름'이다. 화장실이라는 최소한의 권리를 얻어내기 위해서 제대로 역할을 못한 것에 대해서는 지금도 깊이 반성하고 있다.

나는 20대 초반을 대체로 방황 속에 보냈다. 국내 곳곳을 다닌 여행, 새로 접한 원서들, 그리고 물론 젊은 날의 특권인 연애 행각이 나의 대학 시절 모습이다. 쓸데없는 짓도 참 많이 했다. 배우러 다닌 것도 많고 보러 다닌 것도 많고 쏘다닌 거리도 많다.

물론 건축과에서 불어넣는 거품 세례도 받았다. 이른바 "건축은 예술이고 건축은 창조이며 건축은 영원하며 건축은 불멸한다"

서울 공대 시절 같은 과 학생들과 함께. 앉아 있는 사람들 중에서 가운데가 나이다.

는 식의 과장된 축복 말이다. 나는 그 시절에도 이 말에 회의를 했지만 마땅하게 반발할 논거를 갖추지 못해서 답답해했었는데, 나중에 유학 시절 나의 논거를 갖추게 되면서 드디어 그 답답함을 풀었다. 나의 정의는 이렇다. "건축은 인간 현실이며, 건축은 지혜로운 답습과 혁신이며, 건축물은 영원성과 불멸성의 굴레를 벗어나야 하며, 다만 건축술은 불멸을 지향한다." 여기에 한 가지를 더했다. "건축은 자연에 대한 죄악이며, 되도록 죄를 덜 짓는 건축술이 필요하다." 나의 철학을 정립한 후에는 건축에 대해 훨씬 더 너그러워지고 포부도 커지고 완벽하게 매혹될 수 있었다. 젊은이들이여, 당신의 전공 분야에 쏟아지는 과장된 세례에 간단히 넘어가지 말라. 당신의 철학을 세우라!

다시 박경리와의 만남. 《토지》 책이 나왔다. 막 건축 공부를 시작했을 때다. 나는 《토지》를 통해서 우리의 땅, 우리의 전통, 우리의 건축을 깨달았다고 해도 좋다. 아깝고 아까워서 책을 넘기기가 싫을 정도였다. 최치수의 서슬 퍼런 사랑방, 윤씨 부인의 당당한 대청마루, 별당아씨와 구천이의 담장 너머 연모, 용이와 월선의 마을 사당에서의 애끓는 사랑, 서희와 길상의 팽팽한 심리전이 넘나드는 문지방, 산 깊은 절간에 숨겨진 역사의 비밀, 섬진강 자락의 평사리와 최참판댁 등. 이 모든 공간의 힘이 박경리의 머릿속에서 나왔다는 것을 알고 한바탕 속은 것에 오히려 감동을 먹었다. '글의 힘'에 대한 나의 경외심은 아주 깊다.

## 도시에 눈뜨다

젊은 시절, '일'을 제대로 접해 보는 것만큼 좋은 자극은 없다. 어떤 프로젝트에 맞닥뜨리느냐에 따라 인생은 꽤 달라진다.

설계회사 다니다 스카우트라는 것을 처음 당해봤다. 박정희 정권 말기에 추진된 '임시행정수도' 프로젝트였다. 내 논문 덕분이었다. "주거단지에서의 사회적 융합"이라는 것인데, 잘사는 사람과 못사는 사람을 섞는, 이른바 계층 혼합의 정책 필요성에 관한 것이었다. 아파트 평형을 섞거나 임대아파트를 섞자는 정책 제안으로 꿈도 컸던 셈이다. 만약 그때 그런 융합 정책을 폈더라면 우리 사회는 꽤 달라졌을 것이다. 우리의 아파트 주택 정책은 첫 단추부터 참 잘못 끼워졌다.

여하튼 이 논문 덕분에 행정수도팀한국과학기술연구원 내의 지역개발연구소에서 일하게 되었다. 1978~1979년의 짧은 경험이었지만 강렬했다. 물론 나는 '초짜'에 불과했다. 조사하라면 하고, 도면 그리라면 그리고, 단지와 건물 배치하라면 하고, 브리핑 자료 만들라면 만드는 초짜. 야근도 적잖았고 철야도 불사했지만 예의 관찰하며 많이 깨쳤다.

특히 '팀워크의 힘'을 깨쳤다. 정치, 행정, 경제, 사회, 경영, 인구, 교통, 토목, 환경, 주거, 건축, 디자인 관련 전문가들이 얽혀서 일하는 것은 흥미진진했다. '역량의 힘'을 깨달은 것도 이때다. 대개 유학파들이었는데, 지금 보면 대단찮을지도 모르지만 체험 수준과 접근 수준과 토론 수준, 문제 해결의 수준이 달랐다.

'파워 역학의 힘'에 대해서도 이 프로젝트를 통해 눈을 떴다. 가치관이 다른 사람들 사이에 벌어지는 논쟁, 여러 팀에서 나온 여러 안들 사이의 경쟁, 외국 팀과 국내 팀 사이의 줄 당기기, 물론 그 뒤에는 정치 실세들의 입김과 힘겨루기가 있었다. 독재정권에 머리를 빌려주는 데 딜레마를 느끼는 사람들도 있었고 전혀 갈등 없이 일하는 사람들도 있었다. 이들이 벌이는 뜨거운 격투를 보는 것은 흥미진진했다.

이 임시행정수도 계획은 박정희 시해 사건과 더불어 말 그대로 '백지계획'이 되었다. 그때 이전을 했더라면 우리 사회는 꽤 달라졌을 것이다. 사반세기를 지나 신행정수도 계획이 세워지고 위헌 판결로 무산되는 일련의 과정을 보면서 만감이 교차한다. 당시 앞장 서서 일했던 선배들이 21세기 초의 신행정수도 계획에 대해 극렬 반대하는 것을 보면 씁쓸하기도 하다(신행정수도에 대해 나는 신중 찬성론자이고, 그리 넓지 않은 우리 국토를 크게 써야 하고, 우리나라는 '도시국가'의 수준, '세계도시국가'의 경지까지 나아가야 한다고 생각한다).

여하튼 임시행정수도 프로젝트를 통해 '도시'가 내게 왔다. 건축보다 훨씬 더 복합적인 문제라는 것이 맘에 쏙 들었다. 유학은 괜찮은 옵션이라고 생각하게 된 것도 이때다.


## MIT, 그리고 멀티 인간의 발견

"MIT매사추세츠 공과대학에 가지 않았더라면 지금의 김진애가 되었을까?"라고 묻는 사람들이 더러 있다. 그렇게까지 비약하고 싶지는 않지만, MIT 유학은 행운의 선택이었다. 그렇게 괜찮은 학교인지는 전혀 모르고 갔다.

놀랐던 것은 MIT가 그저 공대만이 아니라는 사실이었다. 언어학에 발군이라는 것은 가서야 알았고 언어학자이자 사상가인 노암 촘스키가 있다는 것도 알았다. 경영대학원슬로운 스쿨의 실력도 가서야 알았다. 내가 있던 시절에 획기적인 혁신 프로젝트들이 연달아 만들어졌다. 그 유명한 미디어랩도 확대되었고(그 리더인 니콜라스 네그로폰테는 건축학과 출신으로 'The Architecture Machine'이 그의 첫 작품이다. 미디어 혁신의 미래를 보고 20여 년 동안 투자를 계속한 MIT의 혜안에도 감탄했다), 인간 두뇌를 분석하는 '디자인 리서치' 프로젝트도 인상적이었다. '동아시아 프로그램', '이슬람 프로그램', '부동산 프로그램'이 생긴 것도 이때다. 레이거노믹스와 대처리즘이 주도했던 1980년대, 세계화와 민영화의 물결은 뜨거운 논쟁의 주제였다. 쿠바의 새로운 발견과 함께 체 게바라도 유행했고, 차이나 열풍도 거세졌다. 기술 혁신과 인간 탐구와 세계 교류가 말 그대로 '시너지synergy, 융합'를 이루는 곳, 멀티 기운이 생생한 곳, MIT는 학교라기보다 현장이었다.

MIT 첫 1년을 내 인생의 카메오cameo라 불러도 좋을 것이다. 영어를 잘못하는 것도 큰 문제가 될 수 없었다. 알고 싶고 듣고 싶고 만나고 싶고 하고 싶은 게 너무도 많았다. 어떻게 이렇게 머리가 부풀까, 날개가 돋을까, 가슴이 뛸까. 그 놀라움이 마냥 계속된 것만은 아니지만 몰입과 각성의 1년이었다.

　신기하게도 '인식론'이 건축 필수 과목이었는데 유대인 인류학 교수가 던진 "너의 믿음을 흔들어보라!Suspend your belief!"라는 말은 지금도 되새긴다. 철학 출신의 계획론 교수 도널드 숀의 '성찰적 실무자Reflective Practitioner'라는 개념은 나의 실천 좌표가 되기도 했다. 인종차별로 얼룩진 남아공 출신의 교수가 펼치는 '도시형태론' 중 19세기 파리와 런던 강의 시간에 나는 정치 · 경제 · 사회 · 문화 · 기술 · 예술의 역학에 감격했고, 그 강의를 세 번 더 가서 들었다. 90분 강의로 사람의 영혼을 뒤흔든다는 것은 얼마나 근사한 일인가.

MIT의 가치관은 썩 마땅했다. 세계인들의 개방적인 토론 분위기가 좋았고, 세계의 저개발국 정치경제 상황을 성찰하는 프로그램들도 좋았고, 시민 참여와 커뮤니티와 사람 중심의 사고도 좋았고, 눈에 보이는 작품 이상으로 어떤 사회적 성과를 만드느냐를 중시하고 결과 이상으로 과정을 중시하는 분위기도 좋았다. 예컨대, MIT에서는 'urban design도시설계'가 아니라 'environmental design환경설계'라 칭한다. 사람과 자연과 건축과 도시가 하나의 환경이 되고 그를 만드는 사회적 과정을 통합하려는 사고가 명칭 하나에도 나타난다. 건축 석사를 받은 후 도시계획 박사 과정을 택했던 것에는 MIT의 분위기가 한몫 했을 것이다. 건축의 '역사이론비평'은 다소 한가하게 보였다. 도시계획에서 정치경제학, 행정학, 부동산학, 정책학을 배우면서 나의 '중도강경' 성향이 강해졌는지도 모르겠다.

나는 이웃 대학 하버드를 '미국적' 대학 또는 '미국 패권주의적' 대학이라고 비판하곤 한다(과장이 섞인 비판이지만, 그런 주류적인 분위기가 있는 것도 사실이다). MIT에 대해 아주 후한 평가를 내리자면 인류적, 세계적, 박애적 대학이라는 점이다. MIT는 무기개발의 기술 제공을 통해 큰 학교이지만 그런 과거를 극복하려는 노력을 마땅히 해왔다(그러나 MIT가 미국 대학이라는 점은 변할 수 없는 사실이라는 것도 짚어야겠다).

MIT에서 얻은 배움을 나는 세 가지로 정리한다. 어느 누가 특별히 가르쳐 준 것도 아니지만, 배우고 일하고 토론하고 당하고 깨지고 도전하고 실패하고 성공했던 수많은 프로젝트 과정 속에서 스스로 깨달은 것들이다.

첫째는 문제 창조 마인드problem-creating. 많은 사람들이 문제 해결 능력을 강조하지만 문제를 잘 설정하는 것이 훨씬 더 중요하다. 문제 자체에 해결책이 녹아 있기 때문이다. 문제를 창의적으로 풀 수 있도록 독창적으로 문제를 창조하는 능력이야말로 핵심 마인드다.

둘째는 현장 감각grounding 또는 down to earth. 땅에 뿌리를 내리지 않으면 어떤 나무가 자랄 수 있으랴. MIT는 현장의 문제로부터 출발하는 사고에서 많은 실천적 이론들을 잉태했다. 모든 강의는 항상 현실에 근거했고 모든 프로젝트는 현장의 문제에서 출발했다.

셋째는 기업가정신entrepreneurship. 아는 것으로 끝나지 않고 무언가 구체적으로 만들어서 인간과 사회에 유익함을 돌려주는 실천 정신이다. 유난히 벤처와 프로젝트들이 많던 MIT. 조용한 가운데 끊임없이 뭔가 만들어내는 것이 신기할 정도였다.

이 세 가지 정신의 뿌리는 '실천'일 것이다. 이는 내게 어떤 지식 이상으로 중요한 깨달음이었다. 우리 사회에서 이런 정신을 꽃 피우는 대학이 성장하기를 나는 정말 바란다. 정식 교육계에 종사하지 않더라도 내가 '자라기'를 아주 중요한 가치로 생각하는 이유이기도 하다.

## 여자 인간의 발견

MIT와 미국이라는 사회에 살면서 얻은 소득 중의 하나는, 내가 여자라는 것을 별로 의식하지 못하고 살았다는 것이다. 차별이 없는 것은 아니었지만 적어도 여자라는 이유로 내 머리를 누르거나 뒷다리를 잡지는 않았다. 그것은 '여자 인간'으로 제대로 서 보는 경험이었다.

이는 물론 경쟁이 심한 미국 사회에서 '프로'로 객관화되었던 경험 덕택일 것이다. 이력서와 포트폴리오를 들고 가능성이 별로 없는 일자리를 구하면서 거절당해본 것은 좋은 경험이었다. "프로란 남이 판단하는 나이다. 세상은 나의 쓸모를 항상 알아봐 주지 않는다. 타이밍도 중요하고 역할도 중요하다. 실패는 인생의 당연한 한 부분이다." 내가 담담하게 '프로론'을 말하게 된 것은 그런 경험 덕분이다. 장학금 기회가 별로 없는 건축도시 전공에서 연구나 강의를 따내는 것도 만만찮았다. 운이 따르기도 했겠지만 일 잘하는 프로로 성공하기 위한 노력은 그 자체로 가치가 있었다. 경쟁과 승복은 중요하다. 공정하게 경쟁한다면 깨끗하게 승복할 수 있다.

한 가지 지금도 감사하게 생각하는 것은 '학자금 융자'에 대한 미국의 시스템이다. 졸업 후에 갚되 본인이 죽거나 일을 못할 정도로 병이 걸리면 갚지 않아도 된다. 즉 연대책임이 아니라 독립책임 제도다. 참으로 합당하지 않은가. 나는 유학 중 상당한 학자금을 빌렸고 졸업 후 7년 만에 다 갚았다. 그때 나는 드디어 '경제적 독립'을 이루었다며 하늘로 날아갈 듯 좋아했다. 우리 사회에도 이런 시스템이 필요하다. 부모에게 부담을 줄 것이 아니라 자신의 미래를 담보로 당당하게 공부할 수 있는 시스템 말이다.

## 37살 독립의 모험

유학에서 돌아온 34살~42살, 8년여는 일을 통해서 나의 기질을 밀도 있게 발견한 시간이다. 상당한 시간을 외국에서 썼으니 더 일해야 한다는 동기도 작용했을 것이다. 젊은 시절의 온갖 계획과 구상을 되새김질한 것도 이때다.

첫 3년은 대한주택공사에서 강도 높은 훈련을 했다. 실무와 이론, 정책과 사업, 연구와 개발 과제가 이어졌다. 우리 사회의 비생

산적인 관행과 내가 생각하는 합리적 기준 사이에 갈등도 많았고 전투도 많았지만 무엇보다 엄청난 강도로 일할 수 있는 기회였다.

그리고 37살. 나는 독립을 선택했는데 모험이라면 모험이었다. 이건 아닌데 가고 싶은 데도 없고 오라는 데도 없는 막막한 상황, 당신의 인생도 그런 상황에 부딪치리라. 사람들은 왜 내가 교수가 되지 않았느냐, 왜 큰 조직을 만들지 않았느냐고 지금도 많이 묻는다. 실천지향적인 나는 가르치는 직업에 그리 매력을 못 느꼈고, 큰 조직의 문제점을 너무 잘 알고 있었다(건축 관련 업무의 속성상 자칫하면 먹이사슬에 얽매이는 운명이 된다).

그래서 구상한 것이 몸 가벼운 컨설팅 회사다. 지금은 벤처 회사 등이 보편적이지만 당시에는 아웃소싱외부 조직에 부분 업무 위탁, 컨소시엄여러 회사들이 프로젝트 팀 구성, 프리랜싱외부 전문가 기용 등의 시도는 모험적인 것이었다. 이렇게 네트워킹으로 움직이면 일을 따러 다니는데 너무 얽매이지 않고, 다양한 일들을 소화하면서, 경기 부침에 따라 뜨고 지는 다양한 프로젝트를 대상으로 삼을 수 있으리라는 것이 내 전략이었다.

독립 첫 5년, 나는 살아남았고 또 가장 많은 것을 얻었다. 긴가민가했던 자신을 철두철미하게 점검하는 것이 독립의 과정일 것이다. 기획력과 조직력과 추진력의 힘을 새삼 발견했고 사람과 통하는 친화력도 커졌다. 커뮤니케이션, 즉 말과 글도 훈련에 의해 많

서울포럼 작업실에서.

이 늘었다(물론 말하기, 글쓰기는 지금도 가장 어려운 과제다). 첫 책 《서울성Seoulness》을 91년에 낸 후 1년에 한 권 꼴로 책을 쓰며 교단에 서지 않는 것에 대한 미안함을 보상할 수도 있었다. 공공위원회에서 봉사하면서 이권에 얽매이지 않고 공익 편에 설 수 있다는 점도 좋았다.

하지만 우리 사회에서 독립이 어디 쉬우랴. MIT에서 잊고 살았던 여자 인간의 현실이 다시 떠오르고 건축도시 분야에서는 빅게임의 역학이 계속되는지라 피곤한 일이 적잖았다. 멀티 인간의 멀티 활동의 시간 싸움도 만만찮았다. 실용 인간인 나는 어떤 자리에서도 '무엇을 어떻게 할 것인가' 하는 문제로 곧장 내닫는지라 우리 사회의 느려터진 관행과 곧잘 부딪치기도 했다. 그러나 보람은 컸다. 매일 매일이 깨달음이고 프로젝트다. 안정보다 모험, 안착보다 개척, 안주보다 변화를 택한 과정에서 얻은 가장 큰 깨달음이라면, 내가 말릴 수 없는 워커홀릭이라는 사실이다. 일중독은 나의 불치병이다.

## 예측하지 못한 사건은 일어난다

내 인생에서 전혀 예측하지 못했던 유일한 사건이 있다. 1994년 말 미국 시사주간지 《타임》에서 '차세대 글로벌 리더 100인'에 한국인으로서 나를 유일하게 꼽았던 것이다. 언론에 무척 시달리게 했을 뿐 아니라 그 후에도 나의 삶을 복잡다단하게 만든 사건이다.

나는 갑자기 '사회적 기대'를 받는 사람이 되었다. 그것은 전문가 세계 안에서의 주목과는 성격이 달랐다. 내가 여성의 성장 과정을 몇 가지 고개로 묘사한 말이 있다. "첫째, 어릴 때 싹이 보이면 자르려 들며, 둘째, 자랄 때 기대를 해주지 않아 재미가 덜하며, 셋째, 어느 정도 자라면 너무 띄우려 들어 자칫 빛 좋은 개살구가 되기 십상이며, 넷째, 재목으로 크면 흠집을 내려 든다." 많은 여성들이 이 말에 공감을 표하는데, 나는 아주 험한 고개에 직면한 셈이다. 세상은 성공이라는 말로 나를 띄우려 들었고 후광을 씌우려 들었다. 이런 세태를 이해 못하는 바는 아니지만 도대체 성공의 잣대가 뭘까? '일의 성공'은 있어도 '사람의 성공'이란 말은 가당치 않다는 것이 나의 고집스런 소신이다.

이런 기대와 후광 효과에 질식하지 않고 일할 수 있을까? 《타임》의 기사는 '공적 인간'으로서 운신의 폭을 넓혀 주었지만 짐은 훨씬 더 무겁게 만들었다. 건축도시 분야는 사회적으로 별로 신망을 받는 분야가 아니라서 나의 역할에 대한 기대가 어깨에 얹혀졌고, 또렷또렷한 눈망울로 나를 보는 후배 여성들의 기대가 커졌으며, 리더십의 역할을 기대하는 사람들의 의미심장한 시선을 받게 되었다. 하고 싶은 일보다 해야 하는 일이 더 많아졌고 시간 싸움도 더해졌다. 세상은 나를 강한 인간이라 여기고 더 무거운 짐을 지기를 요청한다. 사람들이 나를 잘 나가는 사람이라고 지레 생각하는 편견은 가장 곤혹스러운 것이 되었다. 나의 엄마가 되었던 말을 되새길 필요가 있었다. "짐은 질 수 있는 사람에게 온다."

## 내놓을 만한 실패를 인정받다

드디어 내놓을 만한 실패가 생겼다. 17대 총선에서 지역구 출마를 했다가 낙마한 것이다. 정치권에 들어가자마자 출마를 한다니 사람들도 놀랐고 나도 놀랐다. '필요한 일을 할 따름'인 나는 잔을 피하지 않는 기질이라는 것도 새삼 깨달았다. 아무튼 주위에서 낙마의 실패에 대해 따뜻한 격려를 해주어서 좋았다.

나는 정치를 쉽게 정의한다. 정치란 숨쉬는 일상이고 내가 지향하는 좋은 가치들을 사회에 뿌리내리게 하는 활동이다. 깨끗한 사회, 합리적인 사회, 따뜻한 사회, 인간적인 사회, 무엇보다 독립을 지킬 수 있는 사회, 경쟁과 승복이 가능한 사회, 한 발 한 발 실천하는 사회, 제대로 일하는 사회 등, 정치란 이러한 가치들의 구체적인 덕목에 대해서 사회적 합의와 실천을 넓히는 과정이다. 한 사람의 시민, 한 사람의 전문인, 한 사람의 지식인으로서 내가 바라는 좋은 사회나 한 사람의 정치인으로서 바라는 것이나 별 다를 바 없다.

도시건축 분야에서 일하면서 쌓인 비판의식이 정치 리더십에 대해 각별한 관심을 갖게 한 것은 분명하다. 아직도 개정의 길이 먼 부정부패와 부실의 구조, 그리고 곧잘 그 도구로 쓰이는 건설 관련 분야의 운영, 지방경제의 쇠락과 지방 도시들의 피폐, 이명박 서울 시장이 추진하는 무늬만 복원인 청계천 개발이나 시민 삶의 터전을 뒤흔드는 뉴타운 사업의 퇴행적 신개발주의, 전시 사업의 뒷전으로 밀리는 보통 사람의 삶의 조건, 부익부 빈익빈의 양극화 현실을 껴안고 이를 뛰어넘는 비전의 부족 등, 나의 비판의식은 강하다.

나는 도시 예찬론자다. 도시에 대한 정의는 수없이 많지만 도시의 익명성과 같이 살아가는 것, 즉 서로 모르는 사람들끼리 모여서 서로 다치지 않고 사는 도시가 좋은 도시라고 생각한다. 정치의 개념도 이런 것이 아닐까. 서로 다른 사람들, 서로 모르는 사람들이 '같이' 살아갈 만하다고 느끼게 만드는 것, 바로 좋은 정치에 대한 나의 정의다.

현실 정치 참여에서 내놓을 만한 실패가 생겨서 좋은 점이라면 세상이 새롭게 다가온다는 것이다. 담담하게 받아들인다고 해서 쓰라리지 않은 것은 결코 아니다. 다만 실패는 인생의 당연한 한 부분이라는 젊은 시절의 깨달음이 나를 버티게 해준다.

vita activa

깨달음이란 '나는 누구인가'라는 인생의 핵심 의문에 조금씩 다가서는 것이리라. 깨달음은 번쩍 오기도 하지만 꾸준하게 다른 모습으로 찾아오기도 한다. 우리의 삶은 일생을 통해 깨달아 가는 과정이라고도 할 수 있을 것이다. 젊은 날 많이 얻고 많이 받은 나는 많이 주고 싶다. 사람들의 기운을 불러일으키는 일을 통해서.

독립을 절실하게 원하는 여자 인간. 인간의 잠재력을 한껏 쓰고 싶은 벌터 인간, 그리고 만들어내고 실현해내고 싶은 실용 인간이라고 나를 세 가지로 정의했지만 단 한 가지로 집약한다면 '일'이다. 나는 '일하는 인간'이다. 일은 나에게 아주 중요하다. 나의 인생에 획을 그어준 철학자 한나 아렌트의 책 《인간의 조건》에서 내리고 있는 정의를 빌리자면, "인간을 인간답게 만드는 것은 노동, 작업, 행위labor, work, action: vita activa"다. 바로 '일'이다. 나는 이렇게 말하곤 한다. "일을 한다, 일을 잘한다, 일을 만든다." 내가 앞으로 또 어떤 일을 하고 또 만들지는 모른다. 상황은 시시각각 변하므로. 다만 일을 하고 있을 것만은 분명하다.

사족을 붙인다. 나는 일만으로 사는 것은 결코 아니다. 전혀 아닐 듯이 보이지만 나는 남편과 두 딸이 있다. 각자의 일을 소중하게 생각하는 독립 가족이지만 또 잘 엮인 연대 가족이다. 아이를 낳고 키운다는 것은 사춘기의 중요한 깨달음 중 하나였다. 가족의 삶, 사람의 삶은 나에게 아주 중요하다. 이런 표현은 어떨까? "가족은 뿌리, 친구는 가지, 사람은 꽃, 그리고 일은 열매."

멀티 인간, 실용 인간, 여자 인간의 '일'은 앞으로도 자라리라. 나의 삶과 함께.

# 내 젊은 날의 초상

**홍세화**

1947년 서울 출생. 서울대 외교학과를 졸업한 뒤 1979년, 남민전 사건에 연루되어 프랑스로 망명. 2002년 귀국한 뒤 지금은 《한겨레》 신문의 기획위원으로 있다. 주요 저서로는 《나는 빠리의 택시운전사》, 《악역을 맡은 자의 슬픔》, 《쎄느강은 좌우를 나누고 한강은 남북을 가른다》 등이 있다.

지난 일을 돌아본다는 것, 그것은 사진첩을 들여다보는 것과 같다. 세월이 흐른 뒤에 '빛'과 '소리'를 빼앗긴 '사실寫實'을 돌아보는 것이기에 자기 자신까지 감상자로 머물게 할 수 있다는 점에서 그렇다. 그나마 아직 살아남은 자에게만 허용되는 권리다. 사람은 본디 다른 모든 사람을 속일 수 있을지언정 자기 자신을 속일 수 없는 법이지만, 대부분의 사람들은 스스로 인식하든 인식하지 않든 이미 자기 자신까지 적당히 속이며 살아가고 있다. 사람들의 기억 속의 '사실'이 대개의 경우 왜곡된 것일 수밖에 없는 까닭인데, 그래서 사진을 나열하는 편이 더 정확하고 솔직하다.

실상 '사실'이 말할 수 있는 것은 그리 많지 않다. 동물을 박제할 때는 생명을 잃어버린 결정적인 결함을 대신하기 위해 외형적 모습을 온전히 보존하는데 심혈을 기울인다. 우리의 과거도 마찬가지일 수 있다. 당시의 역동성을 증명하기 위해 낱낱의 사실들에 더욱 집착한다. 그러나 '사실'을 아무리 정확히 나열한다 하더라도 생명체가 가지고 있었던 '생명', 그것을 설명할 도리는 없다. 가령 아무리 엄청난 비극이라 할지라도 소리와 빛을 잃어버리고 '사실' 그 자체만으로 남았을 때, 현실의 냉엄함과 절박함은 추측에 맡겨질 뿐이다. 아쉬우나마 개개인의 인간사를 대하는 진정 어린 태도에 맡길 수밖에 없다.

동어반복이지만, 개인의 삶은 살아 움직이는 생명체다. 우리를 둘러싸고 있는 것들 중 어느 하나도 간단히 '사실'만으로 설명할 수 있는 것은 없다. 멀든 가깝든 크든 작든 서로 유기적인 관련을 맺고 있다. 우리가 과거라 하는 것도 '지나간 현재'라 할 때, 과거를 대하는 우리의 자세에 진정성이 요구되는 까닭은 분명하다. 그러나 오늘, 물질의 급속한 팽창과 가치관의 붕괴로 사람들은 온갖 허상들 속에서 부유하고 있다. 물신에 대한 자발적 복종과 비자발적 복종의 혼재 속에서 온갖 자극적인 취향들이 사회적 가치로까지 그 위상을 높이고 있다.

인간은 언제나 지난 세기를 통해 증명된 인간의 우월함과 위대함을 요란히 떠들어대며 새로운 세기를 맞이하곤 했다. 그러나 그 어느 때보다 정글의 법칙이 광범위하고 노골적으로 관철되는 세기에 우리는 살고 있다. 약육강식의 논리가 이처럼 당당하게 제소리를 내며 굳건히 자리매김을 한 예를 찾아보기란 쉽지 않다. 그래서다. 설익은 개똥철학의 젊은 시절이 오히려 눈물겹도록 그리운 것은.

지난 시절이라 해서 모두 다 철학적이었다고 말할 수는 없다. 무슨 대단한 논리가 있었다고도 말할 수 없다. 그러나 물신 지배에 대해서는 인간성의 당연한 본능이라고 할 수 있을 만큼 나름대로 반사적인 거부반응이 있었다. 누구나 강자일 수 없다는 기초적 이해 이전에 스스로 약자의 편에 서고자 했고, 서로에 대한 연민과 공동체의 정서가 있어 인간 존엄성과 품위를 간직하려 했다. 그러나 자본의 그악스런 속성은 끊임없이 사람과 사람을 이간질하고 자본주의적 심성을 주입하면서 물질과 인간정신을 분리시켰다. 그리고 '나만은' 강자의 대열에 낄 수 있다는 배타적 성공욕이 부끄러움 없이 자리를 잡아가고 있다. 효율과 경쟁을 저해한다고 짐작되는 가치들은 눈치꾸러기가 되어 가차없이 퇴출되고 있다. 자본의 광기에 홀린 듯 사람들은 껍데기만으로 행복한 삶을 설계하려는 게임에 전력 질주하고 있다. 그러한 지금, 30여 년이나 거슬러 나의 20대를 되돌아보는 것이 무슨 의미가 있을까?

가령 광고 행태는 자본주의가 어떻게 관철되는지 알게 해주는 가장 정확한 지표 중의 하나다. 가장 적은 비용을 들여 가장 많은 소비를 진작시키기 위한 소임을 갖고 있는 것이 바로 광고이기 때문이다. "당신의 능력을 보여주세요!", "대한민국 1%의 힘", "당신이 사는 곳이 당신이 누구인지 말해줍니다" 따위의 광고가 아무런 거리낌없이 토해지는 사회에서 '좋은 직장-좋은 지위-강남 아파트'라는 삼위일체의 일등국민이 되기 위해 달음질치는 오늘의 20대에게 그 누구의 것이든 과거의 '사실'들이 과연 하나의 의미일 수나 있는 것일까? 지금의 20대에게 자기성찰이나 인간의 존엄성, 내면적 가치의 의미는 고사하고 불의의 시대와 불화할 수밖에 없었던 젊은이들의 패기와 열정을 상기시키는 것조차 버겁고 쑥스러운 마당에. 그러나 지난 시절, 세상의 끝일 것만 같은 광란의 역사를 만든 것도 인간이었지만, 성찰적 자세를 보여준 것도 인간이었다. 인간성은 어느 시대나 그 자체로 가능성이고 희망이며 배수진이었다.

## '나'를 잃지 않기 위한 긴장

무분별하게 부풀려진 경쟁에 대한 위기감과 돼지몰이 하듯 소비만능을 강요하는 대중매체로 인한 환상은 신기루와 같다. 무엇에 대한 갈구가 끝내 구할 수 없으리란 불안과 결합할 때 나타난다는 점에서, 그리고 사실이 아닌 환상이라는 점에서 그렇다. 사막에서 신기루를 좇는 건 곧 죽음을 뜻하지만 물질만을 좇는 것은 인간성의 왜곡과 황폐화를 뜻한다는 것이 다를 뿐이다.

사람들은 말한다. "변해도 너무 많이 변했다"고. 그러니 이제 사람 사는 방식의 변화도 당연한 것 아니냐고 ……. 그러나 한편, 동서고금을 통해 여행을 즐겨 했던 사람들에게서 심심찮게 들을 수 있는 말 중 하나가 "사람 사는 건 다 똑같다"는 것이다. 동서고금이란 말은 그 자체로 지역의 차이와 시대의 변화를 전제한다. 그러한 차이와 변화에도 불구하고 사람 사는 것이 다 비슷하다고 말할 수 있을 만큼 인간의 꿈과 욕망, 행복을 결정하는 요인은 크게 다르지 않다. 물질적 풍요가 그것들을 보장하지 못한다는 증거이기도 하다.

인간이 인간으로서의 존엄과 품위를 향유하고자 하는 욕구는 변할 수 없다. 다만 각박한 현실이 잠시 우리를 눈멀게 하고 있을 뿐이다. '경제'라는 이름의 유일신 앞에서 머리를 조아리며 경배하는 온갖 유령들이 난무하는 속에서 '나'를 잃어버리지 않기 위한 끊임없는 긴장과 성찰이 요구된다.

그러나 나는 아직 '나 홀로' 자유로울 수 있는 방법을 알아내지 못했다. 여전히 기웃거리며 참견하고 싶다. '거기 누구 없소?'라면서. 그래서 가진 것이 없어 판에 직접 끼어들지는 못하지만 훈수를 명분삼아 사람들 곁을 떠나지 못하는 빈털터리 할머니, 할아버지들이 애틋하게 그립다.

그러나 불행하게도 이 땅의 할머니, 할아버지들은 삶의 경험에서 비롯된 인간 정서로 젊은이들에게 훈수를 두기보다는 오랫동안 세뇌된 의식으로 건강한 젊은이들을 질타하는 편에 속해 있다. 걸핏하면 너희들이 보릿고개를 아느냐, 전쟁을 알기나 하느냐면서 질타한다. 그들에게서 인간성을 느끼기 어렵다고 말할 젊은이들에게 당부하고 싶다. 인간을 사랑하는 한, 인간의 삶을 사랑하는 한, 인간다움과 인간의 존엄성을 되찾으려는 노력을 계속해야 한다고. 그들에게서 인간 정서를 느끼지 못하게 된 것은 그들의 잘못이 아니라 인간 정서를 침묵케 한 잘못된 의식화 때문이며, 그것은 오히려 우리에게 성실과 겸손과 끈기가 더 필요하다는 것을 말해줄 뿐이라는 점을. 나아가 이 시대의 과제는 의식을 깨우는 데 있다기보다는 잘못된 의식 주입에 의해 억압된 인간 정서를 해방시키는 데 있다는 점을.

## 외할아버지가 주신 것

드라마틱한 단막극의 연속처럼, 오늘을 만든 이 땅의 역사적 사건의 수레바퀴에 치인 유년시절이 있었다. 그러나 얼마나 다행스러웠던가. 그것을 인식하지 못하면서 클 수 있었다. 하지만 세상에 공짜는 없다.

전쟁이 낳은 가난과 증오가 있었고 희망의 4 · 19와 배반의 5 · 16

이 있었다. 그러나 당시 나에게 그 의미가 다가온 것은 아니었다. 어린 탓도 있었거니와 어른들의 보살핌 덕이기도 했다. 그저 또래의 아이가 가질 수 있는 정도의 막연한 정의감으로 불의의 현실에 대한 심정적 거부감에서 불편해하거나 무리에 섞여 거리에 있었던 적이 있었다. 의식적 판단에 의한 것이라기보다는 정서에서 비롯된 '그냥' 그러고 싶어서였던 것에 지나지 않는다.

내 의식세계는 취약했다. 취약한 의식이나마 반듯한 모양새를 갖출 수 있었다면 그것은 나를 키웠던 외조부모님 덕이라 해야 할 것이다. 할아버지는 이른바 선비정신의 끄트머리를 느끼고 계셨던 것일까. 배반과 굴종의 시대에 몸소 실천할 수 없었던 아쉬움을 성장하는 내 몸속에 남기고 싶으셨는지 모른다. 화롯불을 사이에 두고 졸린 눈으로 들었던 많은 얘기들 중엔 〈개똥 세 개〉처럼 내 기억 속에 확연히 남아있는 것도 있지만 대부분은 다 잊었는데, 그것들이 내 정서 속에 용해되어 있기를 바랄 뿐이다. 지금도 종종 떠올리는 "보잘것없는 미물도 성장하려면 허물을 벗거늘, 사람은 스스로 허물도 벗지 않고 나이만 차면 성장했다고 한다"는 말은 초등학교 자연 시간에 배운 내용과 결합되어 지금까지 남아있을 터이다.

의식을 대신하고 있었던 나의 정서는 그나마 덜 부끄럽게 유년을 추억할 수 있게 해주는 그 무엇이었다. 그리고 그 무엇은 오래지 않아 내 존재의 실체와 대면하게 되었을 때 처절한 방황을 몰고

고등학교 졸업식 날, 외조부모님과 함께.

온 내적 요인으로 작용하게 되었다.

<h2>막무가내의 무지와 그 너머</h2>

사람에게는 이기적 선택을 하도록 하는 동물적 본능이 있다. 존재가 의식을 규정하는 일차적 이유다. 국가권력은 그들 자신이 장악한 교육과정과 대중매체를 이용하여 사회구성원들에게 자신을 배반하는 의식을 갖도록 한다. 그래야 원활한 지배가 가능하기 때문이다. 물론 이 경우도 당사자들이 자신을 위한 것이라고 믿게 하여 받아들이도록 한다. 이러한 의식은 '나'라는 이기적이고 개별적

인 여과망을 통과해서 저장된다. 그러나 여과망이 있다고 해서 철저히 개인적 특성을 유지할 수 있다고 보기는 어렵다. 여과망 자체가 국가나 사회의 의도에 따라 조작되거나 제작된 것이기 때문이다. 그만큼 교육이나 사회적 통념의 울타리에서 벗어나기 어렵고 개별적 차이 또한 그렇다. 예컨대 "경상도 보리 문둥이", "전라도 깽깽이"라면서 이런저런 말들을 주고받지만 정작 그들 특정 지역의 사람들에게 그런 추론을 내리게 한 경험을 가진 이들은 많지 않다. 사회적 통념으로 자리잡아 사실처럼 되어버린 거짓의 대표적인 예다.

물론 사실관계를 확인하려는 노력이 없지는 않다. 이 거짓 통념에 개인적 특성을 맞추어 보고는 '정말 그렇네'라고 하는 노력이 있을 뿐이다. 그러나 세상은 "백인인 누가 살인을 저질렀다"라고는 거의 말하지 않지만, "흑인인 누가 살인을 저질렀다"라고는 어김없이 말한다. 이처럼 사람의 의식이라는 것은 냉철하고 엄격한 점검을 거쳐야 할 만큼 믿기 힘든 요소가 끼어들 수 있는 형성 과정을 갖고 있다. 그럼에도 개별적 여과망을 거쳐 독립적인 인격체 안에 내재하기 때문에 의식은 곧 각자의 주관에 따른 '주체적' 판단이라는 착각을 하게 된다. 이러한 착각은 '무지한 소신주의자'를 양산한다.

무지에는 자신의 무지를 아는 '사회적으로 고마운' 무지와 자신의 무지를 모르는 '막무가내의 무지'의 두 가지가 있다. 그런데 무지를 모르는 '막무가내의 무지'는 소신을 가지는 바, 그것이 이 사회에 낳은 "너, 빨갱이지?"와 "너, 전라도 사람이지?"라는 두 마디는 '무지한 소신주의자'들을 수없이 양산하면서 이 땅을 지배해 왔다. 비교적 개명된 사회였던 20세기 독일 땅이 나치즘의 토양이 된 것은 '사회주의에 대한 무조건적 반대'에 결합된 '너, 유태인이지?'라는 물음이었다. 한국에서도 "너, 빨갱이지?"와 "너, 전라도 사람이지?"의 두 마디 앞에서 사람들의 이성은 마비되었고 토론은 불가능했다. 광신자들이 광신을 통해 그럴 수 있듯이, 사람들은 그 두 마디를 통해 쉽게 스스로 우월하고 선한 존재가 될 수 있었다.

사람들은 오늘 금강산 관광길에서 만난 북한 안내원의 일거수 일투족에 관심을 쏟고 우리와 다르지 않음에 감격한다. 반공의식 화 교육으로 나는 어릴 적에 북한 사람들을 뿔 달린 빨간 도깨비라 고 배워 그렇게 그렸으며 실제로 그런 줄로 알았다. 서로 전혀 다 른 이념과 제도 속에서 상대를 죽이지 않으면 내가 죽는다고 믿어 야 했다. 도저히 타협할 수 없는, 가까이 하기엔 너무 위험한 사람 들이었다. 그러나 이러한 의식에 반하여 서로 다가서게 하고 교감 을 가능하게 했던 것은 무엇일까. 만년우방이라는 미국 사람이라 면 의식에 반해 다가서지지 않았을 것이다. 이것은 정서의 한 단면 에 불과하지만, 정서의 성격을 단적으로 보여주는 예다. 정서는 마 음과 감각이 지향하고 받아들이고자 하는 것이다.

정서의 형성 과정에 대해 간단히 단정할 수는 없다. 그러나 정서가 의식과 같이 움직이는 것이 아님은 분명하다. 의식은 내게 유리한 것, 옳다고 믿어지는 것에 따르도록 명령하지만 정서는 내가 '그냥' 이끌리는 것에서 안정과 충만감을 느끼도록 한다.

## 역사의 소용돌이 속에 무너지는 인간들

나의 존재에 대한 고민과 의문은 충격적인 진실과의 갑작스런 만남으로 시작되었다. 미처 인식하지 못했을 뿐 사실은 이미 충격과 함께 온 가치관의 붕괴와 방황을 규정하고 있었다. 나를 둘러싸고 있었던 자연스럽지 못한 사회환경에 대해 알고자 하는 시도가 일찍부터 가능할 수도 있었다. 그러나 할머니, 할아버지의 보살핌은 내게 그저 호기심과 장난에 몰두할 수 있는 비교적 밝고 따스한 유년을 보내게 했다. 그런 유년의 기억이 삶에 대한 전면적인 고민과 수용을 가능하게 한 동력이 되었을지 모른다.

모든 것들을 박탈하고 갈아엎는 혼란은 "전쟁 속 나의 가족 이야기"로부터 시작되었다. 분단의 비극과 전쟁의 참혹함은 모든 인간을 발가벗겼다. 전쟁은 비굴하고 추악한 동물적 생존본능에 충실할 때 살아남을 수 있다는 것을 가르쳤다. 살아남은 사람들은 이제 분단의 비극적 상황 속에서, 또 한 번 살아남기 위해 간악하거나 간사해져야 했다. 살아남기 위해 짐승이 되어야 했고 미쳐가야 했던 그 시간 속에 내 가족이 있었고 내가 있었다.

나는 인간을 알기 전에, 사랑을 느끼기 전에 증오를 배웠다. 그런데 그 증오의 대상에 또 다른 내가 있었다. 나는 분열되었다. 아무 생각도 할 수 없었고 아무 말도 할 수 없었다. 어딘가 응시하고 있는 듯했지만 보이는 것도 들리는 것도 없었다. 자신을 향한 수치와 세상을 향한 혐오가 내 속에서 들끓었다. 마침내 무지와 거짓을 들어내고 나니 빈 껍데기만 남았다.

가치관의 완전한 붕괴, 그것은 마치 너무나 순결하고 아름다워 이슬만 먹고살리라 믿었던 그녀의 벌거벗은 일상을 느닷없이 목격한 것과도 같았다. 환상을 걷어내기란 쉽지 않았다. 환상을 기반으로 쌓아올려진 사실들의 동반몰락은 상당한 혼란과 함께 상실감을 불러오기 때문이다. 더 이상 존엄하지 않은 인간과, 진보라고 장담할 수 없는 역사의 진행 앞에 아연실색했다. 인간들이 냉혹한 역사의 소용돌이 속에서 속절없이 무너져 내리고 있었다. 이제껏 딛고 있었던 바닥이 갑자기 푹 꺼져버린 듯했다.

두려움과 혼란으로 나는 갈 곳 없는 곳으로 도망쳤다. 되도록이면 이 땅에서 먼 곳, 이 땅과 인연이 없다고 믿어지는 곳이어야 했다. 굳이 알려할 필요가 없는, 그리고 설사 안다 하더라도 상관하지 않아도 된다고 믿어지는 곳을 찾고 싶었다. 물론 그런 곳은 없었다. 혼란과 두려움이 환상의 공간을 꿈꾸게 한 것이었을 뿐. 전쟁이라는 '역사적 진실'과의 만남은 내가 살고 있는 이 땅의 역사와 그 앞에 벌거벗은 인간의 만남을 알리는 잔인한 신호였다. 그 많은 거짓된 진실들과의 만남으로 나는 경악했고 분노했고 두려워했다. 사실 속 인간은 잔인했고 무자비했고 비굴했고 초라했다. 인간으로서의 긍지와 자부를 갖게 했던 품위와 존엄은 생존의 장에서 맥없이 무장 해제된 정신과 영혼과 함께 해체되었다.

인간이 인간을 배반하지 않는 곳, 사회가 개인을 배반하지 않는 곳, 그래서 역사는 진보한다는 믿음을 간직할 수 있는 곳. 어디서 어떻게 살았을지 알 수 없는 사람들의 알 수 없는 소리에서 위안을 찾으려 했다. 아직도 이슬만 먹고사는 그녀가 있을지도 모른다는 애틋한 미련을 즐기려는 듯. 그러나 이미 모든 믿음은 사라졌다. 믿음을 전제로 하는 어떠한 행위도 거부했다. 사실 믿음에 대한 거부라기보다 두려움이었다고 해야 할 것이다. 나 자신은 물론 그 누구도 믿을 수 없었다. 그런 중에도 내 안에 자리잡은 왜곡된 진실과 날조된 사실들이 계속 따라다니며 속삭였다. 벌거벗은 그녀의 모습이 진실이 아닌 거짓이라고. 그렇게 믿는 편이 편한 것이라고. 그런 게 바로 사람 사는 것이라고. 내 정서는 그것을 받아들이지 않았다. 끊임없이 도리질을 치며 두리번거렸다. 격렬한 음악으로, 때로는 어둡고 우울한 시詩로. 그러나 그 어느 것도 위안이나 도피처가 되지 못했다. 다 허물어버리고 처음부터 하나씩 다시 쌓아가야 한다는 점을 받아들여야 했다. 아무하고도 말하지 않았다. 그것은 시위였다. 어찌할 수 없을 것 같은 세상을 향한, 그리고 어찌할 바를 모르고 허둥대는 무능한 자신을 향한 시위였다. 마침내 그녀가 우상의 헛된 자리에서 내려와 나와 같은 땅을 디디고 함께 할 수 있는 동행자로 의미 있는 존재가 될 수 있다는 것을 알아차리기엔 많은 시간이 필요했다.

## 왜 하필 여기인가

애국이 무엇인지 알 수 없던 때부터 국기에 대한 경례를 하며 가슴 뭉클해했다. 선열들의 나라를 위한 희생이 강조되는 수업이 있던 날은 더욱 그러했다. 어린 가슴을 울컥하게 하고 잠깐이나마 어린 눈에 힘을 주게 했던 애국이었고 국가였다. 든든하게 우리를 보호하고 어머니의 마음만큼이나 따뜻하고 극진한 보살핌을 주는 것이 국가라 생각했다. 우리의 보호자인 나라가 있어 기를 펼 수 있으니 우리 또한 나라를 아끼고 사랑해야 마땅하다고 당연히 배웠다. 그러나 우리의 보호자여야 할 국가가 국민을 유기하고 이간 질시켜 서로 욕보이게 하고 마구잡이로 짓밟았다. 그 속에 또 다른 나를 증오했던 나 자신을 자랑스럽게 여겼던 내가 있었다.

모든 것이 해체되었다. 인간도 국가도. 졸지에 고아가 되었다. 내가 누구인지 어디로 가야 하는지 알지 못하는 어린 고아였다. 우선 내가 누구인지 알아야 했다. 나는 누구이며, 왜 이 곳에 있는가, 왜 하필 여기인가. 어디로 가야 하는지는 다음 문제였다. 사춘기 시절 얼핏 치기어린 우월감에 집어 들었던 개똥철학을 이번에는 제대로 해야만 하는 상황에 직면한 것이다. 이제는 멋있어 보이거나 나를 드러낼 수 있는 정도에서 끝낼 수 있는 것이 아니었다. 더 이상 낭만적이거나 센티멘탈하지 않았다. 절박했다. 살아지거나 살아내는 것이 아니라 살고 싶어서였다. 어려웠다. 어렵다기보다 누구도 답을 갖고 있지 않은 문제였다. 나는 서성댔다.

그러나 아직 자신이 누구인지 알지 못한다 하여, 죽었다고도, 죽어야 한다고도, 죽어간다고도 말할 수 없듯이, 살아야 할 이유는 유일하게 심장의 박동소리와 연관되어 있었다. 심장이 뛰고 있다는 사실이 바로 살아야 하는 이유였던 것이다. 더군다나 절망적이라고 해도 절망은 내가 존재하지 않는다는 증거가 되기는커녕 거부할 수 없는 존재의 증거였다. 나는 살아 숨쉬고 생각하며 움직이고 있었다. 내가 누군지 모른 채. 그렇게 나도 그들도 존재하고 있었다. "어디로부터 와서 어디로 가는가"는 살아가는 동안의 화두로 남았다. 이 화두가 "보잘것없는 미물도 성장하려면 허물을 벗거늘 사람은 허물도 벗지 않고 나이만 차면 성장했다고 한다"와 함께 평생 주제넘지 않는 겸손함을 갖게 했는지 모른다.

### 새로 사랑하게 된 것

"실존은 본질에 앞선다"는 사르트르의 명제에 나는 그렇게 한참을 에둘러 도달했다. 실존에 눈떴다. 오랜 방황 끝에. 실존은 존재의 본질적 이유에 앞서 이미 '존재'하는 것으로부터 출발한다. 나 곧 우리 인간을 비롯한 모든 생명체의 존재의 이유를 존재한다는 사실 그 자체에서 찾는 것으로 시작한다. 실재하는 것은 그 자체로서 의의이며 이유인 것이다. 따라서 인간을 인간답지 못하게 하는 모든 것은 인간 존재의 이유와 의의를 부정하는 것이고 훼손시키는 것이다. 생명활동의 동기를 실존에서 부여받는 실존주의자에게 있어 반생명적인 것과의 대치는 피할 수 없다. 인간이 인간으로서 고유한 영역을 보존하면서 존재할 수 있도록 해야 하는 것이다. 그것을 위해 반인간적인 것, 비인간적이게 하는 것들에 저항하는 실천이 뒤따를 수밖에 없다는 점에서 실존주의자에게 있어 휴머니즘은 필요조건이며 동시에 권리이다.

이것이 내가 나 자신을 그 무엇보다 우선 휴머니스트라고 부르는 이유이며, 내가 기계적 이데올로기 논쟁과 후유증에 시달리지 않아도 되었던 근본 이유다. 딱히 그 이유는 알 수 없으나 우리 사회에서 휴머니즘은 왠지 낭만적인 센티멘털리스트나 심지어 프티 부르주아의 유약하고 따뜻한 마음 정도로 평가받기도 한다. 그러나 휴머니즘의 탄생이 중세의 종교라는 성채에 대한 저항에서 비롯되었다는 단순한 사실만 가지고도 그것이 얼마나 강건하고 적극적인 힘을 갖고 있는지 짐작할 수 있다. 이 사회에서 휴머니즘에 대한 왜곡된 이해는 자유에 대한 왜곡된 이해와 쌍벽을 이룬다. 그리 멀리 가지 않아도 우리의 역사 속의 '반란' 또한 '조금 더' 인간이기를 바라며 강력한 지배력에 대항했던 것이었다. 강건한 휴머니즘은 언제나 살아남을 수 있는 생명력과 도덕적 순결성을 잃지 않을 안전판을 스스로 창출한다. 인간의 생명력과 존엄과 품위가 그의 것이기 때문이다.

실존적 고민은 비로소 이 땅의 배반과 증오, 그리고 절망의 역사 속에 있는 인간을 사랑하게 했다. 자기연민에서 벗어나 나를 사랑할 수 있게 했다. 그리고 인간의 존엄성을 짓밟고 억압하는 것에 분노하고 저항하는 삶은 내가 선택해야 할 당연한 것이 되었다. 내가 선택한 바 없을 뿐더러 외려 부정하고 싶었던 이 땅을 나는 그렇게 받아들였다. 그러했다. 이 땅은 나에게 실존적 고민의 한가운데서 선택한 시시포스의 바위였다.

한때, 자조 섞인 표현으로 우골탑이라 불리던 대학. 그러나 가난한 부모들은 팔아치울 소마저 없었으니 분명 그들의 등골이 소를 대신 했을 터였다. 가난을 대물림하지 않을 수 있는 유일한 길이 거기 있었다. 그만큼 가난한 부모나 그의 자식들에게는 최선의 선택이었고 거부할 수 없는 길이었다. 수많은 학생들에게 대학은 자신만을 위한 것이 아닌, 고통을 감내한 부모들에게 되돌려줄 희망이어야 했다. 가난의 질곡에서 빠져나와 신분상승을 꾀하려 선택했던 대학은 그러나 우리 사회의 어두운 진실과의 대면을 가능하게 하는 곳이기도 했다. 그리고 민주와 자유에 대한 열망을 표출하는 곳이기도 했다. 이 사회가 안고 있는 모순은 젊은이를 '미치게' 만들었고 실제로 미쳐갔다. 절박한 부모들의 바람을 외면하게 되리라는 불안감을 떨치지 못한 채 그들은 이 땅을 끌어안아야 했다.

누구는 자유정신에의 충실한 복무를 위해 왔고, 누구는 비참한 사회현실에 대한 울분을 안고 왔다. 그렇게 만났고 의기투합했다. 대학이라는 그나마 비교적 자유로운 공간이 있어 가능한 일이었다. 우리는 허기를 메우듯 일을 찾아 부지런히 움직였다. 실제로 우리는 항상 허기져 있었다. 거의 모두 빈털터리들이었고, 그 허기는 지혜에 대한 탐구와 만났다.

우리를 둘러싼 사회상황은, 마치 고릴라가 사람과 비슷하다고 하여 잘만 하면 사람 자식을 낳을 수도 있다고 생각하는 것만큼 얼토당토않은 부조리의 연속이었다. 나는 지금도 '믿어만 주면 사람을 낳을 수 있다'고 주장하는 고릴라들에게 놀아나는 경우를 보곤 한다. 이 위험하고 부질없기 짝이 없는 기대를 가능하게 한 것은 우리들의 피폐한 현실이다. 너무 오랫동안 시달려온 우리들의 절망, 좌절 그리고 생존의 욕망이 만들어 낸 엽기적 판타지다.

모로 가도 서울만 가면 된다. 결과만을 중시하는 풍조는 성과에 대한 조급성과 일에 대한 전문성과 지적, 논리적인 취약함을 은폐하려는 의도와 맞물려 있다. 무엇보다 이러한 풍조가 자리잡는데 기여한 것은 도덕적 결함에도 불구하고 오히려 떳떳하게 잘 먹고 잘사는 이들이다. 칠흑 같은 어둠 속 느닷없는 총부리에 놀라 밥 한 그릇 퍼준 것은 부역죄가 되어 온갖 고초를 겪게 되지만, 일제에 붙어먹던 자들은 주인을 바꿔가며 배를 불리고 높다란 자리에 올랐다. 부도덕한 사회의 도덕적 인간에게 남는 건 낭패감과 박탈감뿐이다. 정신적 공황을 피할 순 없었고 바른생활은 개그가 되었다. 차차 부도덕한 사회의 비도덕적인 개인들이 되었고 고릴라가 들어설 자리는 더욱 확장되었다.

생존을 삶의 기본조건으로 한다는 점에서라면 생존을 위한 동물적 본능은 납득할 수 있다. 그러나 마치 인간적 삶을 위한 충분조건인 양 생존을 위한 동물적 본능이 강조되는 것을 내 정서는 끝내 받아들이지 않았다. 인간은 언제나 생존의 굴레 앞에서 굴종을 강요하는 상황에 절망하고 분노했다. 그리고 인간적 삶을 되살리기 위한 지난한 저항의 시기를 가져야 했다. 자유와 평화, 사랑과 예술도 삶의 필수조건일 뿐 인간에게 있어 충분조건이란 없는 것이다.

## 외나무다리에서 반복되는 악순환

세월은 역시 약이다. 수많은 사람들이 젊은 날에 품었던 의식과 이념은 세월과 함께 그 빛이 바랬다. 그 빛 바램이 오히려 당연하다고 주장한다. 바뀌지 않는 것은 사람의 정서였다. 그 세월은 또한 자유, 민주, 인간의 자리에 토익점수, 학점, 취업준비가 들어앉도록 했다. 예술도 장르를 불문하고 간소하고 간편하고 감성적인 것이 선택된다. 남에게 뒤지지 않는 발 빠른 트렌드 따라잡기가 문화인 듯 행세한다. 심각하게 살기 싫다고 한다. 진지하게 살 이유가 없다고 한다.

그러나 제도가 바뀌어도 좋은 직장, 좋은 집, 좋은 차를 가질 수 있는 확률은 고정되어 있다. 그때나 지금이나 별반 달라지지 않아 그 확률 또한 그대로이거나 오히려 줄어들었는데 경쟁이 치열해졌다고 온 사회가 호들갑을 떨며 내달린다. 음악에 심취하고 문학을 얘기하고 철학에 몰두하면서도 가질 수 있었던 확률이 그 모든 것을 다 버리고서야 가질 수 있는 확률로 되었다. 이상한 현상이다. 모두를 위해 모두가 노력하자는 것도 아니고, 소수의 수를 조금이라도 늘려 확률을 높이자는 것도 아닌, 확률은 그대로 둔 채 모두가 모든 걸 버리고 전력 질주하는 것이다.

설사 그 확률 안에 들어 직장과 집과 차를 갖게 되었다고 해도 그것은 '불행한 사건'이 발생하지 않는다는 전제에서만 유지가 가능하다. 그렇게 모두를 걸고 '올인'한 결과로 얻어진 것들이지만 단 한 가지 예기치 못한 불행만으로도 일시에 물거품이 될 수 있다. 주택, 의료, 교육, 노인, 실업 등 사회안전망이 갖춰지지 않는 한 우리는 평생을 '떨어지지 않길 바라며 외나무다리를 건너듯' 살아야 한다.

우리 사회의 봉급 100만 원과 유럽 사회의 봉급 100만 원은 그

가치가 다르다. 주택, 의료 교육 등 거의 모든 걸 개인이 해결해야 하는 사회와 봉급의 대부분을 자신을 위해 쓸 수 있는 제도의 차이에서 비롯된다. 힘을 모아 크고 안전한 다리를 놓으려 하지 않고 외나무다리에 연연해하는 이유는 무엇일까.

공익적 가치가 실종되고 사회적 연대의식이 싹틀 수 없는 사회는 '나 먼저 살고 보자', '내 것은 무조건 지키고 보자'는 이전투구의 풍토를 만들어냈다. 애석한 것은 '나만 안 떨어지면 된다'고 생각하는 모든 사람이 이 위태롭고 협소한 외나무다리에 매달리고 있다는 것이다. 이 위기감으로 사람들은 더욱 악착스레 매달리고 있다. 이 악순환의 고리를 끊어야 한다. 우리의 것과 함께 내 것을 지키고, 생존을 넘어 인간적 삶을 되찾기 위해.

나의 20대. 무엇을 위해 살았느냐고 묻는다면 '나 자신을 위해 살았다'고 말할 것이다. 20대의 젊음은 분출하는 욕망과 삶을 향한 벅찬 기대, 그리고 낭만적 사랑에 대한 예감을 떠올리게 한다. 하지만 젊은이에게 그리 호의적이지 않은 시절에 20대를 맞아야 했던 우리 세대는 억압된 욕망과 자유 그리고 인간과 삶에 대한 회의의 시작을 의미했다. 대신 우리에겐 자유와 민주의 복원에 대한 열정과 인간의 존엄성 회복에의 열망이 있었다. 영혼의 자유로운 활보가 가능한 세상을 꿈꿀 수 있다는 것만으로도 희망을 잃지 않을 수 있었다. 그것은 살아갈 날을 길게 남겨두고 있는 젊은이의 호기로움이며, 반짝이는 아침 햇살을 받는 것만으로도 가슴이 벅차오르는 젊은이의 손상되지 않은 생명력이었다. 인간에 대한 본원적 질문과 고민을 주저 없이 할 수 있게 한 것 또한 젊음이었다. 엄혹한 상황이 주는 두려움과 불안 속에서도 차라리 낭만을 찾을 수 있게 한 능청스러움이 젊은 패기가 아니고 무엇이겠는가. 가난하지만 생활에 대한 구체적 압박감이나 의무감으로부터 비교적 자유로울 수 있는 시기라는 점도 빼놓을 수는 없을 것이다.

그러나 자신의 의지와 욕망에 따라 나름의 삶을 영위해야 하는 출발점에 선 젊은이의 기대와 전망은 개인의 삶과 연관된 모든 문제와 단호히 맞설 수 있게 하고, 타협에 강한 거부감을 갖게 한다.

때론 그 결연함이 생활의 팍팍함에 지치고 병들어버린 기성세대에게는 '개도 안 물어갈' 순수함으로 희롱거리가 되기도 한다. 하지만 분명 그것은 변형되기 전 본래의 우리가 삶을 대하는 모습일 것이다.

따라서 나는 충실하게 젊음을 향유했다고 말할 수 있다. 출발선에 선 내게 주어졌던 삶의 얼개가 아무리 형편없었다 한들 결코 주저앉지 않을 수 있도록 한 것 역시 젊음과 무관하지 않다. 나에게 젊음, 그것은 항상 저항이라는 단어와 함께 한다. 애당초 '사는 게 다 그렇지 별거겠어', '둥글둥글 살아야지' 라는 기성세대들의 서글픈 비책에 나는 죽는 날까지 동의하지 못할 것이다. 이것은 기성세대들의 말처럼 결코 한 번쯤은 마음 가는 대로 살아봐도 될 만한 물리적 여유에서 나오는 객기가 아니다. 그것은 기성세대들이 소시민적 일상에 타협하고 매몰되면서 잃어버린 인간의 자유로움을 향한 열정 때문이다. 삶의 진정한 의미는 자아실현에 있지 기름진 생존에 있는 것이 아니기 때문이다.

진정한 자유인에게 자유는 마지막 눈동자를 그려 넣으니 비로소 날 수 있게 되었다는 용의 이야기처럼 모든 생명을 진정 살아있는 것으로 완결시킨다. 억압을 지배를 위한 주요 기제로 하는 사회일수록 자유는 그 자체로 불온을 의미한다. 그래서 오랜 동안 자유의 불온성이 강조되었다. 인간의 역사를 자유에 대한 극심한 왜곡과 핍박에 저항한 역사라고도 할 수 있을 만큼 자유에 대한 인간의 욕구는 절실하고 절박한 것이다.

자유를 억압하는 사회는 곧 나를 억압하는 사회다. 개인은 사회와 분리해서 생각할 수 없다. 사회가 어떻든 나만은 자유로울 수 있다고 말하는 이들이 있지만, 그런 자유는 지금의 국가보안법폐지 운동에 대해 '도대체 그 법이 있든 없든 아무런 불편이 없는데 왜 이 소란인지 알 수 없다'고 말하는 자유처럼 수상한 것이다. 자유란 무엇으로부터 벗어나거나 무언가를 하기 위한 것으로서만이 아니라, 자유 그 자체로서 이유가 되는 것이다. 아무도 무인도에 혼자 살게 된 사람을 보고 완벽한 자유를 누리게 되었다고 축하하지 않는다. 이는 자유의 상대성을 증명하는 것이 아니라 인간의 사회성을 말한다. 모든 것이 그러하듯 자유 역시 사회적 제 관계 속에서 지나치게 구체화되고 개별화되어 마치 상대적 가치인 양 그 실용성이 강조되기까지 한다. 그러나 절대적 가치로서의 자유를 부정하거나 잊어버려선 안 된다.

영악스럽지는 못했지만 그로부터 수상쩍은 기미를 알아챌 수 있는 맑은 영혼이 남아있기를 바랐다. 불의를 감지하지 않을 수 없었고 '무모한 저항'에서 벗어나지 못했다. 그렇게 자신을 위해 살았다. 영혼을 떠나보내지 않고. 그래서 아픔은 있었지만 후회는 없다. 충분히 공부하지 못한 아쉬움은 죽는 순간까지 계속 남을 것이다.

그래서 지금 젊은이들에게 당부하고 싶은 말은 무엇보다 이 사회를 지배하는 물신에 저항할 수 있는 인간성의 항체를 기르라는 것이다. 물신은 밀물처럼 일상적으로 압박해올 것이며, 그대는 끊임없이 물질의 크기로 비교당할 것이다. 그것에 늠름하게 맞설 수 있으려면 일상적 성찰이 담보된 탄탄한 가치관이 요구된다. 그리고 자기성숙의 모색을 게을리하지 말라. 자아실현을 위한 능력을 갖추기 위해서다.

　우리 사회구성원들은 대부분 일생에 걸쳐 오직 두 번 긴장한다. 대학입시 때 한 번, 그리고 임용이나 취직할 때 한 번, 그뿐이다. 그리고 이성의 성숙단계가 낮은 사회에서 그대는 자칫 의식이 깨어났다는 이유만으로 인간에 대한 연민에 앞서 오만함으로 무장하기 쉽다.

　만약 그대가 진정한 자유인이 되려고 한다면 죽는 순간까지 자기성숙의 긴장을 놓지 않아야 한다. 그것은 쉽지 않은 일이다. 그래서 거의 모두 쉬운 길을 택한다. 그러나 삶은 누구에게나 단 한 번밖에 오지 않는다. 그 소중한 삶을 어떻게 꾸릴 것인가. 그것은 그대에게 달려 있다. 자유인이 될 것인가, 아니면 물신의 품에 안주할 것인가. 그것은 강조하건대 일상적으로 그대를 유혹하는 물신에 맞설 수 있는 가치관을 형성하는가와 자기성숙을 위해 끝없이 긴장하는가에 달려 있다.